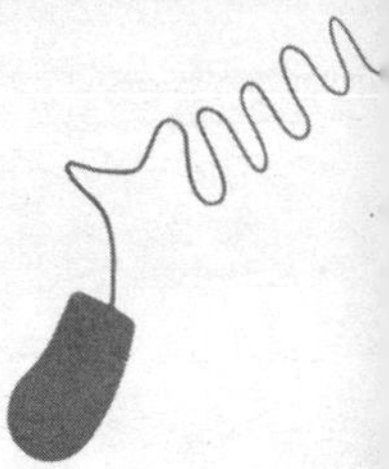

穿越心灵的指尖对话

傅琛/著

江西人民出版社

图书在版编目(CIP)数据

穿越心灵的指尖对话/傅琛著.
—南昌:江西人民出版社,2012.10
ISBN 978-7-210-05709-3

Ⅰ.①穿… Ⅱ.①傅… Ⅲ.①书信集—中国—当代
Ⅳ.①I267.5

中国版本图书馆CIP数据核字(2012)第239925号

穿越心灵的指尖对话
作者:傅琛
插图:欧阳丽
责任编辑:吴艺文
封面设计:章雷
出版:江西人民出版社
发行:各地新华书店
地址:江西省南昌市三经路47号附1号
编辑部电话:0791-86898470
发行部电话:0791-86898815
邮编:330006
网址:www.jxpph.com
E-mail:swswpublic@sina.com web@jxpph.com
2012年10月第1版 2012年10第1次印刷
开本:880毫米×1230毫米 1/32
印张:9.5
字数:220千
ISBN 978-7-210-05709-3
定价:19.00元
承印:南昌市红星印刷厂
赣版权登字-01-2012-488

关注学生的心灵世界
（自序）

我坐在电脑前给学生回信时，女儿常常会跑过来瞅一眼，然后说一句："又给你学生回信啊！"有时候老公也会凑过来看一看，半开玩笑半认真地感叹："老婆，你真了不起啊！你做的事情很有意义。好好把这些信留着吧，以后整理一下，出一本集子，让更多的老师和学生看到，一定有价值。"老公的话我没有在意，但一位朋友的话让我动了心。

这位朋友是一家教育杂志的编辑。一个周末的晚上她打电话约我出去散步，我说等会儿吧，我正给学生回信呢。她很吃惊，说，这年头老师和学生通信可是稀罕事。我说：这有什么稀罕的，我就经常干这种事情呀。她一听来了兴趣，说：那你可以把你们的信整理出来出版呀。我说：我又不是大师级人物，也不是什么名人，只是一个普通老师，做着平常的事情，有这个必要吗？有什么意义吗？她说：大多数老师都是普通老师，就因为你普通才会更真实，才更贴近现实。我是搞教育杂志的，我还不了解吗，太有必要太有意义了。她说了一大堆的理由来鼓动我，于是我听取了她的建议。

一次上一个大三班的课，课间休息时，一个女生走到讲台，说要跟我聊聊。这是个心理问题比较严重的学生，表达很不顺畅，但我还是听明白了。她很痛苦，想走出来，想变得像正常人一样生活学习，可是无论她怎么努力就是做不到。她看我很亲切很随和，就想跟我说说。又有一次，一个男生在QQ上跟我说，他最近遇到心理问题，很难过，想尽快摆脱。我把他的情况向学校的心理咨询老师反映，那个老师说："傅老师很有学生缘啊！学生有心理问题找你说，都不找我们。"每每遇到这样的学生，我就想我们的学生需要的绝不只是知识，需要的不是只知道给他们灌输知识的老师，他们太需要爱和关怀了，太需要老师走近他们，做他们的朋友，和他们进行心与心的交流。

现在的社会环境比较复杂，网络的普及，使得一些学生痴迷网络游戏和网上聊天，有的学生甚至陷入网恋之中不能自拔。人们对爱情和性的观念发生了很大的变化，自由开放的程度越来越大，大学校园谈恋爱成风，学生也因此烦恼增多、困惑增多。人们普遍追求物质享受，缺乏精神追求，这种风气也影响到校园，造成一些贫困生心理失衡。现代社会竞争激烈，学生也不得不面对学业的竞争和就业的压力，因此而引发了种种心理问题。我就想通过这本书，唤起更多的老师更多地去关注学生的心灵世界，为学生献出一份爱心，给学生多一点关心，让学生有更多倾听的心灵让他们可以诉说，有更多温暖的怀抱给他们温暖，有更多的阳光雨露滋养他们健康成长。

时不时地会听到老师唉声叹气，一脸的无奈和苦相，说什么上课一点意思都没有，简直就是受罪，就是熬日子，苦不堪言。我想，当老师当成这样确实没什么意思，干脆改行算了。既然是改不了行，不得不教书，为什么不努力教好教出一点意思和快乐来呢？所幸的是，我还能从教书中感受到快乐，我常常跟别人说，和学生在一起其实挺开心的，如果真不让教书了，我可能还会失落呢！无论是课堂上的交流还是课余的交往，无论是给学生讲课还是和学生通信，我都能感觉到充实和快乐。我想通过这本书，让更多的老师和学生能感受到并分享我为师的快乐，并学会自己去创造这种快乐。

书中有我女儿的身影。我的一些想法做法其实是受了她的影响。我爱我唯一的女儿，我向她表达母爱的方式也许有点与众不同。在她上初三时，我写了《走过初三》，作为送给她考取重点高中的礼物。在她上高三时，本想写一本《走过高三》，作为送给她考取大学的礼物。《走过高三》没能写出来，却有了这本《校园心事》。我想把这本书送给我的女儿，当作对她的一个弥补。我也想把这本书送给我的学生，没有他们就不会有这本书。让这本书成为我们师生情谊的见证和纪念吧。

我还想说的是，我其实不是很敬业，也不是很聪明。我说不上有多么喜欢教师这个职业，但也不讨厌这个职业。我没有多么神圣和崇高的感觉，但我爱我的学生，我喜欢亲近他们，喜欢了解他们，喜欢和他们说话。有很多的快乐都是学生带给我的，我很知足。常常觉得，我要是能更少一点世俗的名利之心，多一点不随波逐流的勇气和信心，倾注更多的热情和爱心去对我的学生，那一定会是一种充实而快乐、宁静而淡泊、单纯而踏实的生活。我内心是向往这种生活的。

傅　琛

2012年6月

目 录

上 篇

下 篇

上　篇

自从学会上网并有了自己的邮箱和QQ号后，我就开始了与学生的指尖对话。

刚开始那几年，只是少数学生知道我的邮箱和QQ号，我没有在班上公布，而是谁问我要就告诉谁，所以与学生的交流也不多。零零散散的邮件，我大都没有保存。后来，我才主动向学生公布自己的邮箱，并对学生承诺：你们平时学习上遇到什么问题，生活中遇到什么困难，思想情感上遇到什么困惑，都可以发邮件跟我说，只要收到了我保证回复，而且会尽我的所能帮助你们。这才有了比较多的通信，以至于与学生通信成了我生活的一个内容和习惯，如果长时间没有收到学生的信，我还会觉得有点不对劲。

通过网上交流，我对学生有了更多的了解，尤其是深入到了学生的内心世界，这让我与学生贴得更近，感觉更亲。与学生的网上交流，也带给我许多快乐。也许我给学生的回信并没有对他们产生多大的帮助和影响，但在我想来，我能够成为他们倾诉的对象，倾听他们的心声，让他们在想诉说的时候有个人可以诉说，这已经是一件挺有意义挺让人开心的事情。我有意识地把邮件保存下来，倒不是为了出版，而是想留作纪念，一是一份师生情谊的纪念，二是我为师经历的纪念。我从中选择了与23位学生的通信，共120多封，涉及的问题比较广并有一定的代表性。有的学生只是偶尔遇到问题，写封信跟我说说，问题解决了也就没有再来信了。有的学生在某一段时间陷入了某一烦恼和困惑之中，需要时不时地诉说，需要经常的支持和鼓励，与我保持着比较长时间的联系，写的信也多一点。并不是所有给我写信的学生都是遇到什么问题了，有的只是想跟我聊聊，交流一下感受，探讨某个问题。我和学生的通信不只是问答式的，我们也会有比较随意聊的时候，信中也不只是苦着脸说事情或是板着面孔讲道理，也有情感的交流和生活的气息，偶尔也会互相开开玩笑，逗逗乐。所以，读起来不会觉得过于古板、严肃和沉重。为了读起来更明了，有的地方我加了文字说明。

学生的真实姓名隐去了，信中涉及的某些真实地名、校名、班名和人名，还有学生的邮箱地址、QQ号、手机号我都作了处理。此外，信的文字和内容基本保持原样。

女儿读这些信时，说：有的问题其实可以让我来回答，因为我和他们年龄差不多，我更理解他们。我就想，其实读者在读到以下任何一封学生的信时，都可以先尝试着写一封回信。如果你是老师，面对学生这样的来信，你会说什么呢？

一

“可是,没有了她我还要努力什么？我疯了……您是教哲学的,会说什么呢?”

那个时候,我带他们班的《马克思主义哲学原理》(以下按学生的习惯叫法,简称为马哲)课。前两周,课堂上我就注意到了他,他坐比较靠前的位子,浓眉大眼,眉宇间透着一股倔强,有时候一副心事重重的样子。他上课很认真地听讲。从他会心的微笑,从他轻声发出的感叹,从他时而微蹙时而舒展的眉头,可以感觉到他的专注和用心。老师讲课如果能多看到一些这样的学生,就会有更好的感觉更多的自信和更加挥洒自如的发挥。我在讲课的过程中会比较多地往他那儿看,因为他听课的状态能带给我良好的感觉带动我的情绪。

第三周,头一节课讲新课前,我提了两个问题,想看看他们对前面一节内容的掌握情况。我还不认识他们,只能对着名单随意点几个学生来回答。点到第二个名字时,没见有人站起来。我就又叫了一遍,并问:来了没有？没想到是他回答:来了。我说,那你站起来回答问题。他没有站起来。我问:你为什么不站起来呢？是回答不出来吗？没想到他竟然说:我不想说！我当时一听心里有点不高兴,感觉挺没面子的。这还是头一回遇到这样的学生,向他提问,他不但不站起来,还直接说“不想说”。这是什么态度？我真的很奇怪,上课那么认真的学生,却不肯站起来回答问题。我该拿他怎么办？为了维护自己的面子和威严,批评他,非叫他站起来不可,还是就这样算了？如果就这样算了,我怎么给自己一个台阶。这时听到第一排一个女生小声说:老师,算了,不要他说了。我一听,猜想肯定有问题,我想到的是他可能结巴或是嗓子坏了,无法正常表达,因为他刚说话时就有些含糊不清。我并没有表露出任何不高兴的神情。我说:你不想说那就算了吧,下了课跟我说说原因。

课间休息时,没见他上讲台来跟我说原因,我就主动走下讲台去找他。往他身边一站,才猛然发现他桌子底下的一对拐杖,我的心一紧:他是个残疾学生!我想,难怪他不肯站起来呢,幸亏我刚才没有为了顾及自己所谓的面子强迫他站起来,或是批评他,不然他一定会觉得很难堪的。我于是不提刚才提问的事情,而是和他聊些别的,问他听得懂吗,对老师讲课有没有什么意见。不知道是因为过于紧张还是真的语言表达有障碍,他说起话来不是那么顺畅。他说,老师,是不是经常有学生给你写信,向你问一些问题?我惊奇:你怎么知道的?他说,听上一届的同学说的。老师,你能把邮箱告诉我吗?我把我的邮箱地址写给了他。

没过多久,他就给我写了第一封信。

1

@ 主题:迷惘……

傅老师:

一个学生说,一个女生有像傅老师这样的母亲是多么幸福!我也说,有这样一个和学生一样年轻的心的老师是快乐的。高考荒谬的失败让我成熟了很多。该做什么?不该做什么?谁不想狠狠地放肆一下?可是……我会一直为她落泪。在很痛苦的时候我是没有流一滴眼泪的!我想自己要成为一个比较优秀的男子,所以,现在是应该努力的。所以,我很刻苦地学习,做我自己!我鄙视这里!

可是，没有了她我还要努力什么？我疯了……您是教哲学的，会说什么呢？谢谢！

一个你的学生：李海兵

（扶拐杖的学你马克思主义哲学的那个）

傅老师回信

海兵同学：

你好！首先要谢谢你对我的支持！第一堂课你就给我留下了印象，因为你听课时的认真。虽然我们没有更多的接触，但我感觉你学习非常用功用心，而且应该是有主见有思想的一个人。虽然你拄拐杖，但我感觉你的精神你的心态是健全的，从你的脸上并不难看到阳光的色彩。

读了你的信，感觉你给我出了一道难题。看来你的内心世界很丰富，似乎有很多的话需要说，但我真的没有太明白你表达的意思，可能是老师我比较笨吧。你是说你高考没考好才到了这里？你说的“她”是指一个女孩还是指你梦想中的大学？你前后两次提到“她”，这两个“她”是一个“她”吗？你说你鄙视这里，鄙视你现在就读的学校吗？你说你疯了？为什么？因为失去了“她”？

如果“她”是一个女孩，一个曾经喜欢过而现在不在身边的女孩，你为她痛苦流泪，为她发疯，说明你是真的爱她，需要她。我能理解你的这种感情。但是，既然已经没有了分手了，就不必太难过。想想人生除了死是必然，其他都是偶然的。她没有注定就是你的，没有注定要陪伴你一生，你与她相识只是偶然，偶然的相识也许使你和她有过一段快乐相处的日子，而现在结束了，她来过又离去，也是很自然的事情，不必太伤感。想起一句词：无可奈何花落去，似曾相识燕归来。细细品味一下，你会从中得到启示的。

如果“她”是你梦想中的大学，你更不必流泪、伤心、发疯。虽然你来到了现在的这所大学，但“她”还在你的梦中，你完全可能凭着自己的努力去实现你的梦想。如果“她”对你真的那么重要，我想你定会走进“她”的怀抱的。你可以通过考研考到那所大学去。

不管是一个女孩还是一所大学，你都没有必要陷在痛苦的深渊中，没有必要发疯，你这样并不会影响或改变“她”什么，伤害的只是你自己。既然来到了这所校园，就应该用心去感受她的美丽、她的美好、她的美妙，用心读书，从读书中获得无穷的乐趣，获得将来成为一个优秀男人的基础，获得生存的支撑，用心去与同学相处，在与同学真诚的交流中感受共鸣收获友情，如此，你便会感受到生活的快乐和生命的意义。一个人发展，内因是根据，外因是条件，大学环境固然重要，但根本还在自己，何况我们学校也不差，也有她的好有她的优势。既是来了，就是缘，好好珍惜！

说了这么多，也不知道有没有几句是你想听到的。希望没有让你太失望！

2

他的第一封信读起来有点不知所云，我像猜谜语一样地费了很多脑筋才给他写了回信。而他的第二封信实在是太长，而且里面有几处是乱码（被我删除），看起来也是挺费劲的。通过这封信，我对他有了个大致的了解。

信中除了有的真实地名或姓名被我作了一定的处理外，其他都是原汁原味的。

主题:那般浮浅

可敬的傅教授:

您好!非常感谢您在最短的时间里给我回信,这一番中肯的、富有见识和深刻思想的话语不能不让我一直很乱、很迷惘的内心渐渐地趋于平静,以一颗理智的心来平静地对待和思考眼前的一切。

生活,会赐予我们最多、最真实的东西。曾经,我肯定自己会变得很掩饰,变得很沉默,变得很虚伪,变得很冷酷,变得很拽!那些不能随风而去的往事,时间会把所有的一切的一切都变成那些遥远的、毫无意义的过去。

年轻的我,真的没有办法知道自己该如何看这些。幼年的我,就患有小儿麻痹症,虽然可以平常地生活、经常地奔波和正常地社交,但我确实会在某些方面由于身体上的缺陷而受限。

我上的高中是一所不错的省重点学校,刻苦认真的学习、同学之间的友好相待、老师的热情关心、不错的学习成绩、良好平和的心态,而尤其是我在高二时很幸运地结识了她。高中给了我最美好、最难忘、最幸福、最充实的日子。我知道您是一个很开明、民主、懂得尊重子女(他人)的母亲,站在一个还只是做儿子的角度来思考这些,若能拥有这样的家长该是一种怎样的轻松和快乐。

去年高考,我英文发挥很失常,但还是考了一个相对不错的成绩620分。倘若让我自己去选择,我会去一所符合我这个档次的、比较好的、我喜欢的学校,选择一个适合我的、专业技能很强的专业,好好地读完本科,再去攻读硕士。即便是因为某些原因不能读硕士,凭借自己那已有的优势我想也还是可以过得去的。以我的分数，我完全可以去中国六、七成的不错的大学。可是，父母和老师都以我身体不健全为由，强迫我必须学中医，以为中医是最好的专业、最适合我。因为即便找不到工作也可以出来自己开门诊混口饭吃，况且他们就是从我的身体现状出发的，我一定是除了中医找不到工作的，即便其他的专业我学得再多么好。

我一本全部报了医学院校，第一志愿是北京中医药大学。那个教了我三年化学的，也是我们学校的副校长，以为自己是很了不起的，要我二本第一志愿一定报现在这所学校，说我身体残疾，太好的大学是不会要的，填这个学校比较保险，说我以后到了40岁就会深刻理解他的意思。学中医首先也是他的意思。他简直就是倚老卖老，事实上他好些事根本就没做好甚至是胡来。

高考体检标准之前就改了，真正体现出以人为本的一面。不管怎样，高考还是公平的。说实话，这所学校我是相当看不起的，丝毫不会放在眼里，我根本就不可能会报这个学校，这并非我自傲。而倘若现在这学校和我无任何关系，它的一切于我都是无感情的。理所当然，这个学校必然会有一些不错的因素。它的某个专业也许是还行的，有些老师，比如您还有张教授（他人很好，对我也十分好，他竟然说过，我是他在这见过的最好的学生）就是相当不错的，据说这学校的校长也是挺好的。我不想这学校和我有任何关系！

那天早上北京中医药大学给我打来电话，要了我更详细的腿的体检结果，然后告诉我我的分数已经达到他们学校的投档线（602分，25个名额中我是第七名），可以去他们学校学中医，而且是7年本硕连读的。然后他紧接着向我基本地介绍了一下中医临床专业的性质，说以我的身体学这专业受限，身体会吃不消，有可能会拿不满学分，也就没有硕士学位证书了。要我尽快自己选择，如果要去他们学校，我就得写一份保证书发传真给他，以后倘若真没学位证书学校概不负责。要么自己自愿放弃去那就读机会，也要发一份传真给他。我父母没有发任何传真过去。那天北京中医药大学的高招人员必须在下午4:00前离开招生地点,他们一直打了将近20个电话给我,后来他们建议我学他们学校的医院管理专业。我不想学。他们是给我退档离开的。(注:这中间的五六行字是乱码)于是我只想去师大了,毕竟在本省没一所我心目中的好大学,那学校是本省相对较好的,更何况我的她就在那学校。打电话给师大校长,他说如果我没被这学校录取他一定会录取我!可是,他考虑到师大和这学校很好的关系他怎么也不能要我。而后来这学校也不退档。(注:此处几行乱码)一切现在都无法改变了。

曾经是她给了我这世界上最深切的安慰和力量,她是我的一切,是我的梦,是我的奋斗目标和生活所在,是我的精神支柱,我信任她胜过自己的家长!(这样说也许很可笑,可我真这样想)她在我眼里是最好的!即便她不是非常优秀。而如果当时是她要我学中医的话,我知道我一定会毫不犹豫地很快乐地答应的。在年少的我人生第一次感受生活的磨难,而终于靠自己的勇气和力量站起来了之后,回首曾经的我的屈辱和挫折,虽然面临自己挣扎了好久终于获得的成功,内心充满了辛酸。忧郁的我遇到了她,是她给了我最大、最真诚的慰藉和力量!她是第一个让我如此感动让我爱的女子!我们之间以前是那么的好,即便没有正式的情侣关系,她也是知道我很喜欢她的,她对我也很好。可是,那天她告诉我她第一次恋爱了要我忘记她的时候,我简直发疯到了极点。我无法接受这样的事实,哪怕要我去死也可以。在我心里,一样可以靠自己努力成功的我,她比我的高考更重要!我一夜没有回宿舍,在外面像一个痴呆的疯子一样很伤心地哭了,要知道,即便是高考的事也没能让我流下一滴眼泪的。而后来,当我看到她的时候我无法相信大学会将一个曾经如此美丽的女子变得如此“不可理喻”(她的言行和打扮)。

她不再接我的电话,我不可以再听到她让我喜欢让我安慰的声音。她对我冷酷到了极点。天啊,我该如何相信这是事实啊!她怎么可以这样对我啊!她怎么会变成这样一个女子呢?我实在忍受不了她的现在,更不能忍受别的男子把她拥抱在怀里,想到这里我就会发疯受不了的,什么也不想做了!没有她我做那些还有什么意义?

中途我请长假回去了两次,第一次直接是她的原因,回去酗酒,回到我们那个学校,站在那个我们曾经呆过的教学楼下面,那个很亲切的地方,回想着曾经和她在一起的无法忘却的一切,眼泪不由自主地落了下来。要不是我的另一个女生朋友,现在我或许早自尽了。长大了以后,我不会让她之外的别人看到我哭。要知道,一个男人落泪是很没有风度和羞涩的。可是,这个9号的晚上,在我极度忍受着也是很无奈地过了整整5个月没能和她通一个电话的时候,我终于又怀着不平静的心打了她的电话。这一次她没有一听到我的声音就挂。我把持不了自己的情绪,接连好几次隔得好久说不出一句话,内心是忐忑不安到了顶点。听到电话那头她冷漠的声音,想着她和我,终于,我当着那么多人的面伤心地哭了出来。"无可奈何花落去,似曾相识燕归来。"留给我的只有无可奈何。"她没有注定就是你的,没有注定要陪伴你一生,你与她相识只是偶然的,偶然的相识也许使你和她有过一段快乐相处的日子,而现在结束了,她来过又离去,也是很自然的事情。"您对爱情、对失恋的看法让我信服得无言以对。可是,我知道,她永远是我那些不能随风而去的往事……

是理想,让一个曾经只能爬地看鸭子的小男孩,变成了让人刮目相看的学者和勇士。我追求高雅而又清净的生活,我仰视那些才华卓尔不群、品格良好、仪表堂堂的君子。自从我懂事那天起，我的理想便是成为一个有才能、有品格、有气质、能负责的人。我当然知道，大学是应该社会化的，是为我们以后走向社会做一个好的心理缓冲。可是，在一个所谓的大学里，我真的无法知道，在我们的这个时候，理想到底是不是还应该成为一种追求？我不喜欢我现在的生活，可是我没办法，我不能去选择我“也许冲动的”要过的生活。我真的不知道，倘若我以后就这样走向社会，我拿什么去混?！我不想看到，和我未来的女朋友并排走在一起的男子，是一个走路一瘸一拐而又没有水平的男人！我不希望，一个身体不健全的男子，却是那么的没品位！

我是学软件的，说实话，我学得不错，也非常刻苦钻研！至少在现在，我的想法是要成为一个比较优秀的软件工程师和比较优秀的男人。成功需要能力，而且，我知道，凭借自己的努力和还好的能力，这个理想是可以实现的。我现在读书的时候当然必须去努力，“用心读书，从读书中获得无穷的乐趣，获得将来成为一个优秀男人的基础，获得生存的支撑”（我非常欣赏这一句话）。可是面对周围的一切，我很烦恼！我是在过着和人们格格不入的生活，我是不合群的，有时是受人“攻击”的。我不明白，一个漂亮的女生怎么会喜欢那么一个没品位的男人！天啊，我原还以为女子应该爱有才能、有品位、帅气的君子的啊！虽然或许我不会自傲，但在饭桶（请允许我用这个词）面前我从不会自卑！他有什么？我不明白，去混吧，很快乐的生活，我也很想，真的，我为什么要那么累地学习？一个专业什么也不懂的学生，却以为自己是计算机专家，甚至有那丑八怪也这样！我很厌恶，即便期末得了奖学金那也不是能力的体现，也不说明她能力强，那根本不是能力考试，何况那女生本身真的不怎么样，还那么拽，自以为是，我以前的女同学比她出色的多的是（她伤害过我）！

说一句十分不中听的话，到这里我还没发现一个真正学计算机的人，除了那个主任。当然，我现在真的不会刻意地去“挑剔”这里什么。我高中时觉得大学就应该是“非谓有大楼之谓也，有大师之谓也”。而事实上，我们这一代的，必然会有高级知识分子，很出色的专业技术人才，尖端的专家学者、科学家，国家的栋梁之才。怎么可能在读书的时候不好好学习呢？理所当然，社会生活要的绝不只是书本上的东西！是啊，我什么时候也一定要去轻松和欢快的。我要考研究生，一个不错的研究生。以后我就会去做自己要做、该做的事情了，就不再会格格不入了，我要完成还没有完成的最起码的基本任务。我是知道的，研究生招生是很不公平、对大多数人来说可信度降至冰点的，即便你考得很好，他也会以你的某些原因（比如残疾）不要你。可我也知道，有那么可以接受的一部分学校的招生体检标准和高考一样的，读一个还好的研究生的可能是存在的。（注：此处几行乱码）

真的很谢谢您很真诚、充满理智的回信。您是明锐的，该是学哲学、有学识的吧。“不管是一个女孩还是一所大学，你都没有必要陷在痛苦的深渊中，没有必要发疯，你这样并不会影响或改变‘她’什么，伤害的只是你自己。”我想我会永远记住这句话的，这该是一种生活的哲理吧。一封很掩饰的信却让你抓到了其中所有的东西，给了我想要的绝大部分的答案，虽然柔弱是不可以替代的，我依然无言以对。现在我一直很忙，很多人却是很悠闲的。我并不想怀旧，我是不喜欢读长篇小说的，可是，心潮澎湃的我，写下了如此之多的类似中篇小说的文字，该花费您多少精力去读呢？也算是和自己清算一下过去吧。真是很过意不去！

我不会柔弱（和她有关），我强硬，我拽，我酷！浪漫的雨夜，在林荫小道上，雨点缥缥缈缈地洒落下来，穿着一件单薄衬衫的我，倾听着张学友的《雨夜的浪漫》……

李海兵

傅老师回信

海兵同学：

你好！这两天上不了网，所以拖到今天才给你回信，很是抱歉。

我觉得你应该忘掉过去的事情，面对现实。**把那些现在不应该纠缠的往事收拾干净，打包，尘封在记忆的深处。**等到若干年以后，你再打开尘封的往事，很可能会发现原来你多么不能淡忘的人和事也早已淡忘，多么不能放下的情感也早已放下，少了那个人和那份感情，你依然好好地生活着。你想想看，终有一天人的生命都会失去，何况是一份感情呢？这么一想，也许你就会释然。忘掉过去，朝前看吧。你就当你和她没有缘分，而与你有缘的那个人还没有出现，但终有一天会出现的。什么都不可以强求，尤其是感情，顺其自然吧。

花退残红青杏了，燕子飞时，绿水人家绕。枝上柳绵吹又少，天涯何处无芳草。

墙里秋千墙外道，墙外行人，墙里佳人笑。笑渐不闻声渐悄，多情却被无情恼。

苏东坡的这首《蝶恋花》你应该知道吧？好好欣赏一下。

不要鄙视我们学校！想想在我们这样的学校也是能够培养出优秀人才的，也有从我们学校出去的人发展得很好的。永远不要随便鄙视一个人或是一个学校，你鄙视很可能是因为你不真正了解他，或是你看问题不够客观、全面。再强的学校也会有很差的学生，再普通的学校也会有很优秀的学生。**其实，人生最要紧的，不是你站在什么地方，而是你朝什么方向走。**事在人为，通过自己的努力是能够改变很多事情，也能够改变自己的命运的。相信你会面对现实，相信你能够把握好自己，也相信你会是一个从我们学校走出去的优秀人才。

天冷了，注意保暖，注意身体！这样你父母才会放心你的。

3

那天课堂上就人的价值问题，组织了学生讨论。他没有发言。晚上，他给我发了这封信。

@ 主题：随想人生

傅老师：

您好！每个人都有自己的生存哲学，不管是令人羡慕的佼佼者，还是卑鄙无耻的人渣。

按照自己的生存方式欢快、自由地去生活，很多的人会这样选择。在一个众人的眼光、传统的标准里，努力地去做自己要做的事情，虽然是要在一定时候吃苦的，去做一个优秀的人。有些人是这样选择的。

我选择后者——这样一个人生价值观。

谁都希望自己有一个唯美的人生，将来成为一个优秀的人。

其实，人生最要紧的，不是你站在什么地方，而是你朝什么方向走。

其实，人生最要紧的，不是你站在什么地方，而是你朝什么方向走。

我不是一个拜金主义者，金钱至上，但是，金钱从何来？现实生活中有多少渴望富裕的人，只是非常狼狈地生活着。优秀，又从何而来？没有能力，就没有资格谈论这个！我相信，真正地，知识会给一个人带来希望。而事实上，一个国家一个民族的兴旺发达必然要依赖于她的知识的力量。理想和美好，是伴随能力和奋斗而存在的。不管将来怎样，至少在这一刻奋斗着！

李海兵

傅老师回信

海兵同学：

你好！你能写下这些说明你对人生有所思考，并有自己的见解。的确，每个人的出身不同、家庭环境不同、所受的教育不同、人生经历不同，由此对人生的理解也不同，人生态度、人生理想也就不同，因为人和人的种种不同，人生才形形色色，世界才丰富多彩。但是人生在世，生为人总会有一些共性，会有一些共同的需要、共同的愿望、共同的追求，但就算是同样的需要、同样的追求，也会因了人的不同而有不同的方式和过程，有的人崇高，有的人卑劣，有的人造福于人类，有的人害人害己。

我欣赏张海迪。你知道她吗？一个人只要有顽强的意志、坚定的目标、不懈的努力，他就一定会成功的，会对社会作出自己的贡献，并因此而受到社会的肯定和他人的尊敬。老师希望你是一个坚强的人、乐观的人，希望你将来学有所成，为社会作出贡献也为自己创造美好的生活。

快考试了，好好复习，祝你考出好成绩！

4

主题:她那么绝情?

可敬的傅老师:

您好!我在家里,很伤心、无奈。因为……为什么?我喝了许多酒。为什么她不留一点余地给我?我很难过!我这不是在网上解闷吗?我好难过啊,我太难过了,我……她那么绝情?

为什么总会这样?总有那么多烦恼?

李海兵

傅老师回信

海兵同学:

你好!我听着《感恩的心》打开邮箱,看到你的信。你也听听这首歌吧。学校元旦联欢时,我们系出的节目就是合唱这首歌,还得了三等奖。记得那天全系的老师都非常高兴,因为没有想到会得奖,可以说是意外的惊喜。那天晚上大家在一起吃饭,同事们从来没有为同一件事情这么开心过。

这几天看东方时空的"幸福调查",里边有一个广告镜头,那人说(大概意思是这样的):当你饥饿的时候,你看见别人拿着两个包子吃,你就会觉得他比你幸福。

想起很多年前,骑车路过南京西路的立交桥,好多次都遇见一个女人,她是个残疾人,坐在手摇轮椅上,20 多岁。每次看见她都有一种震撼,因为她每次都是打扮得很漂亮,时尚的发型、亮丽的衣裳，她秀气的脸上，总是洋溢着对生命的热爱、对生活的热情。几次我都试图从她脸上寻找痛苦、悲哀的表情，可是找不到。那时我就想，一个残疾女人都如此地热爱生活珍惜生命，可有多少身体健全的人却在糟蹋着自己、糟蹋着生活，叫喊着活着没意思、不知道为什么活着之类的话。又有一次坐在公交车上，等红灯时，车窗外的马路上突然就冒出一个女人，一个捡破烂的女人，她的头上赫然戴着一朵红色的头花。我眼睛一亮，心里一亮，我哑然失笑，不是笑她的俗不可耐或不伦不类，而是笑她的爱美之心。那朵花也许是她捡破烂时捡到的，是哪个女人用旧了抛弃的，而她却当作宝贝一样用心地戴在了头上。我就想，**一个人无论生活境遇如何，只要他心中依然存有对美的感觉和追求，那他心中就还亮着希望之灯，他就一定还能感受着人生的快乐和生活的美好。**

幸福和快乐、痛苦和烦恼都是感觉，而人的感觉与心态有关。所以，我觉得你应该调整一下自己的心态，让自己感受到更多的快乐而不是烦恼。

你在信中写"为什么她不留一点余地给我"，她为什么要给你余地呢？你要清醒地告诉自己：她不爱你！你没有希望得到她的爱！这样你就死心了，你就不会再为她痛苦了。她不想和你继续下去，她决心已定，她明明白白地告诉了你，她没有欺骗你。她应该这么做。你想，如果她明明不爱你，不可能接受你的感情，甚至她都已经有男朋友了，她还不告诉你，还与你保持着暧昧的关系，这样就是欺骗你，玩弄你的感情。这样对谁有好处呢？这样也许你暂时还可以留存一丝幻想，但终究你还是要醒来的，还是要面对的。那么，现在，你是要诚实还是要欺骗呢？你是要长痛还是要短痛呢？

看过一篇文章，引用在这里，无论你看过没看过，都好好看一遍吧，对你会有帮助。

苏格拉底与失恋者的对话

苏格拉底：孩子，为什么悲伤？

失恋者：我失恋了。

苏格拉底：哦，这很正常。如果失恋了没有悲伤，恋爱大概也就没有什么味道。可是，年轻人，我怎么发现你对失恋的投入甚至比对恋爱的投入还要倾心呢？

失恋者：到手的葡萄给丢了，这份遗憾，这份失落，您非个中人，怎知其中的酸楚啊！

苏格拉底：丢了就是丢了，何不继续向前走去，鲜美的葡萄还有很多。

失恋者：等待，等到海枯石烂，直到她回心转意向我走来。

苏格拉底：但这一天也许永远不会到来。你最后会眼睁睁地看着她和另一个人走了。

失恋者：那我就用自杀来表示我的诚心。

苏格拉底：但如果这样，你不但失去了你的恋人，同时还失去了你自己，你会蒙受双倍的损失。

失恋者：踩上她一脚如何？我得不到的别人也别想得到。

苏格拉底：可这只能使你离她更远，而你本来是想与她更接近的。

失恋者：您说我该怎么办？可我真的很爱她。

苏格拉底：真的很爱？

失恋者：是的。

苏格拉底：那你当然希望你所爱的人幸福？

失恋者：那是自然。

苏格拉底：如果她认为离开你是一种幸福呢？

失恋者:不会的!她曾经跟我说,只有跟我在一起的时候她才感到幸福!

苏格拉底:那是曾经,是过去,可她现在并不这么认为。

失恋者:这就是说,她一直在骗我?

苏格拉底:不,她一直对你很忠诚。当她爱你的时候,她和你在一起,现在她不爱你,她就离去了,世界上再没有比这更大的忠诚。如果她不再爱你,却还装着对你很有情谊,甚至跟你结婚、生子,那才是真正的欺骗呢。

失恋者:可我为她所投入的感情不是白白浪费了吗?谁来补偿我?

苏格拉底:不,你的感情从来没有浪费,根本不存在补偿的问题。因为在你付出感情的同时,她也对你付出了感情,在你给她快乐的时候,她也给了你快乐。

失恋者:可是她现在不爱我了,我却还苦苦地爱着她,这多不公平啊!

苏格拉底:的确不公平,我是说你对所爱的那个人不公平。本来,爱她是你的权利,但爱不爱你则是她的权利,而你却想在自己行使权利的时候剥夺别人行使权利的自由。这是何等的不公平!

失恋者:可是您看得明明白白,现在痛苦的是我而不是她,是我在为她痛苦。

苏格拉底:为她而痛苦?她的日子可能过得很好,不如说是你为自己而痛苦吧。明明是为自己,却还打着别人的旗号。年轻人,德行可不能丢哟。

失恋者:依您的说法,这一切倒成了我的错?

苏格拉底:是的,从一开始你就犯了错。如果你能给她带来幸福,她是不会从你的生活中离开的,要知道,没有人会逃避幸福。

失恋者:什么是幸福?难道我把我的整个身心都给了她还不够

吗？她连机会都不给我，您说可恶不可恶？

苏格拉底：当然可恶。好在你现在已经摆脱了这个可恶的人，你应该感到高兴，孩子。

失恋者：高兴？怎么可能呢，不管怎么说，我是被人给抛弃了，这总是叫人感到自卑的。

苏格拉底：不，年轻人的身上只能有自豪，不可自卑。要记住，被抛弃的并不是就是不好。

失恋者：此话怎讲？

苏格拉底：有一次，我在商店看中一套高贵的西服，可谓爱不释手，营业员问我要不要。你猜我怎么说，我说质地太差，不要！其实，我口袋里没有钱。年轻人，也许你就是这件被遗弃的西服。

失恋者：您真会安慰人，可惜您还是不能把我从失恋的痛苦中引出。

苏格拉底：是的，我很遗憾自己没有这个能力。但，可以向你推荐一位有能力的朋友。

失恋者：谁？

苏格拉底：时间，时间是人最伟大的导师，我见过无数被失恋折磨得死去活来的人，是时间帮助他们抚平了心灵的创伤，并重新为他们选择了梦中情人，最后他们都享受到了本该属于自己的那份人间之乐。

失恋者：但愿我也有这一天，可我的第一步该从哪里做起呢？

苏格拉底：去感谢那个抛弃你的人，为她祝福。

失恋者：为什么？

苏格拉底：因为她给了你忠诚，给了你寻找幸福的新的机会。

祝你新年快乐！希望你振作起来，相信新的机会在等着你！

5

主题：我不想堕落

可敬的傅老师：

您好！那一天，一个电话给她，她的一个无情的猛地挂电话，让我内心顿时痛苦、愤怒不已。心情很差，会借酒消愁。所以，给您写了信告诉了您。我的很多女性朋友（也是她的朋友）会觉得我很烦，被我搅得不再理我了。昨天去了我很喜欢的母校，自然首先想到的是她，很是伤感。可我每次都会得到您的教导和安慰，我很感谢。说实话，我敬佩您。您就是一位为人师表的好教授。

你该知道xx老师吧，他也是一个很好的老师，后来一次听一位教思政课的老师说他是这所学校公认的为人师表的最好的老师。我想大约如此吧。他对我太好了，以至于我承受不起，“不敢”拒绝他好心送给我的一本数学书。他说过我是这个学校他见到的最好的学生，这么高的评价，说实话，我承受不起。但是，也许……不过，我尊重他。

我尊敬张海迪，她的坚强，她的思想，她的自信心。

毛泽东是一个了不起的人！他是我们所有中国人的骄傲！即便他晚年发动了“文化大革命”，但是，为什么又会有那么多人对他给予相当主观甚至不公正的批评呢？哪个个人是完美的？日本的那个首相发动了侵略战争，给日本带来了什么，却让所有日本人敬仰。

但是，哪个个人可以改变社会？改变现实？做自己！我真正钦佩罗斯福！不仅于身体不健全人之中。一个坐在轮椅上的汉子，可以推动世界历史的发展！但是，也只有一个真正保证个人权益和自由、民主、法制的社会，才会真正发展。

我很忙。有时，太忙了。即便发生了那么多，对发生的那些事情不满，亦只是努力。不过，我更多的是忙什么呢？提高自己！完成自己还没有完成的最基本任务！我别无选择。即便，看到周围，我去堕落？大学考试有哪些意义？实力？智慧？能力？我沉默。

我要从网上购买一个资料，不过在我看来很贵。一个复旦的学生最近保考研成功。真不错的！学习软件。借复旦的声誉卖书，这好吗？哈哈！真厉害！不过他很拽！我知道，网上是充满欺骗和虚伪的。那老师如何看待网上交易呢？

最后，我想说一点，希望老师一定不要介意，我绝非针对您。提到这所学校，我不喜欢说“我们”。就算攻击，又怎么样？晕……我做自己要做的。（真的，老师不要介意！）

又是一个新年，在这万象更新的时刻，我向老师拜个年，致以最衷心的祝福：新春愉快！身体健康！事事顺心！

李海兵

傅老师回信

海兵同学：

你好！假期过得好吗？和家人在一起享受天伦之乐也是人生的一大幸事，好好珍惜好好感受！

人生中难免会遇到一些困惑和烦恼，通过自己的思索终究会得到答案和解决。你是个爱思考的人，只要思考着，就会有收获，就能为自己确定人生的目标找到生活下去的信心和勇气。我感觉，总体上你是个积极向上乐观进取的人，但有时候对一些事情过于执著。也许人在某一个阶段都会这样，随着阅历的增加和对人生的思考，一些想法很自然地会发生变化。相信你会从那份无望的情感中很快地走出来，振作精神，在新的追求中体味人生的美好和快乐！

从你的信中可以看出你应该读过不少书，知识比较丰富，而且有自己的想法。你能够从书中去寻找榜样获得力量。你说你真正钦佩罗斯福，的确，福兰克林·罗斯福，他是一个残疾人，却当上了美国总统，而且还当了那么多年。他几乎就是奋斗的旗帜、拼搏的象征。他不屈不挠、昂扬向上的精神值得我们每个人学习。我想，这位伟大的残疾人总统带给你的力量一定是巨大的。

“我们所不得不畏惧的唯一东西，就是畏惧本身，这种难以名状、失去理智和毫无道理的恐惧，麻痹人的意志，使人们不去进行必要的努力，它把人转退为进所需的种种努力化为泡影。”

“幸福并不仅仅取决于拥有多少钱财，而在于成功的喜悦和创造活动所带来的心灵震颤。”

“单纯坐而论道是完全于事无补的，我们必须行动起来，而且必须迅速行动起来。”

以上是罗斯福的名言，让我们以此共勉。

我在网上买过书，此外，没有买过别的什么。我身边似乎越来越多的人喜欢在网上购物。网上购物，方便，省时省力，价钱方面也会比较划算。但网上购物也可能存在陷阱和欺骗,肯定有真有假,要靠自己去判断。像你说的什么考研辅导之类的学习软件,如果太贵,还是量力而行。我感觉不一定要买,没有什么是可以被别人保证的,关键还是靠自己。只有你有了坚定的目标,加上自己的兴趣和毅力,付出必要的努力,一般来说那才有可能成功。

6

@ 主题:顺其自然

可敬的傅老师:

您好!时间过得真的很快,来到这里,离开高中,开始一段新的不欢快的生活就即将过去两年了。我和大三的学生住一起,他们过完这个学期,接着大四两个月的课程就结束这里的生活,往后就轮到我了。这样想想,感觉很轻松,很自然。虽然以后的生活可能更难,但终究要到来也终究是自己去选择。

我特别关注了一下今年的考研,感觉很"恐怖",初试线很高,复试要求或许有些过分,但又怎样?老师,您说所谓大学这么大一个林子,什么鸟都有,但是,不要指责我在刻意说这个学校的坏话,那些大三的学生没有几个真正准备考研的,还夸夸其谈,自以为是计算机专家,说什么"一个博士后连代码(就是计算机程序)都不会写,像我们这样就是很好的,考研有什么用?"我不想评论什么,只是生活在这样我很不喜欢的环境里会影响我的情绪,而我即将不是在这里的了。

我打了一个电话给那个 xx 老师,很失望,我希望从他那得到的信息，他竟然都不晓得，是有关考研方面的。他说师大相当不错，但我不喜欢。他说这个学校招生时分数都不会高。他来这 30 多年了，见的就那么多，不学习，不是那么厉害很平常的，不像名牌大学的老师那样上进也不奇怪。我倘若不是特殊原因不会是现在这所大学的学生，唉！无所谓了，一个人生活。反正是过自己的生活了。

我非常相信，进入大学以后，优秀是综合素质很高。我当然很看重自己在其他诸多方面的能力如何。但是，现在我还是努力读书的，因为无论如何我是要完成我未完成的基本任务的。倘若哪一天，学习不是那么重要，就是综合方面的其他的了。老师，我总感觉自己学习能力不错，将来有望成为一个比较出色的软件设计师，呵呵！专业课程难，但我努力，完全自学，学得不错，只是很艰难。而且啊，我不会的地方只有靠自己苦苦思索，无人帮我。大学学习当然靠自己，但是老师都像这学校的老师一样吗？对这学校的老师我很失望，当然最主要的还是专业课方面的了。

一切靠自己了！

不过有您这个很好的和蔼的老师，可以说出自己的心里话，我还是很高兴的。不过，说这学校这么多，您作为这学校的爱校者希望不要介意，我只是在说我看到的，而且不是针对您。

好了！这段时间虽然有时心情不好，但总的还是很忙的。有时烦恼就堕落吧。

李海兵

傅老师回信

海兵同学：

你好！你难过的时候想到对我说，说明你对我有一份信任和亲近。我很珍惜！

其实谁都会有情绪低落的时候，我也一样。就像今天上午吧，我独自难过了好一会儿，也不想对谁说，只是写日记，写了挺长时间就不怎么难过了。后来，一个同学打电话，说要请我去看场电影，我说我今天去不了，我们就在电话里聊了一会儿，我开心了许多。这一段时间我特别忙，工作压力大，又要准备职称外语考试，偏偏身体又不好，总是这不舒服那不舒服，所以心情不是那么好。但多数时候我还是乐观的，充实快乐的。我平常不太容易受外界的干扰，因为我有自己对人生的理解，我知道自己要什么样的生活，我不会人云亦云，不会看别人追求什么自己也去追求。我的生活比较简单，而我喜欢简单，因为越简单心就越明朗越清静，就越远离烦恼。但有时候，又不得不做一些事情，因为我生活在世俗的现实中，而且被这些事情折腾得很累很累，但我会调整自己，我知道人活在这个世上，谁也不可能随心所欲，谁也不可能只做自己想做的事不做自己不想做的事，这么一想就不烦了，而且努力把那些事情做得好一点做出一点快乐来。而一想到做完这些事情，我又可以做一做自己喜欢做的事情时，就很开心了。

我觉得是否考研各人要从自己的实际出发，考哪个学校报什么专业同样如此。我觉得你应该考研，不仅要读硕士还要攻读博士。选择好一个专业，从现在就开始努力，再就是把外语好好提高一下，这样考起来就应该没什么大问题。今年有的专业的录取分数线比较高，可能与今年的考试情况有关，据说今年考得都不错，分数线就高点吧。但不管怎么样，全国每年总要招那么多研究生，只要好好准备真正有了一定的实力就不怕考不取。当然，如果你选好了考哪所学校考什么专业，能够与导师联系上最好。

你身边的同学怎么样可以不去管，自己要有主见。人和人是不同的，没必要强求一致。但人应该有自知之明，苏格拉底就说过，"认识你自己"，可见认识自己有多么重要。你对自己有个客观的评价，清楚自己应该做什么不应该做什么，适合做什么不适合做什么，找到自己的人生目标，这样你就不会迷失，也不会轻易受别人的影响。你说你很不喜欢的环境会影响你的情绪，这是不是说明你的定力还不够呢？当然，作为一个年轻学生，能够做到你这样已经很不错了，你有自己的目标，知道自己要做些什么怎么去做，这已经很好了。但修养还有待于提高，一个人的修养本来就是没有止境的。

不要总是说学校不好，说自己的大学生活不快乐。你如果总是往坏处想，那你的这种想法就可能会越来越被强化。这对你不利，因为这样会蒙蔽你的眼睛，干扰你的感觉，会让你把不好的因素无限扩大，而对好的一面却可能视而不见。你想，既然来了既然学习着，既然得过下去，那么与其烦恼着痛苦着过，为何不尽可能地让自己快乐着过呢？这样既收获了知识又收获了快乐，多好啊！现实一时无法改变，但你的心态你看问题的角度却是可以改变的，从而你的心情也是可以改变的，所谓"境由心造"不是没有道理的！

想起我女儿上初中时，也经常叫老师不好学校不好，而且是带着情绪激动地说。后来上了师大附中，她又说师大附中学校并不怎么样老师也不咋的，还是初中的老师好。我就笑她：等你上大学了该不会又说还是师大附中好还是高中的老师好吧！你如果把在将来要说的"好"放在现在来说，那你现在不是会开心得多吗？她想想有道理，这之后她就比较多地说哪个老师怎么好了，不说不好。我有时候逗她，你的老师现在都变好了？没有不好了？她笑说，缺点自然是有的，但人无完人嘛，相对来说他们好的方面比较多嘛。

这里将会是你的母校。有人说，“什么是母校？母校就是那个你一天骂他八遍却不许别人骂的地方”。“什么是母校？母校就是那个你刚来的时候巴不得早点走，可当你真要走的时候，又急切地希望能多留一两天的地方。”**我相信，虽然对学校有诸多的不满，但当听到别人骂自己学校的时候，你一定不乐意；虽然你现在急切地想离开学校，但当毕业来临，你真要离开学校的那一天，你内心一定会满怀依恋。**

你提到的那位老师，他不清楚你想要了解的信息，这也很正常。他那么大年纪了，不需要考研，他就不太可能主动去了解有关考研的情况，你猛然间打个电话问他，你叫他怎么回答呢？而至于学校的老师，自然是水平高低各不同，并不见得名牌大学的老师个个都好，也不一定我们学校的老师个个都水平一般。不管老师怎样，关键还在自己。学生应该善于发现老师的长处，就像老师应该善于发现学生的闪光点一样。当然，身为老师，包括我自己，也是应该常常反省，不断提高的。

把心态放平和一些，看事情冷静客观一些，这样会少些烦恼。但人生不可以没有激情，不可以没有追求，不可以没有主见，不可以没有自我。我觉得这些你都有。好好珍惜大学生活，让这段日子多留下些美好的记忆和深深浅浅的足迹。

7

主题：宽恕

可敬的傅老师：

您好！真正的爱情是只属于不食人间烟火的大侠的。当人们问无数完美爱情的创造者金庸是否遇到过那等爱情时，他坦然地笑笑说从未有过。佐罗，俊逸潇洒的游侠。他纵身一跃，凌空三声鞭响，随之不羁地自报家门：我是佐罗。佐罗爱着帕登西娅，当他跨上骏马拥着帕登西娅绝尘而去时，让无数现实中的少男少女们为之倾倒、羡慕不已。后来阿兰·德龙早已和施奈德行了大礼了，可他并不如自己扮演的佐罗那样怜香惜玉，两人最终劳燕分飞。

其实，无论怎样说大学里这种恋爱的生活根本不适合我，尤其是在这样一个大学里。尽管我也深切地认为爱情是大学里青年学生生活不可缺少的一部分，然而我的很多高中同学至今没谈恋爱，周围也有相当一部分学生单身。长得很漂亮是上帝赐予这个女子的一个很大的礼物；能力强，是一个男子的最大优势。尽管很多女子不愿意承认，一个男人有能力有钱，才可以真正在一个女人面前很拽！

那个女生，自己确实感觉不错，可有时发觉自己根本不是真正想和她来一次恋爱。只是不明白为什么自己到现在还根本没有真正忘却她。其实，自己根本不是认为她很优秀才喜欢，只是她曾经在自己生命中扮演过一个重要的角色，她是我眼中的好女生，是我的精神支柱。然而，我无法理解的是，大学竟然让一个女生如此改变，变得有些不可思议，让我很气愤，终于决定老死不相往来了。慢慢地忘却吧！当然她有自己选择生活的权利，一个女子为何会这般改变？我想了好久还是想不通，你可以告诉我吗？

很多事情终究要去面对，自己上次主动上台去读了一段英文，在台下觉得会不错，而且很多发音还比较准，读得也流畅。可到了台上，竟然避免不了地有些紧张，全身发抖也让我的英文老师察觉到了。其实，以后无论考研还是到社会上去“混”，都是要实践的，总要面对，所以，如果还有这样类似的机会我还要上，即便也许让人笑掉大牙。

我觉得老师一般都有些拽。但也许不是。我终于写了两封邮件给那教授，后来发现原来他还挺厉害的。这样的信是不可以乱写的，但他还不错，每次都是第一时间回复。但一般都是就事回答，不多说，有些问题好像避而不答，也许这个问题不好答。感觉他挺严谨。虽然我的信件很长，他的回复很短，有时寥寥六七个句子，但还是不错的，毕竟他是导师，他甚至可以根本不回复我。而细细想想回复的话，感觉需要回答的都隐含地答复了。复旦是入学时体检和选择导师，而她的很多要求是和国家规定的一样，我有望考复旦了。可是，天啊！复旦真的很不好考，而且我需要一次考上，压力真的很大。

有时候觉得自己很不错，自学能力很强，独立思考能力很好，一本很厚的专业书在预定的一个月时间内学得很不错，编程能力挺好（这里老师编程垃圾！我说的是实话）。好像自己可以成为一个比较优秀的软件工程师了！可清醒中我很自知。有些老师自以为是，还特别喜欢吹牛，简直是笑话！还有倚老卖老者，自以为救世主者，我丝毫不会放在眼里。

然而,真正的勇士遭受生活的窘境的时候是怎样的?当然也包括一些寻常的不快和孤独,我不知道。是无法自持,从十八层楼上纵身一跃?还是一个人深夜躲在寂静的角落里肆无忌惮地哭泣,一段时间以后又开始新的奔跑?还是跑到一块广阔的原野上,平静地对自己说,"不要放弃我们年轻的生命,总有一天会有很多生命认识你的"?还是于此浑浑噩噩,得过且过……

其实,我是一个很懦弱的男生,只是,有些很难过和孤独的时候需要一种安慰和寄托。以前有很多,她便是,于此我喜欢上了她。现在,只有一个,她在西安交大……

回到了家里,就要上战场了,三个月躺在屋里足不出户。

随心所欲地写下了上面这些话。

李海兵

傅老师回信

海兵同学:

你好!前些日子忙女儿的事情,都没有开邮箱,今天才看到你的信。

你说到"真正的爱情",对于爱情,每个人都有自己的理解。我觉得真正的爱情就在现实中在普通人的平常生活中,每个人都可能遇到和拥有。我有时候觉得爱情其实就是相互需要,当然需要是多方面多层次的，需要的程度越大，爱恋的程度就越深。两个人相爱，是彼此需要。所谓失恋，就是对方不需要你了，或是你不能满足对方的需要了，对方于是不再爱你了，而你还需要对方。走出失恋，就是摆脱对对方的依恋和依赖，把你的需要从对方那里拉回来，寻找新的地方投注。两个人相爱，如果有一方不爱了，移情别恋了，而另一方还需要，还爱着，那就避免不了痛苦。其实，爱情多半是一种习惯，习惯了有一个人在心里想着念着，习惯了收到对方的短信或是电话，突然就没有了，当然就不习惯了，失落了，痛苦了。但时间长了，又会习惯这种不习惯，回过头去看，觉得也没有什么了。

不知道我说的是否有道理？

你说到那个女生的变化，我不知道她到底发生了怎样的变化，让你如此想不通。一个年轻人从高中到大学，从一个小地方到省城，环境有了很大的变化，而年轻人自身本来很多东西就没定型，所以，变化是自然的，不变才是奇怪的。只是她的变化可能超出了你的想象，或是不如你所愿，所以你才会想不通，想不通其实可能是不肯面对和接受。

你决定考复旦的研究生吗？选好了专业吗？复旦的研究生肯定不那么容易考，但总有人考取，所以也不用怕，只要选好了决定了，就勇敢地去冲吧！不论成功与否，至少奋斗过。

你有意识地锻炼自己，这点很好。其实很多人上台讲话都难免紧张的，锻炼多了自然就会越来越放松。你的想法很对，有机会就不要错过，多多锻炼，就会提高。我现在教课的班上有一位男生，每次讨论，他都上台发言。第一次上台时，他非常紧张，手足无措，语无伦次，大家都不知道他在说什么，但他不气馁。他一定也意识到了自己的问题，并有很强烈的要改变自己的愿望，所以才不放弃，一次又一次，挑战自己，战胜自己。几次之后，他现在再上台发言好了许多。我想，只要他坚持这样锻炼，就有一定会不断进步的。

你说自己是个很懦弱的男生，可我觉得你挺坚强的。当然人都有软弱的一面，无论什么样的强者都一样。所以，每个人才都需要爱需要关怀需要鼓励，而你需要的这些，总有人会给你，这个人未必是恋人或爱人，朋友同学老师亲人都可能。人需要互相支撑，而这不仅是相爱的男女之间的支撑。所以，爱情虽然很美好很重要，但并不是没有爱情就活不成。而且，爱情终究会有的。

我的一个学生，现在已经大五了，应该说各方面条件也不错，但他到现在就没有谈过恋爱，他跟我说，他早就决定在大学不谈恋爱，而是把心思和精力放在学习上，并锻炼各方面的能力。他现在一边在医院见习，一边就在开始准备考研。所以，并不是大学生个个都非得谈一次恋爱的，也不是说大学生活少了爱情就不行。

人最难战胜的是自己，所以，我觉得一个真正的勇士应该是能够战胜自己的，战胜自己的懦弱自卑，战胜自己的狭隘偏见，战胜自己的自私，战胜自己的顽固……**人身上有太多的"敌人"需要你自己去战胜，如果你能一个一个地战胜，你就是一个勇士，一个强者，一个英雄！**像你战胜了残疾带给你的不便，上了大学；战胜了胆怯走上了讲台；战胜了自卑，选择了报考复旦……你现在又正在战胜情感上的痛苦，战胜失去她以后内心的孤独。人生的路还很长，老师相信你就是一个真正的勇士！

今天是四六级考试吧？你过了四级吗？应该考六级了吧？

8

主题：随想

可敬的傅老师：

您好！我就知道这段时间您一直在为您女儿的事忙。她考的还好吗？高考考高分是一方面，报志愿也是很重要的一方面！

说实在话，我觉得您真是一个好人，一个好老师，一个好母亲，这一点你的女儿我想她会感觉到的，虽然说天下母亲都是爱自己的孩子的。每次在我痛苦的时候我给您写信，都感觉您面带微笑地坐在我面前，静静地听我说，我就觉得很安慰。而您每一次的回信，都会带给我快乐，会让我认真地反省，让我改变一些想法。虽然现在我还不能彻底忘记她，但我真的不再那么痛苦了。再给自己一点时间，相信伤口会渐渐愈合疼痛会一天天减轻。真的很谢谢老师！

考复旦，首先不是因为她有多好。考复旦，最大的难处不在于她有多好，一次考上真的很难，倘若我有着别人一样的身体，我给自己三次机会，我不相信自己考不上。我的专业不改，计算机软件和理论，到底考不考复旦自己也拿不准，不过我不会对不起自己去考一个很差、自己看不上的很讨厌的学校。到时再看吧。

很多人是外刚内柔的，也不会轻易泄露自己隐秘的、柔弱的情感。我只是可以在自己信任的人身上寻得力量，比如在老师您面前，我就常常暴露自己隐秘、软弱的一面，而您总能给我信心和力量。理所当然，最终靠的还是自己。

人身上有太多的『敌人』需要你自己去战胜，如果你能一个一个地战胜，你就是一个勇士，一个强者，一个英雄！

人身上有太多的『敌人』需要你自己去战胜，如果你能一个一个地战胜，你就是一个勇士，一个强者，一个英雄！

我的生活就是如此，有时想想觉得有些“可悲”。我就要上手术台了，好怕，三个月足不出户。

李海兵

傅老师回信

海兵同学：

你好！直到昨天才知道了女儿的分数，我才放了心。她考了611分，报了南开，应该可以进去的。南开是她爸爸的母校，她本来一直想考去北京的，后来还是选择报了南开。天津离北京近，她要是想去北京也是很方便的。

谢谢你对老师的鼓励，其实我做得很不够，但我努力往好的方面做。你就像是我的孩子，我当然希望你能够过得好，当你有烦恼时，我就有责任与你分担呀。不用说谢谢，只要你真的能够从我这里得到一些力量和信心，安慰和快乐，慢慢地从痛苦烦恼中走出来，变得更加坚定和坚强，那就是对我最好的报答，也是我最开心的。只要你需要，老师会一直陪伴你支持你！

我觉得读书也是有天分的，勤奋也很重要。我想你应该有读书的天分，自学能力很强，而且很勤奋，你这样去冲复旦应该不会有什么太大的问题。也不一定非得一次考取，只要有毅力，一次没考取可以再考的。你如果确定了考复旦，选择好了专业，最好与导师取得联系，争取到他的支持和帮助，会容易一些的。

你是说你暑假要做手术吗？得躺三个月？不要怕，男子汉大丈夫，要坚强地面对一切，相信自己的意志能战胜磨难的。老师也相信你，并祝愿手术顺利！到时候如果呆着闷可以给我写信。我会支持你的！

二

“但是有时候，我会觉得莫名的郁闷，特别是在忙完班上的事后，会觉得好空虚，有时候甚至不知道自己为什么会当班长，更不知道自己忙这忙那是为什么。”

1

主题：郁闷

傅老师：

您好！说句实在话，我好喜欢您的课，每次在上您的课时我可以说有好大的收获，真应该谢谢您！

但是有时候，我会觉得莫名的郁闷，特别是在忙完班上的事后，会觉得好空虚，有时候甚至不知道自己为什么会当班长，更不知道自己忙这忙那是为什么。

因为我最喜欢的是理工类，虽然来这一年多了，但是，有时候我居然会不想上课，我自己也不知道是为什么。在好早前我就想给您发邮件，但是我发觉自己缺乏勇气，今天终于给您写了这封信。

小刚

傅老师回信

小刚：

你好！首先谢谢你的鼓励！我也很喜欢你们班同学，感觉你这个班长当得不错，你们班班风也挺好。

你说你有时候会感觉郁闷、空虚，甚至想逃课，其实每个人都会有不良的情绪。**人心就像一块田地，什么都可能长出来，如果不好好管理，就可能杂草丛生。偶尔长点杂草不可怕，可怕的是不懂得及时除草，而任其疯长。**人暂时被不良情绪淹没都不要紧，关键是你要能从中迅速地走出来。摆脱不良情绪的方法很多，因人而异，静静地一个人听听音乐、找个伴看场电影、躺在床上读一本感兴趣的书、运动场上出一身汗、蒙头大睡一觉，等等。你说你有时候不知道自己做事情是为了什么，其实做这做那这本身就是人生。人生下来就跟自然万物一样本无意义，但人跟自然万物又不同，人在这个世上必须使自己活出意义，但什么样的人生才是有意义的，各人理解不同，即人生观不同。人要活下去必须要有一个支撑，一个信念、理想、目标或别的。如果说人生是一个过程，那么，人生目标就是为了让这个过程充满希望、活力和快乐，让你觉得踏实而心安的那个东西。你还是学生，有的东西还没有定型，包括感情，还在探索和寻找之中，还很容易受环境的影响，所以更容易有烦恼。

据我了解，有相当一部分大学生感觉自己没有目标，不知道为什么而活，常常觉得空虚无聊，没劲，尤其是大一大二的学生。高中目标很明确也很统一，不用你自己去思考、寻找和选择，清清楚楚地摆在你的面前，就是考取大学，因此过得虽然很紧张辛苦，但心无杂念，每一天应该都是充实和有意义的。到了大学，没有这么一个明确而统一的目标了，追求什么？为什么而奋斗？需要你自己去确定，而这个是很难确定的。有的同学早早地就确定了，有的同学迟迟确定不了。确定了目标的同学，他们就知道自己每天应该做些什么了，而没有确定目标的同学，就难免空虚无聊没劲。所以，你也应该尽快给自己确定一个目标，对自己的大学生活作出一个合理的规划。你是学医的，你可以给自己一个远的目标，比如成为一代名医，练就高超医术，为患者解除病痛。而要实现这一远大的目标，你必须一步一步地去积累，为此，你又需要订一些近期目标，并努力去实现它。这样你就会过得充实而快乐，而且你也会越来越提高，在一个一个的成功中体味人生的快乐。而且你做好了过得好了，又能给其他的人带来好处带来快乐，比如你的父母，比如将来你的患者，因此你也能得到社会的承认和他人的认可，而这也就是你人生价值的体现。如果说你现在还不想确定那么远的目标，那你可以这么想，无论将来做什么，考研、就业或是出国，都需要现在好好学习，学好基本知识，提高外语水平，锻炼各方面的能力，这样你也会觉得很有目标，不会觉得没事可做，或是做事不知道为了什么。再不然，你也可以有一个很简单但很有意义的目标，那就是为了报答你的父母，为了给父母争气，为了让父母为你骄傲，如果这样，那你也会好好学习，好好做人的，争取各方面优秀，也就不会空虚无聊和没劲了。

有时候不想上课也是正常的，有环境的影响，有情绪和心境的作用，或许是因为内容你没有兴趣、老师你不欣赏，我想再认真的学生也会有想逃课的时候。如果想逃，偶尔逃上一次也没有什么大不了的，只要你对自己有一个清楚的正确的认识和把握就行。当然，老师这么说，并不是要纵容你们逃课。我在学生时代是不逃课的。

说了这些，不知道对你有没有用。希望不会太让你失望！人生问题是没有统一答案的，宗教有宗教的说法，哲学有哲学的观点，中国和西方、传统与现代都各不相同。希望你学会思考，在思考中寻找答案。

2

主题：我会把握好自己的

傅老师：

您好！谢谢您的回信！其实我知道这些问题我自己会去思考和解决的，可能只是有些话不说出来心里不痛快吧，所以才给您写了信。当然，老师的话对我很有帮助，我会尽快为自己确立一个目标，并为之努力。我会把握好自己的。请老师放心！

小刚

傅老师回信

小刚：

你好！你说你会把握好自己，我很放心。人是会有这样的时候的，心里憋着一些话就想找个人说一说，说出来就好了。我很高兴你有话想说的时候会想起我，我也很愿意听你说。

三

"我想尽快走出来，让自己的生活有所改变。我要改变自己。老师你说我应该怎么办？"

1

主题：心声

傅老师：

您好！我是梅琳，今天就是想和您说一下我内心的苦恼。

进入大学已经一年多了，在过去的时间里，我觉得自己没什么烦恼。可是这学期以来，我觉得我的人际关系方面很失败。我为此经常苦恼。看着别人那么善于与人交往，我好羡慕。我觉得她们每天都是那么快乐，其实每个人都有自己的不高兴的事情，但她们大都表现得很快乐。

我们宿舍的一个同学说我整天绷着脸在宿舍，我自己没有感觉到，也许是我一直是很不高兴，所以就习惯了自己的表情，而这些别人是不知道的，他们也不习惯，尽管我们已经相处了一年多。

在我的内心深处，我渴望和别人交往，渴望和她们一起玩一起说笑，可是我却做不到。好多次我发现我不怎么会笑，我笑得好不自然，有时别人说我给人一种不容易接近的感觉，也许因为这，别人就不愿和我接触吧。

以前认为别人不理我，我也不理她们，可现在我不那样认为，我觉得大家应该好好相处，毕竟以后还要踏入社会。像我现在的情况是很不好的，我想尽快走出来，让自己的生活有所改变。我要改变自己。老师您说我应该怎么办？

梅琳

傅老师回信

梅琳同学：

你好！很高兴看到你的信。你愿意对我吐露心声，说明你对我有一份信任。谢谢你的信任！

你这样的烦恼，我想大多数学生尤其是女生都会遇到的，只是程度不等、时间出现的先后和持续的长短不一，所以遇到这种烦恼并不可怕，重要的是你要学会调整心态，努力把不良的情绪排除，学会快乐。

你有处理好人际关系的愿望，渴望和同学们打成一片，这说明你的心态多半还是积极健康的。我觉得你首先应该寻找原因，想想为什么会处不好人际关系。我想根本原因在于你自己。是不是你不够主动？是不是你封闭自己？是不是缺乏自信？是不是不懂得欣赏别人？是不是某个同学的言行伤害过你，你由此产生逃避人群以保护自己的心理呢？等等。你先找找原因，找到原因了就可以对症下药。

我想在与同学的交往中你应该积极主动一些，快乐是靠自己去争取和寻找的，你不能说我等着大家来找我，如果人人都这么被动，都等着别人来找自己，哪有谁来找你呢？如果人人都等着别人来给自己带来快乐,那有谁会给你带来快乐呢?你可以主动找别人,你主动找别人也等于是别人找了你,你给别人带去快乐也就等于别人给你带来了快乐。你对别人微笑,别人也会回报你微笑的。一个自信、乐观、充满热情的人,他定会面带微笑积极主动地与人交往,他带给别人的是阳光,他自己感受到的也一定是温暖。有时候我们想,别人对我怎么这样的态度,冷冰冰的,好像别人看自己的眼神都不对,如果你经常这么想,那就真的可能变成现实。其实别人对你的态度都是因你自己而引起的,要是热情一点、坦诚一点,多点微笑、多点快乐,你就会发现原来并不是那么一回事,大家是可以相处得很好的,自己也是可以融入大家之中的。而且,我觉得快乐应该是人的一个美好品质,因为你的快乐会感染别人,让别人也感到快乐,而如果你板着脸一副不开心的样子,就会让别人觉得难受。快乐又可以说是一个人的修养。人一般都喜欢主动与你打招呼的人,喜欢主动与你亲近给你热情的人,那我们如果要做一个受欢迎的人,也就应该主动一点。

记得我上大一的时候,一个女同学悄悄地塞给我一封信。她在信中说,“在家靠父母,出门靠朋友,我很想有个朋友。我在班上像猫找老鼠一样地寻找,发现你最适合做我的朋友”。她希望我们能做朋友。后来我们真的成了好朋友,像姐妹一样。那封信我至今还保存着。你不妨学学她,如果你身边有几个好朋友,有烦恼一起分担有快乐一同分享,你也会变得更加开朗和快乐的。

不知道我说的这些是不是对你有所帮助。老师希望也相信你会成为一个快乐女生的。课间休息时你可以主动地走上讲台来和老师说说话。我们约好下次上课课间休息时你找我说话,好吗?

2

主题：每天多笑一些

傅老师：

您好！看了您的回信，我想了一下觉得主要原因还在于自己，不能放开去和同学交往。

记得有一位同学说过，要学会和别人打招呼，见到别人时，如果你打招呼，别人肯定会给你回应，所以，要想和别人相处好应该学会主动些，我想我也应该那样改变一下自己。

傅老师，不知怎么回事，和您说出我的烦恼，我觉得心情好了许多，不再感到有太大的压抑，我现在努力让自己开心些，每天多笑一些。说到好朋友，我在这也有一位，我们住在一起，经常一块上课，我也和她说我的事情，关系挺好的。只是我感到和其他的人关系不好，所以就给您写信了。我会在以后的日子里，改变自己争取早日成为一个快乐的女孩。好了，今天就写到这，我们以后再叙。

学生：梅琳

傅老师回信

梅琳：

你好！昨天课间休息时，你主动走上讲台来和我说话，我真的很高兴。我们虽然没说上几句话，但我看见你笑了，你的笑容很美丽。以后经常笑一笑，有时候不妨对着镜子里的自己笑一笑，你会发现笑着的自己很阳光很美丽很迷人。相信你很快就会成为一个快乐的女孩！

你说你也有一位好朋友，只是感到和其他人关系不好。有时候人是这样的，太依赖于某一个人，而忽视了其他人，好像有那一个朋友就够了，疏远了别的所有的人，久而久之，别人当然也就漠视你。而当你看到别人在一块开心快乐的时候，你又很失落，很想融进去，而这时别人已经习惯远离你。慢慢改变吧，从主动给别人一个笑脸，跟别人打声招呼做起，你就会越来越融入集体之中，从而获得更多的快乐。

我女儿有时候也对我发牢骚，说高中生活缺乏人情味，没有好朋友，不快乐。我就跟她说，快乐要靠自己去争取，你为什么不可以主动一点呢！而有时候，她又津津乐道她的同桌或是某个同学怎么搞笑，怎么逗乐，怎么有趣，她们在一起怎么说笑，我就会趁机说她：还说高中同学不好呢，你看你和他们在一起多开心啊，给你带来多少快乐呀，这多好，你还不满足吗？好好珍惜吧，等到了大学回忆起来，多有意思，多么怀念！

无论怎么样，我们都不应该怨天尤人，积极的办法就是从自己做起。对自己树立信心，对别人也要有信心，这样事情做起来就会容易得多简单得多。

希望能经常看到你笑脸，也希望每次课间休息你都会上讲台来跟老师说说话，给老师一句关心的话，老师很需要你的关心哦，也很乐意和你说话。

祝你笑口常开，快乐常在！

四

"你说要是不小心把友情当成爱情而且还深陷其中怎么办?"

@ 主题:把友情当爱情

亲爱的老师:

您好!您说要是不小心把友情当成爱情而且还深陷其中怎么办?我知道我们没有结果,我也没有勇气和他说,我怕我们以后连朋友也不好做,我想把我的情愫从那个地方拉回来,却不知道该怎么办。

感觉来得不是太强也不是太弱,总是淡淡的,只是和他一起我觉得很好,但我不想给他什么压力。他外表看来很阳光,他能让每个女孩子快乐。

最主要是我没有准备好去爱一个人,我想我可能没办法去爱一个人。

你的一个学生

傅老师回信

亲爱的同学:

你好!谢谢你对我的信任,把烦恼对我说,虽然你没有告诉我你的名字。

从你的信看，你是和一个男生关系比较好，你喜欢上他了，这种喜欢可能介于朋友和恋人之间，比友情多一点比爱情少一点。虽然并不强烈，但却似一种闲愁，随时有可能袭上心头，虽然还不至于伤人，但也够烦人的。如果总是陷在其中，那就会影响你的正常学习和生活。你觉得他对你只是朋友，并不爱你？因此你觉得即使你对他表白了也不会有结果，反而可能连朋友也不好做了？我觉得如果你确定他不爱你也不可能爱你，比如他已经有了意中人，那你就应该放弃，告诉自己没有希望，不要再抱任何幻想，就会容易走出来，虽然可能会难过一阵。但你和他依然可以是好朋友，**喜欢他并不一定要得到他，把他放在心里，默默地关注他，欣赏他。**你和他虽然保持着距离，但也因了这距离他才可能永远都在你心里。在大学有一两个异性朋友也是很好的，这种友情可能会是一辈子的。有时候喜欢一个人做朋友比做恋人好，做朋友更轻松，更多的可能是快乐，而做恋人更累，可能更多的是烦恼和痛苦。如果你觉得他也是爱你的或是有可能爱你，而你又真的很喜欢他，他对你来说真的很重要，那你不妨鼓起勇气向他表白，或是含蓄地试探一下，努力地去争取，这样可以避免将来的遗憾。如果你没有做好爱一个人的准备，就再等等，等你准备好了再说吧。

爱是一种能力，爱需要承受，爱不只是快乐和幸福，爱同样有烦恼和痛苦，所以你要有足够的心理准备，要有足够的坚强才好走进恋爱之中。你还小，才大二，不必着急谈恋爱。但在心里喜欢一个人是很正常的，而且也会是美好而甜蜜的，不一定非得说出来，非得求结果，就是那种感觉就足够好的。我说的这些仅供参考，希望对你有所启发和帮助。具体怎么做，还在于你自己。但我希望你过得开心！

喜欢他并不一定要得到他，把他放在心里，默默地关注他，欣赏他。

喜欢他并不一定要得到他，把他放在心里，默默地关注他，欣赏他。

五

“老师，如果你看过什么好书，一定要推荐给我哦，我很喜欢看书的。”

这是一个上海女孩。大大的眼睛，白白的皮肤，穿着朴素而随意，说话细声细气不紧不慢的，笑起来很恬静。她坐第一排正对着我的位子。一次课间休息时，她叫我到她身边坐下来休息一会儿。我看见她的抽屉里放着一本《唐·吉诃德》，于是我们就聊了一会儿小说。她说她喜欢看小说，只是很少有时间看。又有一次课间休息，她走上讲台来从电脑里找歌放，放完她点的一首，接着我点放了一首《生日快乐》。听到这首歌，她又走上讲台，靠近我，贴在我的耳边悄悄地对我说：“老师，今天正好是我的生日呢。”我说：“真的啊？老师祝你生日快乐！越长越漂亮越来越可爱！”她笑了，笑得很甜。也许，像她这样远离父母独自在外求学的孩子，特别需要身边的人在生日的这一天对自己说声生日快乐吧。

课程结束时，我把邮箱在她班公布了。没过多久，她就给我发来了邮件。每次读她的信，都会感觉是她坐在我面前，轻轻柔柔地对我说话，脸上挂着恬静的笑容，感觉总像一股清澈的小溪潺潺地从心头流过，很清新很甜美。

1

主题:好书请推荐

老师:

我是刘小圆,一个很喜欢您上课的学生。您上课真的拓展得很多,在没有语文课的今天,上您的课真的很有收获。老师是个很有学识的人,所以对于一个很崇拜您的学生,您一定要和她常常联络哦。

今天是圣诞节,虽然是西洋的节日,但还是要赶时髦的。圣诞快乐!新年快乐!在新的一年里,老师要身体健康,百事可乐,女儿要考上理想的大学。如果考到上海,可以来找我哦。

老师,如果您看过什么好书,一定要推荐给我哦,我很喜欢看书的。

小圆

傅老师回信

小圆同学:

你好!很高兴收到你的信,谢谢你平时对我的支持,谢谢你的喜欢和鼓励,谢谢你的祝福!

感觉你是个安静而淡雅的女孩,所以才会喜欢读书,也许是因为喜欢读书并且读了很多的书才安静而淡雅吧。我喜欢你这样的学生,喜欢爱看书的学生。

我想你假期有空可以看点闲书,一是修养二是享受。你看过周国平的书吗?可以读读他的书,既有文采又有哲理,读起来也不会觉得累。小说方面可以读一些中外的经典名著，帮助你了解中西文化，也是增强自己的文化素养，而且有助于你提高写作水平。哲学方面，你可以先尝试着读一读美国威尔·杜兰特的《哲学的故事》。

保持联系！祝考试顺利！

2

主题：祝福

老师：

不知您寒假过得怎样了，新年就要到了，新年快乐。

放假就变懒了，吃吃喝喝的，什么也不想做，我妈实在看不下去了，就叫我去读个英文班，于是每天累得要死，不过，还觉得蛮有收获的。这就是所谓的痛并快乐吧。现在的竞争真是很激烈。如果我没记错，老师的女儿应该要考大学了吧？替我祝她顺利。如果想考上海的学校，哈哈，或许我还能帮点什么忙。

嗯，新年快乐，希望老师越活越年轻，还有要常常联络哦。

小圆

傅老师回信

小圆：

你好！你真乖，还记得给我新年的祝福和问候，我很高兴啊！谢谢！

假期一定过得充实而快乐吧？我的这个假期不像假期，除了不要上课，实际上更忙。主要是外语，4 月份职称外语考试，马上开学又得上一门新课，得赶紧备课。所以啊，你要好好学外语，免得到时候考研之类的事情受外语的影响。

我女儿马上要高考，可她比较懒，今天不上课，她这会儿才起床，不太像要高考的人。前几天老师说想推荐她考浙大的保送生，小语种专业，学外语，她毫不犹豫地放弃了。她说不想学语言专业，语言只是一种工具，平时也可以学学的，不想当作专业来学。只好随她了。谁知道会考成什么样呢。她说她只有一个目标，就是考到北京去。那年，我在华东师大读在职研究生，带她在上海玩了几天，她很喜欢上海，也喜欢华东师大花园般美丽的校园。但她还是想去北京上大学，然后到上海或是杭州之类的城市工作和生活。她总是有她的想法，不过她的想法也常常会变。

下学期我不去新校区上课，除了周五下午可能去开会外一般不去那边，所以会比较少见。有事情或没事情都可以发邮件保持联系。

3

主题：老师，加油啊！

老师：

不知过了年胖了没有，哈哈，我都吃得胖胖的。快乐的日子总是很快过去的。上海这个地方真的诱惑很多，所以就知道玩，好在马上要开学了，要好好学习才是。

老师正在为英文考试头痛不已吧，可以向你女儿请教一下，我想也不用太紧张,常常看看英文资料,看看英文书,有时可以问你女儿要两盘磁带来听听,曲不离口嘛。老师,加油啊!

老师的女儿真是有主见,其实浙大的小语种真的非常不错,发展前景十分好,什么西班牙语啊,德语啊,出国留学的机会真是很多,在国内也有很好的发展,在上海的外国语学校,小语种的分真的要求很高。不过,她不喜欢也没办法。可以想得到,你的女儿一定很优秀,考个好大学也不是很难,读什么只要肯努力,一样能成才。即使我在这个偏僻的三流大学,但也从来不失去对将来的信心。

今天是元宵节,元宵快乐,合家幸福!常联络。

小圆

傅老师回信

小圆:

你好!过年是胖了一点,也可能是到了年纪,该胖了。平时不觉得,一去商场买衣服,试衣服的时候就很受打击,不是穿不上,就是穿上显胖,很难挑到合身的。往往那个时候就下定决心减肥,可是回到家就忘了。毕竟减肥是件挺不容易的事,何况我也不是太胖,得过且过吧,呵呵。不过呢,一开学我就会瘦一点。有的老师说,想减肥就多上课,还真是这么回事呢,这也说明上课其实是件挺辛苦挺消耗身体的事情。我的一个同事总是说我,一到上课忙起来,整个人就显得疲惫和憔悴,而没课的时候,休息好了,脸就红润起来了。所以,课多的时候,我自己都很同情自己呢。

女儿不想学外语,也只好随她。一直以来,很多事情都是她自己做主,我想在高考填报志愿挑选专业上,我们也会尊重她自己的选择。想想我考大学的时候,傻乎乎的什么也不了解,报哪个大学学什么专业,都是我父亲说了算,结果学了个政治教育专业。说不上后悔吧,但总有遗憾,因为毕竟不是自己喜欢的专业,但我并不讨厌教书。现在的孩子不同了,他们有自己的了解和想法,所以不能家长或老师说了算。我希望她学一个自己喜欢的专业,这样学起来才不会觉得累,才会有快乐。我总认为,读书学习真的不只是为了求职谋生,而应该是一个快乐的享受过程。如果是自己感兴趣的专业,学起来就会是一个快乐的享受过程。

老师很欣赏你的心态,你真是个恬静而平和的女孩,能够以一颗平常心做人行事,立足现实,对未来充满希望,对生活满怀信心,不像有的学生,喜欢怨天尤人,总是抱怨学校不好,环境不好,而不作主观上的努力。其实就像你说的,读什么只要肯努力,一样能成才,即使在很普通的大学,只要不失去信心,只要奋斗,将来一样可以成功。

谢谢小圆对老师的惦记!也为你祝福!

4

@ 主题:找一片心灵的净土

老师:

很久没有跟您写信了,不知您过得可好?"五一"有什么计划吗?天气应该还会不错吧。

我最近也是很忙，忙得看闲书的时间都没有，这个学期刚刚考了计算机国家二级，不知道通过了没有，又开始为六级而努力。您的女儿现在也一定很忙吧？

最近学校回放了《感动中国》的录像，看了，好感动哦。那些感动中国人物，我觉得他们一个个都是平凡得不能再平凡的人，有毅力，有坚持，有爱心，并身体力行地去做。真的好感动，看了就觉得中国是个很好很好的国家，中华民族是个很好很好的民族，因为有他们。有这么些社会的精神力量在，我们的民族一定会飞跃。最近大学生支援西部的活动也展开了，我有时想，能为国家贡献一下，是不是更能体现自己的价值？等毕业了，如果没考上研，去那边体验一下另一种中国的生活方式也不错。在太过功利的今天，找一片心灵的净土。

老师最近有没有看到特别有感觉的书？

最近大四的人来找我，谈了点关于未来的事，一片迷茫。考研吧，将来不能改行，也不知道自己是不是真的有勇气把它作为自己一生的事业，不考吧，现在竞争那么激烈，本科生想要很大的发展真的很难，特别是对于我们这种医药领域。人生就是不停地在做选择题，反正现在就先这么过吧，该努力的去努力，该考级的去考级。

老师身体要保重哦，希望有空常联络。

小圆

傅老师回信

小圆：

你好！这个学期我也一直忙，感觉很累，身体也不太好。不过现在忙得差不多了，我可以放松一下，可以看看书做做自己喜欢做的事情。

我女儿学习比以前用功了些，但不是特别紧张的感觉。她向来如此，我要是说她不够用功，她会说学习只是她生活的一个内容，至多是一个比较重要的内容，但绝对不是全部。她还会说，再忙再紧张音乐还得听听，电视还得瞅瞅，尤其是有关 F1 的赛事舒马赫的战绩，那是不能不关心的。她还说，她班学习成绩好的女孩大都喜欢体育节目，喜欢 F1。我不太会去强制她，我对她有一份信心，她也能感觉到我对她的信心，一般情况下她知道做什么和怎么做，还算能比较好地控制自己。

今天看《焦点访谈》，讲《感动中国》人物的故事，我感动得热泪盈眶。你也会为这样的一些人和事所感动，你想去西部，想为社会作贡献，想寻找并保持一片心灵的净土，说明你有一份纯真和美好，有激情和理想，你对人生社会的思考是积极的。我想如果你一直能持有这样的一种心境，追求着一种比较高的人生境界，那你将来一定会是一个对社会有作为的人。所谓梦想有多大，天空就有多大。一个人如果想的只是一己私利，那就会限制他的发展和成就。爱因斯坦就说过，只有为他人而活的生命才是有价值的生命。一个人的人生价值，主要体现在他为社会为他人所作的贡献，如果他既能对社会作出比较大的贡献，自己也因此而获得了他所需要的，那这样的人生应该算是比较完美的。

前阵子忙，也没有顾得上看书，电视更是少看。这两天轻松了些，才翻出去年托一个同学在北京买的《人生哲学》，想好好看一下。等有了足够准备并且有精力的时候，我还是想开“人生哲学”这门选修课。我觉得学生应该需要这样一门课，需要人生的思考和人生的智慧。有一次跟一个朋友说到开选修课，朋友说我何苦呢，又不需要挣课时费，何必搞得那么辛苦。他还开玩笑，说我有使命感。呵呵，也许吧！其实，看看这一类的书对我自己也是一种修养吧。我觉得自己需要不断地提高修养。

现在考研的人越来越多，考研也有一定的难度，但不考似乎也不行。关键是要选好一个专业，再就是把握时候，不一定非得大学毕业的时候就考，可以一边工作一边考，到时候读在职的也许会更好，如果大学毕业你能找到工作。考不考、什么时候考，也是因人而异。但从长远来看，要想有更好的发展恐怕还是得考。你考虑这些问题时，要注意把眼光放长远些。

5

@ 主题：读书的时候总会想到你

老师：

好久没和您联络了，这阵子忙考试六级忙晕了，下午的六级考完就没什么事了。您的女儿考完了吧，考得怎样呢？相信不错吧。不知道你们暑假这漫长的日子会去干吗，出去玩玩吧？我呢，暑假有个机会去俄罗斯，去玩一个星期吧。爸爸的单位效益还行，他要去，妈妈就花血本带我一起啦。其实是她很想去，不好意思把我一个人留在家，哈哈。还是挺幸运的。等回来发照片给你吧。

老师，每次我读书的时候，总会想到您，特别是读文学类的书。虽然近来没怎么看课外书，但是，未来十几天，都会看点书，觉得书是心灵的润滑剂吧。如果时间长了不看书，就会感觉比较枯燥无味。

老师身体要保重。在学校很少能见到您，希望一切安好。我呢，会努力的，会努力生活。希望能常联络。

小圆

傅老师回信

小圆：

你好！每次看你的信都感觉很舒服，你真是个恬静、平和、积极乐观的女孩。老师很喜欢你！

我女儿考得不太理想，估了六百零几分，第一志愿报了南开，有一定风险，如果她估高了分很可能就进不去，那就只好上第二志愿的江西财大，或是二本的上海金融学院。也不知道上海金融学院怎么样，我是想进不了重点，就选择个好点的城市吧。

她承认高三谈了一年恋爱，我都不知道怎么说她好。我也不知道如果不谈恋爱，会考得更好还是更差。她说高中生谈恋爱的很多，说高三一年学习很辛苦，有那么一个男生关心着自己陪伴着自己，觉得很好。不过，她说，所谓的谈恋爱其实也就是关系比较好，互相关心互相帮助而已，并不是大人们想象的那样。

她想约几个好友在雷式外语学校学外语，以打发暑假。他们想报四级英语班，又想报法语班。你说她学什么好呢？如果学法语，这么一段时间恐怕也学不到什么，四级英语有必要专门去学吗？

能去一趟俄罗斯真是不错，那里的风光肯定很特别，至少出去可以增长见识，辛苦了一个学期，也正好和父母出去放松一下。等着你回来发照片给我看。

告诉你，我的职称外语考过了，竟然还考了66分呢。职称英语对我来说差不多是最难的事情，总算考过了。我真的很高兴。接下来就要准备申报职称了。

6

@ 主题：祝贺老师过了英文考试

老师：

听到您过了英文考试，那真的要祝贺您哦。对你们上了年纪的人来说，读书的确不是件容易的事。我看到当年我妈考职称英语的痛苦表情，就立志现在要好好学。哈哈。

您问我对您女儿的建议，我觉得，真的要是想学什么东西，就学英文吧。不知道她报的是什么专业，英文有很多种，不一定是四级。我暑假要学个中级口译。如果她真的想学点什么，就学这个吧。南大有培训的，好像要学三个星期。听说读写都会上，读完有个考试，这张证书含金量很高，通过率不高。不过，我觉得，在准备考试的过程中，英文会全面提高，这个水平比四级稍微偏难一点点，如果你女儿英文挺好的话，就可以去试试。不过我觉得，高三辛苦了一年，应该好好玩一下。

嗯，上次去欧洲的照片我没发给您吧？等我回家发给您。老师有机会一定要去一下，只有亲身感受，您才知道什么是欧洲，一个完全不同的地方。

如果您的女儿进了什么大学记得告诉我，哈哈。有机会真的想到老师家去玩一下，再顺便借两本书哦。最近读到你推荐给我的那个周国平的一句话觉得挺感动的。他说："被失败阻止的追求是软弱的，因为它暴露出力量的有限，被成功所阻止的追求是肤浅的，因为它暴露出目标的有限，前面的路还很长，我就要上路了。"可惜我一本他的书也借不到，不过没关系，我会努力寻找的。

小圆

傅老师回信

小圆：

你好！俄罗斯之行一定很有收获吧？到时候发照片给我看。很羡慕你去过欧洲又去俄罗斯，我虽然去不了，看看你拍的照片也不错啊。

女儿录取到了南开大学的国际经济与贸易专业。她的分比复旦的线高出了9分，但当时没敢报复旦。不过南开也不错，就是觉得天津这个城市没上海好。她可能觉得闲得无聊，自己去报了个口语班跟着老外说英语。还买了本厚厚的外国人编写的《微观经济学》在看，因为开学后得学这门课。她说进入一个新的领域，感觉天空是那么的高世界是那么的大，真好！她刚把她的一张大头贴贴在我的电脑上，说她上大学了我就可以天天看她。看我在写信，她笑呵呵地说："我突然想起小学三年级的时候一个教作文的老师说的一句话，他说，我平时可以叫你们同学们，但你们给我写信落款就不能是'你的同学'。呵呵。"她总有一些有趣的事情时不时地抖出来逗我开心。她现在每天要在网上呆几个小时，跟同学聊天。有时候出去跟同学约会，如果我显得不放心，她就劝我："你要学会放手，不然我上大学去了你管不着我了，你会不习惯的。"

前几天顺路去了一下书店，买了几本书，主要是为备课买的，一是唐宋词方面的，一是科技哲学方面的。北京大学出版社出了一套后现代交锋丛书，我买了其中的几本来看，《库恩与科学战》、《哈拉维与基因改良食品》、《达尔文与基要主义》、《爱因斯坦与大科学的产生》。还没有开始看，也不知道我能否看下去。买了本武汉大学教授王兆鹏的讲课实录《唐宋词名篇讲演录》。我是想看看别人是怎么讲词的。他的讲法比较特别，是把词分成几类来讲，比如约会词、离别词、相思词，等等。我是想多看点书应该会受些启发的，也是讲课必需的。

等开学了你找个时间来我家借书吧，或是我带给你。下学期我会在新校区上课。周国平的书我这里有几本，可以借给你看。我喜欢爱看书的人，更敬佩知识渊博的人，可能是因为自己知识比较贫乏吧。越看书就会越觉得知识的海洋浩瀚无边，自己知道的只是一点点。又想起苏格拉底的话，"我只知道一件事，那就是我一无所知。""最聪明的人是明白自己无知的人。"

假期好好放松一下，祝你开心！

六

“我要的生活是什么？或者我到底做了什么？我很迷茫，期望找到答案。”

@ 主题：老师，我不知道我要的生活是什么

尊敬的老师：

首先请您原谅，我今天没有来上您的课，并不是因为您的课不精彩，原因在我。这学期自开学以来，已经过了两周有余，而这两周的光阴被我虚度了。我感觉自己就像行尸走肉，没有灵魂，没有思想，唯一能动的就剩下五官和四肢，还能机械地笑，傻笑。机械地从宿舍走向食堂，又机械地从食堂走到教室。直到昨天晚上，中秋月圆之夜，与同学们欢聚在一起，唱歌聊天，我才发现，我还能这么开心地笑，发自内心地笑。其实这也是对我的一种震撼，一种警醒。我要的生活是什么？我问我自己。我一直在苦苦思索，只不过到后来，头脑麻木。这个问题一直僵在那，也许这个问题对别人来说不是难题，但对一个已经麻木的人来说，并不是那么容易解决的。我还能笑，说明我的情感还未泯灭。但我仍不能回答，我要的生活是什么？或者我到底做了什么？我很迷茫，期望找到答案。我知道我的这种心态在大学是很不利的，急需调整。权衡再三，决定找个清净的地方好好反思，所以就没来上您的课。今天上课的内容我已于昨晚夜深人静之时学习了一遍。如果老师觉得我在瞎掰，记我旷课吧。

越看书就会越觉得知识的海洋浩瀚无边，自己知道的只是一点点。

越看书就会越觉得知识的海洋
浩瀚无边，自己知道的只是一点点。

希望能与老师交流，并得到老师的指点！

王海朝

傅老师回信

王海朝同学：

你好！我欣赏你的坦诚，但我觉得你没有必要利用上课的时间专门去寻找清静寻求答案。你试图搞清楚一些人生问题，这很应该。古希腊哲学家苏格拉底就说过，“未经省察的人生是不值得过的”。人可以但不应该稀里糊涂地过，人应该是清醒而自觉地活着的。你知道反省，说明你不想稀里糊涂地过。你做了些什么？你应该是清楚的。至于你要什么样的生活，这倒是值得好好想清楚的。一个人想要什么样的生活，应该是面对现实的。你现在是学生，学习是人生的主要内容，这一点无论你想不想都是现实。你不能想你现在要去四处旅游观光、经商赚大钱，或是找个女友结婚什么的，因为这些都不切实际，一般来说想也是白想。你要围绕着学习来想，你要怎样学习？是轻松一点学还是刻苦地学？学习要达到什么样的效果？是要拿奖学金还是马马虎虎地过得去就行？学习之余你要做些什么？是珍惜时间做些有益的事情（比如参加社团活动锻炼自己的工作能力；阅读课外书籍增长知识增加修养；打球跑步锻炼身体增强体质，等等。），还是浪费时间去玩（比如上网聊天玩游戏）？只要想清楚了这些就好办了。你是怎么想的呢？我觉得大一大二，主要搞好学习，保证有一个比较好的学习成绩，学习之余就是多参加一些活动锻炼各方面的能力，多读些课外书拓展视野，增加涵养，丰富精神世界。这些无论你将来做什么都是很有必要的。到了大三，你可能就会有一个比较明确的目标了，是考研还是就业或是别的，这时你就可以针对目标集中精力作努力了。

以下是我在网上看到的一个资料，与你分享，希望对你会有所启示。

哈佛大学曾进行过这样一项跟踪调查，对象是一群在智力、学历和环境等方面条件差不多的年轻人。调查结果发现：27% 的人没有目标；60% 的人目标模糊；10% 的人有着清晰但比较短期的目标；其余 3% 的人有着清晰而长远的目标。

以后的岁月，他们行进在各自的人生旅途中。25 年后，哈佛再次对这群学生进行了跟踪调查。结果是这样的：

3% 的人，在 25 年间朝着一个方向不懈努力，几乎都成为社会各界的成功人士，其中不乏行业领袖和社会精英；10% 的人，他们的短期目标不断地实现，成为各个领域中的专业人士，大都生活在社会的中上层；60% 的人，他们安稳地生活与工作，但都没有什么特别成绩，几乎都生活在社会的中下层；剩下 27% 的人，他们的生活没有目标，过得很不如意，并且常常在抱怨他人，抱怨社会，当然，也抱怨自己。其实，他们之间的差别仅仅在 25 年前，他们中的一些人就已经知道自己最想要做的是什么，而另一些人则不清楚或不很清楚。这个调查生动地说明了明确生活目标对于人生成功的重要意义。

老师希望你尽快明确自己的人生目标，然后朝着目标坚定地努力，将来做个成功人士。

还有啊，平时想问题要避免钻牛角尖，不要把简单的问题复杂化。其实大学生活相对来说比较单纯，只要你想清楚了，确立了目标，你应该会过得充实、丰富而又轻松快乐，满怀信心，且充满活力。老师希望你能够积极向上地、愉快地、无怨无悔地度过大学生活。

有机会我们可以面对面地交流。

七

“老师，像我这样喜欢一个女孩子，但不敢去追的人，我该怎么办？特别是我自卑心理该如何解决？”

一学期的课程结束后，就在快放寒假时，我突然收到一封信。不是电邮，是纸质的信。一个白色的信封。当系办的老师把这信封递给我时，我根本没在意。我以为又是那种垃圾信件，千篇一律的内容，说我的发表在某杂志上的某篇文章被选中，评了个什么奖或是准备刊登在他们的杂志上，条件是交一定的费用。这种信件一般都会被我当作垃圾扔掉。好几年了，几乎没有人给我寄来不是那种垃圾信件的信。几年前经常在报刊发表小文，还会时不时地收到读者的信或是编辑的约稿信。这几年极少写文章，也就被人遗忘了，自然就没有了有价值的信件。我也不会想到这封信对我来说会有什么意义。我很随意地瞄了一眼信封，却惊奇地发现，寄信地址居然是本校，信封上赫然贴着邮票，是通过邮局辗转寄来的。我立即想到这极有可能是学生写给我的信。我马上就重视了起来，回到自己的办公室，心情复杂地打开了信封。

当时读完这封信，我很震惊。如果他不写信说，我作为一个老师，虽说是教了他们一个学期的课，但对他却一无所知。而读了他的信，知道了他的姓名，我也是对不上号，那么多学生中到底哪个会是他？我深切地感到学生是很需要老师跟他们亲近给他们关心和帮助的，而我做得真的很不够。我不知道他们平时在做些什么，更不知道他们在想些什么，不知道他们内心世界是什么样的色彩。他们其实是渴望走近老师的，而我们的老师又有几个能让他们感觉到是可以走近的呢？我很欣慰，他选择了我当作他倾诉的对象，说明我给了他一份亲近感和一种可以信任的感觉。同时，我也感到责任重大，对一个这样的学生，我应该怎么说？说什么？我要怎么做才能对他真正有所帮助？

我想了挺长时间才下笔给他回信。

回完信，我专门打了个电话给他。当时恰巧他一个人在宿舍，我和他聊了半个多小时。我尽我的所能苦口婆心地开导他鼓励他给他信心，并表示如果他有什么需要我帮助的随时可以对我说，我一定会尽力而为。电话那端的他，说话不多，表达也不是很顺畅，但我能感觉得到他是激动而高兴的。末了，他表示会听老师的话，请我放心。我感觉他就像一个在得到了母爱之后的孩子，很自然地流露出一种顺从和乖巧。

这之后，很长时间没有收到他的信，但偶尔遇到他宿舍的同学，我会打听一下他的情况。不知道是他的同学不愿意多说呢，还是他后来真的没有什么大的问题了，总之没有什么不好的消息传给我。我就想也许我的电话和给他的回信真的对他起了作用呢。我也就没有再打扰他。

直到第二年的年底，我收到一封没署名的学生发来的电邮，我很认真地回了信，他再来信时才告诉我他的姓名，问我是否还记得他。我才又有了他的消息，又和他有了联系。

1

@ 主题：我现在感到迷茫

傅老师：

您好！您是在我求学中遇见的最好的老师。高中有几位很好的老师，但都不像您像母亲一样关心我们，同我们讲心里话。我很想有一位知心的人同他讲一讲我心里对大学生活的感受。

我是一位来自贵州贫困山区的农村孩子，家里很贫困，现在只有母亲父亲务农。一年辛苦下来没有几个钱，所以我来这里求学是很不易的。可是我到这里是什么样的呢？我第一学期，除学费用于生活的费用快上 4000 元，这只是大一的上学期，下学期有点节省，但也是 3000 多元。这样下来大一我总共花了 1 万多。花了这么多钱还不算，现在我又得交补考费，我大一一年挂了三门课，像这样我(审)申请了贫困生，我是我们班的唯一的特困生，但我拿了那 800 元钱，我的几位哥们还让我请客。我真的对自己做的事感到很心寒。可他们说为了(审)申特困他们可是说了不少好话。我看到那些比我还贫困的学生那样的节俭……

老师，我特怕听家里来的电话，很怕向家里要钱，听到我妈老是说钱的事。

老师，我现在感到很(密盲)迷茫，我不知道我该做什么，有一点是知道的是学习，可老是学不进去，就是大一下学期我(克)刻苦了结果还是挂了两门。我想来想去觉得我的记忆力太差了，比一般的还有点差。但有一位同学说我的学习方法不对。这学期我又要考试了，我很怕。

说句心里话，老师，我这个人就是心里大体知道自己的一切，可很不详细，我这个人就是知道自己的哪里不足，该怎样去做，有时候会有股热劲去做一段时间，可不长我又回到了原来的我。我是常立志。

现在我特好去玩，一碰见自己不想上的课或是心情不好没劲的时候我就去上网。上网通宵的人经常来约我，我玩性又大，现在我可是常常去通宵,明知自己不对,我觉得不知怎的只有上网。

我很想找一位同我有共同语言的女朋友。我看几位,她们不是很优秀的就只中等的,可她们说不上几句话,我就没话可说,这些人我只想让她们成为我的红颜知己。有一位是其他班的,我很喜欢她,可我总觉得自愧不如,自卑心理很重,我怕她不喜欢我(高中时我深深追过一位女孩子,快一年了,高考快到了她答应我说喜欢我,可前些日子她来信说,她是骗我的,所以现在我很怕)。再说她在别班我没机会去认识她。我们寝室的人都有女朋友了。老师,像我这样喜欢一个女孩子,但不敢去追的人,我该怎么办?特别是我自卑心理该如何解决?

傅老师,您是我遇见的最好的老师,真的,您给我们上课时很像我的母亲,我到后来才体会到这一点,真是相见恨晚。

老师,您能给我回信吗?我的电子邮箱是……

钟钦

傅老师回信

钟钦同学:

你好!今天去学校才收到你的信,谢谢你对我的信任。我很愿意听你说,我也很理解你的心情。

人活在这个世界上,是需要朋友,需要心与心真诚的沟通的,需要一个可以说话的人,可以想念的人牵挂的人,尽管人一生中多数时候需要独自品尝孤独和寂寞的滋味。尽管你的成长，你对人生的领悟，甚至包括你从痛苦烦恼失望中走出来，从跌倒中爬起来，真正依靠的是自己，但是别人，一个愿意帮助你关心你的人，他至少可以给你一时的温暖，片刻的慰藉，他可以扶你一把，他甚至可以点亮你生命的航灯。我愿意与你共同探讨一些人生问题。

其实不止是你，大多数现实中的人，有谁不生活在烦恼之中，有谁没有失意的时候呢？只是各人的心态不同，感受也就不同，人生的态度也不同。很多东西我们没办法左右，比如出身，比如贫困，比如长相，但我们可以把握的是面对这些的态度。贫穷不是你的错，贫穷也不会是永远的，你可以通过你的努力去改变。我的一个高中同学，当时他家真是穷啊，穷得他一年到头就穿着那一双解放鞋，臭烘烘的，大冷的冬天，他也没有厚衣服穿，经常冻得流鼻涕。可是他学习非常用功，考取了大学，要知道那个时候考取大学是非常不容易的。现在他是一家公司的老板，拥有上千万的资产。

你很体谅你的父母，父母为你含辛茹苦都没什么，他们愿意。重要的是你应该让你的父母看到希望，只要看到希望，他们再苦再累也是高兴的。可是，如果他们知道你考试不及格，还通宵上网玩游戏，他们会怎么想呢？我想，一个心里真正装着父母的人，一个真正有孝心的人，他是不应该也不会让父母失望的。

你说你很自卑，其实每个人都有自卑的一面，因为人不可能处处比别人好，各人有各人的长处和优点，其实看清楚了这一点，人就不应该自卑。有的孩子为了树立自信，他看到自己的优点，看到别人的缺点，这也不失为一种聪明的方法。人怎么树立自信心，总得有所依凭，有的人凭天生的好看的外表，有的人凭良好的家境，有人凭这两点而找到的一个漂亮的女友或是帅气的男友，而这些都是外在的，往往只能满足一时的虚荣心，真正的长久的发自内心的自信应该源于自身的修养，自身的实力。而一个人的修养实力不是天生的。当你多读了一本书，说到某个知识，别人不知道而你知道时，你会自信。当参加同一门课程的考试，别人考及格，而你拿了奖学金，你会自信。当一个人需要帮助，别人袖手旁观，漠然视之，而你尽你所能伸出援助之手，你会自信。当老师提问题，别人回答不出来，而你却能侃侃而谈时，你会自信。当别人不敢上台发言，你却能大大方方地上去时，你会自信。如果这一切的一切你都不能，那你当然就很难有自信。但就算你这些都不能，你也还可以有理由自信，你看你相对于病人残疾人来说，你是健康的；你相对于那些落榜只能在家种地或是出去打工谋生的孩子来说，你是大学生；你相对于那些孤儿来说，你有父母双亲，你享受着他们无私的爱与奉献。你是正常的健康的人，你在大学接受着高等教育，有这两点，你就足可以改变一切。从现在开始，来得及。给自己一个最近目标，那就是让所有的科目都考试通过。别人能考优秀，你考个及格有什么难的呢？当你通过努力达到了自己的预定目标，你会获得自信，你会很快乐的。追求目标的过程本身就会让你过得充实快乐。

你说你贪玩，其实哪个人不想玩呢，就像老师我也有时候在网上打打牌，但我会反省，有时候我把游戏网址删除，做别的事情，几天不打牌也没有觉得什么，因为有别的事情做着，你充实着，在做事情的过程也会有乐趣，不是非上网非打牌不可。其实有时候挑战自我战胜自我也是个充满快乐富有成就感的过程。你没看电视里边报道的吗，比你陷得深得多的人有的是，他们什么都可以不要，只要能上网就行，为了上网甚至对父母大打出手，但他们后来不也改变了吗！玩物丧志，真是这样的。要注意吸取教训，为了避免玩物丧志,首先要避免接触那个“物”。很多人知道游戏好玩,但也知道玩了就可能上瘾,从而产生不好的后果,所以他们在没有把握能够控制自己不上瘾的情况下,就不去接触游戏,就是做到不去玩游戏。毕竟玩游戏不是人生所必需的。

至于你说到谈恋爱,我觉得没必要急于谈恋爱,感情这东西是要看缘分的,不必着急。等你学习搞好了,成绩上去了,有了修养了,有了自信了,还怕没有女孩子喜欢你吗?如果你真心喜欢一个女孩子,你不妨对她表白,如果人家没那个意思,你就放弃。没必要纠缠于感情之中。当然你想有个女友,这份心情我是理解的。但毕竟大学生活应该是丰富多彩的,恋爱暂时是可有可无的。来了就接受,没有也不可强求。

再就是你说到的特贫补助,你的哥们叫你用这个钱请客,你很难过,却又不得不请。这就让我觉得现在有的学生真的很不单纯了,评个什么就知道搞关系拉票,还学会了请客吃饭这一套,社会的不良风气也刮到了校园,影响了学生。也许这个很难避免,但通过这件事,你要更加懂得,无论是怎么得来的钱,你父母的血汗钱还是国家给你提供的补助,你都不应该随便用,一定要节俭。如果你用这些钱去上网去请客吃饭,你肯定会于心不安,深感内疚的。实际上你也的确这样了。

另外,你信中有几个错别字,我给你挑出来,希望以后注意一点。“审”请应该是“申”请,“密盲”应该是“迷茫”,“克”苦应该是“刻”苦。

好了,先就说这些吧。再就是,我建议你多看点文学方面的书,平时可以写写日记什么的,把文字表达提高一点,尽可能地少点错别字。这些都是可以改变的。希望下次再看你的信时,会有更好的感觉。还有就是记忆力的问题,过多上网就影响了记忆力。少想点网络,注意力转移到学习上,记忆力就会好。祝你进步,祝你开心!老师相信你,你只要努力不会比别人差的!

2

@ 主题:老师帮帮我

老师:

您好!圣诞快乐!我可以和您聊我的心事吗?我是X班的学生。我最近遇到一点心事。我好烦。我在前几天遇到一个女孩,是我的好友给我介绍的。我们在一起也很平淡。我们在一起的时间也没有多少,就三天的时间。我觉得她很好的是心灵方面,外表就一般了,可是在昨天晚上她提出来说我们还是做朋友的好。我也说了好多好话,可就是挽留不住。我(尊崇)遵从了她的选择,毕竟我下学期就要到老校区了,那我们在一起是时间就太少了。再说我是外省人,对以后也很不现实。我也不想伤害她,就让我们这么结束吧!

以前我觉得我对她就一般的感觉也没什么,可是现在我觉得心里好难过。我昨晚老是梦见她,今早上课也上不进去,只觉得我心里是少了她。因为她这人心太好了,就改变我的想法,使得我要好好地对她,不要做对不起她的事。我开始的想法就是玩的。我认为她就是这样(拘接)拒绝我的。她提出分手的理由是她和我在一起没有那种感觉,(在)再说她有一个喜欢的人,只是单相思,还说他们是有机会的,和我最多就是一个好朋友,不会有好的结果。

老师你说我该怎么办?就这样放弃吗?她毕竟是我来这里几

年了唯一喜欢的女孩子。

一个需要你帮助的学生

傅老师回信

同学：

你好！你和她才认识几天，你对她了解多少呢？你对她感情能有多深呢？虽说也有一见钟情，但真要与一个人牵手相爱，那还是一件挺严肃的事情，需要认真对待，三思而行，不然，后患无穷。既然她已经明确地拒绝了你，那你还有什么可想的呢？不要给自己任何的希望和幻想，告诉自己没有希望，你就容易忘掉她了。**你们本来就没有走到一起，现在也谈不上是分手。她本来就不曾属于你，现在这样也谈不上是失去。**其实你自己都想清楚了，就算她真的接受你的感情和你谈恋爱，受到时空限制，也是很不实际的，更何况她对你没有感觉，你如果还陷在里边不出来，那就是自寻烦恼，无济于事。不过，我理解你的心情。你现在可能渴望有一个女朋友，渴望有一份感情，渴望有个人来关心你爱你，你这个年纪又远离家人，也是很正常的。然后遇到这么一个女孩，就迫切地想把感情投入进去，就想像很多同学那样来一场恋爱。可是，谈恋爱是不能着急的，要看缘分，爱是互动的，一头热没用，所以明智的选择是尽早忘掉她，不要浪费感情自寻烦恼。你要是真喜欢她可以把她放在心里呀，默默地关注着她，必要的时候给她关心和帮助，那种感觉应该也是很好的，而且因为是朋友不是恋人，无论怎样也不会痛苦和烦恼的。慢慢地你就习惯了，习惯做朋友。凡事应该顺其自然，不可强求，这样才能保持一颗平和而快乐的心。你想想，好女孩很多，只要自己准备好了有了好的条件，还怕遇不上找不到吗？相信属于自己的女孩一定会出现，只是可能不是现在。毕竟你是学生，目前最要紧的事情是学习，而不是谈恋爱。你应该学会从学习中寻找快乐，让心灵充实起来！我说的这些仅供参加。希望你会把握好处理好，很快走出来，快乐地生活安心地学习。祝你开心！

注：你信中有几个错别字，给你挑出来，以后注意别再写错。"我尊崇了她的选择"，这里的"尊崇"应该是"遵从"。"我认为她就是这样拘接我的"，这里的"拘接"应该是"拒绝"。"在说她有一个喜欢的人"，这里的"在说"应该是"再说"。

3

主题：我会振作的

老师：

谢谢您！您说得很对，都说到我的心里去了，我这几天都是很没劲，您说的让我明白了好多，谢谢您！我会振作的。我真的不能为了一个女孩子这样。

老师您还记得我吧？我给您写过信，上学期还打过电话，给您带来这么多麻烦，真是对不起！

我们下学期就搬到老校区去了。现在我也到大三了，发觉我好多东西都是那么差，就英语来说是全班最差的一个。考了几次都没有一次有60分。我好多门课都是在60分左右。成绩好像对以后找工作很重要。现在想好好地学好，想成为一名中医师。当初来这里的目的也就是这个，毕业以后就回家找份工作。

老师您说对大学有一个好的规划，可我到现在什么都还没有呢。对以后的事都还朦胧，现在就想把大一欠下的东西给补回来，再把大学要求做的做完,到这些做完了也许就毕业了。提起我的学业真是一团糟,什么都好似没学过。

真的很谢谢老师!

老师,我们以后可以在网上聊吗?我叫钟钦,QQ 号是……

钟钦

傅老师回信

钟钦同学:

你好!我当然记得你,都一年了,你还上网玩游戏通宵吗?你看你都大三了,再不努力怎么行呢?!你意识到自己的问题,这很好,接下来要做的是行动。你给我写信,不必觉得是给我添了麻烦,也不必说谢,你是我的学生,我不会怕麻烦的,只是希望我说的话对你多少有点用,希望你真正行动起来,现在开始用功也不晚啊。曾经有一个学生跟我说,他高二的时候成绩还比较差,可是他要上高三时开始醒悟,于是拼命用功,结果考取了大学。当然他高三一年肯定比别人要辛苦得多,因为他前面浪费了时间。事实就是这样,现在没有做的事情,你将来可能要花双倍的时间才能补回来。你以前浪费的时间,现在当然得吃苦花更多的时间补回来,不然你怎么赶得上别人呢,别人成绩好可都是努力的结果。**你要相信,别人能有好的成绩你也能的,但这种可能性要变成现实是要条件的,条件就要靠你自己去努力,去奋斗。**我觉得你每天都应该有个计划,做些什么,怎么做,一天天地积累,一点一点地进步,你就一定会赶上别人的。希望你从今天开始行动。记住,今天的事情不要拖到明天去完成,因为今天过去了不会再有这个今天,而明天有明天的事情要做。正如古人所说,“明日复明日,明日何其多,我生待明日,万事成蹉跎。”“成事立业在今日，莫待明朝悔今朝。”相信你不会让老师失望的！

以下是我摘录的几条网上流传很广的“哈佛图书馆墙上的校训”，虽然有人说其内容不真实，但这些话告诉我们如何不虚度人生，给我们启迪。让我们以此共勉！

此刻打盹，你将做梦；而此刻学习，你将圆梦。

觉得为时已晚的时候，恰恰是最早的时候。

勿将今日之事拖到明日。

学习时的苦痛是暂时的，未学到的痛苦是终生的。

学习这件事，不是缺乏时间，而是缺乏努力。

学习并不是人生的全部。但既然连人生的一部分——学习也无法征服，还能做什么呢？

只有比别人更早、更勤奋地努力，才能尝到成功的滋味。

谁也不能随随便便成功，它来自彻底的自我管理和毅力。

今天不走，明天要跑。

一天过完，不会再来。

没有艰辛，便无所获。

我特别喜欢其中的那句：今天不走，明天要跑。其实这句话的意思也就是你今天不努力，明天将要付出加倍的努力。你看你现在着急要把大一欠下的给补回来，因为你大一没有努力，现在就得加倍努力，才可能补得回来，才可能不太落后于他人。但现在努力也不晚。加油！

我的 QQ 号：124738130。有空在 QQ 上聊聊。现在正在准备期末考试吧，集中精力复习啊，拼搏一下，争取考好点。

八

“老师，我应该怎样才能快乐起来呢？你能告诉我吗？”

主题：我想快乐起来

傅老师：

您好！这几天过得还好吧？

老师，我觉得现在在学校的好多事情很难处理，也许是因为以前依赖心理太强了，现在一个人独自在外，真的感觉好多事在心里好郁闷，不知还有谁和自己共患难。其实我朋友也有好几个，但当我不开心时，我不知是否应把我的烦恼告诉朋友，因为我怕她们会因为我而不开心，时间长了，她们会不会烦我？老给她们送去烦恼。所以，好多时候我就一个人生闷气。一直以来，我朋友很多，但我却感到很孤单。朋友都以为我很坚强，其实我很脆弱，真的，当她们不开心时，我可以给她们说好多好多的大道理，而当我自己陷入烦恼时，却什么也不能给自己，我什么也听不进去。

老师，我真的不知自己到底怎么了，朋友都说我学习好又拥有很多，很幸福，而我却感到自己很空虚，除了学习还是学习，当然我知道学习很重要，但我……

老师，我应怎样才能快乐起来呢？您能告诉我吗？

李然然

傅老师回信

然然同学：

你好！很高兴收到你的信。谢谢你对我的信任，向我说你的烦恼。

我想每一个人都希望快乐地活着。人总有这样那样的欲望，并非所有的欲望都能得到满足，所以会有不快乐，甚至痛苦。怎样远离人生的痛苦和烦恼，让生活充满快乐和幸福，这是一个永恒的话题，也是一个没有标准答案和最终答案的问题。古今中外的思想家、哲学家、艺术家和宗教，甚至很多的普通人，都不会不探讨这个问题，但看法不一观念不同。**人生苦乐相随幸与不幸相伴，但有的人经常地快乐而有的人时常地烦恼，这不仅与境遇有关，与人的性格、学识修养、思维方式、人生价值观等也密切相关。**经历同样的灾难，不同的人痛苦悲伤的程度和持续的时间长短都不会一样。

现在的大学生虽说生活条件学习条件越来越好了，可是快乐指数却不见提高，甚至反而下降。这可能跟压力有关，学业竞争的压力，就业难的压力，高消费的压力，压得人喘不过气来。也可能跟社会发展有关，社会的发展科技的进步，使得人们生活越来越丰富，手机普及，不停的电话短信，网络使用，无数多的信息让你眼花缭乱，网络游戏让你欲罢不能，QQ 聊天让你头昏脑涨，时间就这么一天天地过去，回过头来你不知道自己做了些什么，甚至不知道自己是谁了。如果你试着去过几天不用手机不上网的生活，虽然可能与外界联系少了，但你的生活会简单得多，你的心会平静得多空宁得多。你可专心地读一本书，专注地思考一个问题，你会觉得很快乐，而这种快乐是内在的是心灵的。这才是真正的快乐。大学生不快乐，可能还有一个原因就是过多地关注自我了。如果你多花点心思想想你的父母，想想在这个世界上给过你爱和帮助的人，你怀着一颗感恩的心想着怎么去报答他们，怎么去陪伴他们，并化作行动，你可能就会快乐得多。

你说你除了学习还是学习，是不是生活太单调了？你也知道学习自然很重要，而且应该是大学的主要生活内容，但一件事情再有意思，只做这一件事情做久了肯定也会厌倦的。除了学习，你还要做一些别的事情来调剂，比如体育锻炼，比如社团活动，偶尔和同学相约着去看场电影，去逛逛街，去散散步，甚至打打牌，都是可以的。这样，好像用在学习的时间少了，但学习效率可能更高，因为你放松了精神，愉快了心情。再说，现代社会需要的大学毕业生不是只知道死读书的，而是需要综合素质综合能力。

心里有烦恼有压力时，需要找个地方释放一下，尽快走出来。你可以找朋友说一说，听听朋友的劝告和开导，感受朋友的关心与安慰，在与朋友交流的过程中，你可能自然而然地就忘却了烦恼。你不找朋友说，可能是你想得太多，太顾及别人的感受和对你的看法，所以你放不开，封闭自已。既然你的朋友会对你诉说，你为什么不可以对他们诉说呢？你听他们说的时候的感觉也就会是他们听你说的时候的感觉。不要顾虑太多，既然是好朋友，分享快乐分担忧愁，也是很自然的。你实在不想找人说，可以写日记。这是最安全可靠的，也是方便快捷的排解方式。写日记还能锻炼你的写作能力，并把你的人生足迹留下来，若干年后翻出来看看，多好啊，自己怎么一步步成长的，自己的苦与乐，都是值得回味的。老师上大学时就是这么做的，那几年留下的几本厚厚的日记将永远陪伴着我。有时候想着有这么多的日记，就觉得很富足，因为那里边有很多很珍贵的东西。

要想让自己获得更多的快乐，还要学会辩证地看问题，一个事情从多方面多角度去看，你就不会那么容易不快乐。比如当你想到别人有什么而你没有时，你不快乐，你要这么去跟人比的话，你永远都不会快乐，因为你永远不可能拥有别人所拥有的一切东西。如果你看到的是自己拥有的，尤其是你有而别人没有的优势，那你肯定会快乐。你常这么看问题，那你就会保持乐观的心态，乐观的人会更容易看到事情的积极面，就不容易烦恼和消沉。有时间不妨读点人生哲学方面的书，看看哲学家们是怎么看人生的，我们不一定完全同意他们的思想和看法，但他们的思想观点对我们肯定会有启发的。你可以看看周国平的哲理散文，看看钱穆的《人生十论》、冯友兰的《人生哲学》。此外，有时间你还可以博览群书，让读书成为一种习惯，成为一种享受，那么你经常读书就会经常快乐，而且读书可以增强修养，让你受益无穷。

再就是，我觉得你不快乐可能也没有什么特别的事情特别的原因，仅仅是一种闲愁而已。就是心闲的时候，突然有一种淡淡的莫名的惆怅，若有所失又若有所求，是一种说不清道不明而又挥之不去的感觉。也许是想找个恋人与自己相伴，让年轻而丰富的感情有所寄托和依靠。呵呵，说得不对别介意啊！你这个年龄的女孩，想谈恋爱也很正常啊。但不要轻易谈哦，不然两个人在一起的烦恼会比你一个人的烦恼更多的。

以后生闷气的时候就想想老师我吧，想想老师笑眯眯的样子，你的心就会平静一些的，或者给老师写信，我不怕你影响我的心情的。你可以把我当作你的大朋友哦，我愿意倾听你的诉说。

祝你开心，天天开心！

九

“老师,您的人生观和价值观是什么呢?”

主题:关于人生观价值观

傅老师:

您好!我是汪大洋,有些话想和老师聊聊。

还记得最后一次哲学课上老师叫我们讨论的话题,当两个同学说到他们活着是为了钱后,留给我的更多的是感叹,感叹现在的人太现实啦,当代大学生的道德教育匮乏。老师您的人生观和价值观是什么呢?

老师,下午我还有考试,先聊到这吧。

汪大洋

傅老师回信

大洋同学:

你好!你说得对,现在的人太现实了,很多人不缺乏物质了,但精神世界却是一片荒芜。我觉得人活着还是应该有精神上的追求,不然的话很容易空虚无聊。你问老师的人生观价值观,其实我也不是经常想这些问题,但我可以告诉你我的人生态度。我觉得人活着就应该快乐一点,要快乐就应该少点世俗的欲望,找到自己的位置,调整好自己的心态,还要有一颗感恩的心。人不应该只想到自己,在自己快乐的同时,能为别人做点什么,带给别人快乐,自己应该就会更快乐的。我没有太多的追求,物质上比较容易满足。我不讨厌自己的职业,我喜欢我的学生,如果我能教好学生,让学生有所收获,并尽可能地帮助学生,让学生感到开心快乐,我想这也是我人生价值的体现吧。我觉得人不要太执著于什么,比如感情、名利,但人生应该有梦想有目标和追求。我的梦就是文学。我有时间会写作,写作是我的需要也是我的爱好,重在写的过程,过程是快乐的。有时间我喜欢读书,早晨醒来坐在床上看书,是我人生的一大享受。只是现在事情太多,很少有时间和心境读书写作了。但这总是一个梦,陪伴着我,给我寄托给我快乐。在别人眼里我是一个好人一个善良的人,我想人活在这个世界上应该善待别人,也善待自己。老师我是个普通的女人,过着普通的生活。但我希望学生你将来能有大的作为,充分实现自己的人生价值。你有什么想法,也可以说给我听听哦。

虽然是个普通的女人,但我很敬佩那些有着坚定信念、把自己的理想与国家的前途命运与人民的事业结合起来的人。战争年代,多少人为了革命事业为了理想信念,抛头颅洒热血,他们可能一辈子很短暂,年纪轻轻就牺牲了性命,但他们值得我们每一个人敬仰和牢记!也有很多人看似平凡,但因了他们的奉献精神和为社会为他人谋幸福的崇高境界而不平凡,像雷锋、焦裕禄、孔繁森、杨善洲、郭明义,等等。这样的一些人,他们自己可能获得的物质利益很少,但他们为社会树立了榜样,他们的人生很有价值。

以下是一些有关人生价值观的名人名言,让我们以此共勉。

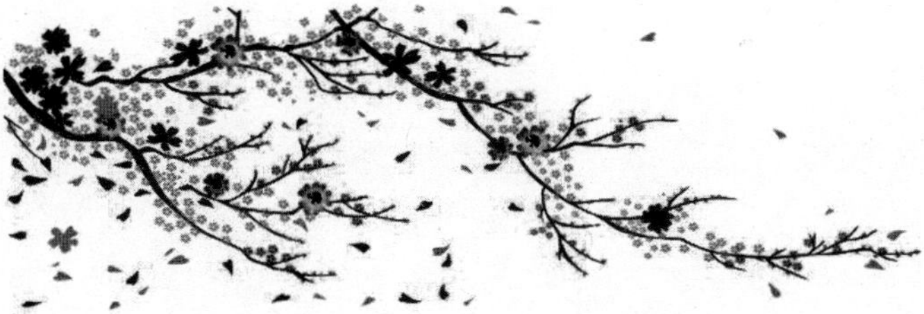

人活着就应该快乐一点，要快乐就应该少点世俗的欲望，找到自己的位置，调整好自己的心态。

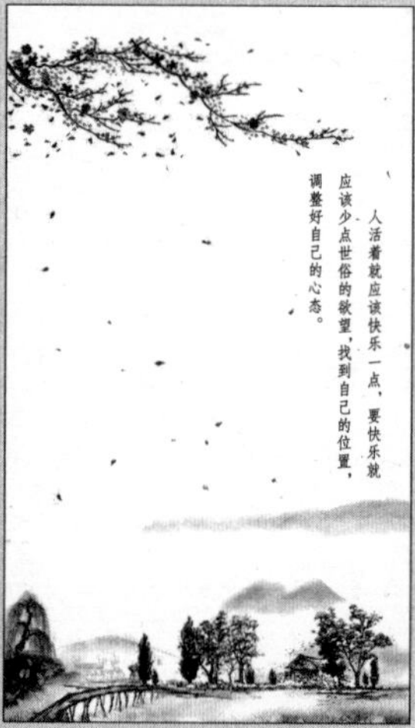
人活着就应该快乐一点，要快乐就
应该少点世俗的欲望，找到自己的位置，
调整好自己的心态。

自己活着,就是为了使别人过得更美好。——雷锋

一个人的价值,应该看他贡献什么,而不应当看他取得什么。——爱因斯坦

对于我来说,生命的意义在于设身处地替别人着想,忧他人之忧,乐他人之乐。——爱因斯坦

人只有献身于社会,才能找出那实际上是短暂而有风险的生命的意义。——爱因斯坦

生命的长短以时间来计算,生命的价值以贡献来计算。——裴多菲

人生最美好的,就是在你停止生存时,也还能以你所创造的一切为人民服务。——奥斯特洛夫斯基

另外,你谈到当代大学生道德教育问题,确实,当代大学生的道德教育缺乏针对性和实效性,所以很多人(包括我)在探讨提高大学生道德教育实效的途径。我想学校教育是一个方面,整个社会环境也是一个很重要的方面。老师对学生进行道德教育,首先要对学生有所了解,而要真正了解学生就得主动走近学生,赢得学生的亲近和信任,使学生愿意跟你谈心,而且学生只有亲其师才会信其教。而且我认为老师对学生进行道德教育,老师自身要有道德魅力,老师的道德修养是会在课堂上自然而然流露出来的,那种自然而然的流露,而非空洞的道德说教,是能够对学生起到潜移默化的作用的。你觉得老师说得有道理吗?

快考试了,好好复习,考出好成绩!

十

"老师,您是教哲学的,看问题一定比我全面。您能不能给我点建议?我现在常常快到凌晨一点了还睁着眼睛躺在床上,难以入眠。"

主题:老师,我需要您一点建议

老师:

您好!给您写信是希望您给我一点建议。我真的不知道该怎么办好。

说起来事情也很简单,我挂课了。上学期我挂了三门,思想道德修养与法律基础、马克思主义政治经济学、微生物学与免疫学。可能是上学期考六级考计算机,太累了,到最后两天又太过自信,买了火车票想回家,没怎么背,就把这些不太重要的科目给挂了。但是严重的不止这些,我加上大一挂的"人解",已经四门了,再挂两门就没有学位了。但是,下个学期要考研了,我要逃课备考。老师给我一点建议吧。一方面是要紧的考研,一定要考上,一方面是学位,稍微再有点差错就会没有。

老师,您是教哲学的,看问题一定比我全面,您能不能给我点建议?我现在常常快到凌晨一点了还睁着眼睛躺在床上,难以入眠。

嗯,不过,我是那种很现实的人,我想,我会当是一次磨炼的机会,锻炼自己。

龚萌

傅老师回信

龚萌：

你好！你现在遇到的问题确实比较严重，上了几年大学，总不能不拿学位吧?!你现在是既想顺利毕业，又想如期考取研究生，而你的精力和时间要兼顾二者似乎很难。我觉得首先你要保证顺利拿到学位，其次再谈考研。其实按你的聪明和勤奋，各门功课要考个及格没有问题，只是你太大意了。不能再大意了，人往往在自认为容易的地方犯错和翻船。**所以，无论在什么时候都要谨慎，无论做什么事情都要认真对待，尽自己最大的努力去完成，哪怕是在你看来很简单很容易的事情。**课还是应该去听的，要逃课也只能偶尔为之，争取在课堂上解决每一门课的考试问题，不必再另花时间去复习了，课余时间你就可以完全放在准备考研上，加上假期全身心的投入准备，我想对付考研应该差不多了。这样你就能做到两不误。按照你的英语水平，你不必花什么时间看英语了，只需要集中精力攻其他的考试科目就行。既然你下决心一次考取，那就一定得付出很大的努力，要放弃一些休息和玩的时间，一些不是太要紧和非得这个时候完成的事情，也要先放一放，有所不为才能有所为，只有这样才有可能成功。

对你来说，上课应该是必须做也是最起码的事情。你如果老不去听课，提心吊胆的，不踏实，什么事情也做不好，而且你可能要花更多时间去复习准备所学课程的考试，不然，到时候就可能再挂课，以致真的拿不到学位。而且提心吊胆的状态也不利于考研准备，很难保证效果。老师希望你尽快调整好状态，打起精神，行动起来，把每一天的时间都用好，把每一件事情都尽力做好！离考研还有挺长一段时间，不必太紧张着急，只要调整好精神状态，利用好时间，保证学习效率，完全来得及。

十一

“我也感谢上天让我们有缘，让我们可以这样交流。今天不知道怎么的，一边写一边流泪。”

她给我发第一封信是在课程结束后的寒假。她是第一个也是唯一叫我“阿姨”的学生，给我一种特别的感觉。几句话的一封短信，我觉得她只是一个试探，试探一下我会不会回信，会不会热情。她其实是渴望找个可以倾诉的人。也不知道她为什么就想到了我，选择了我作为她诉说和交流的对象。

她很真实地面对我。父母的离异，家庭的破裂，考试的失败，失恋的痛苦……她都絮絮道来。她一直在做着努力忘掉那段感情，走出失恋的阴影。反反复复，很长时间她还没有完全走出来。但时间是医治伤痛的良药，最终她还是会走出来，并开始新的恋爱。

在信中，我知道了她在哪个班叫什么名字，但我却搞不清楚她是哪个女孩长什么样子。我一个学期要教四五百个学生，新校园离家很远，和大多数老师一样，我也是上完课就走人，平时除了上课很少有机会和学生在一块，和学生面对面的交流不多，大部分学生我叫不出名字，对不上号。我就想象她会是一个什么样的女孩，她的发型她的穿着打扮她的长相，我会根据她的信来想象和判断。通了几封信之后，我觉得我应该见见她，搞清楚她到底是哪一个，不然，走在路上遇见了，如果她叫我，我都不知道她是谁。她一开始并不想让我见到她，后来她还是去见了我。

那天我在一个班上《自然辩证法概论》，课间休息时，我在讲台上放歌听。突然一个女孩就站在了我的身边，她只是笑着，不说话。我先是愣了一下，然后很快凭感觉就知道是她了。她见我认出了她，很是高兴。她留着染了色的披肩长发，穿着一件浅蓝色针织衫，皮肤比较白，只是脸上长了几颗痘。她的眼睛大而深，就像一片蓝色的海洋，弥漫着忧郁的气质。她浅浅地笑着，略带羞涩和矜持，她虽然不算很漂亮，但在她身上既有时尚的味道又有古典的风韵。

后来我就没再见过她。但她的模样，尤其是她那双眼睛和她浅浅的笑，留给了我很深的印象。

一个女孩会有那样忧郁的气质，一定与她的身世、经历和心境有关。家庭的破碎、生活的艰辛、失恋的痛苦、考试失败的打击……她过早地过多地品尝了人生的悲苦，所有的这些积淀下来，在她内心有一种很深的伤感和无奈，但她知道自己不能被打倒，她没有谁可以依靠，她需要奋斗，需要坚强。她对未来充满了希望，对人生的幸福和快乐充满了渴望。而现在的她，最需要的则是一份精神上的鼓励和支撑，是一颗可以倾听并与她交流的心。她选择了我。而我很珍惜这份缘，希望能充当此任。

她在两封信中提到她的生日——

"4月12号是我22岁生日，嘿嘿，又长一岁了哈。有一次生日我自己都忘了，过了3天才发现已经过了。"

"这个月12号就是我生日了，但，我又要过一个没有家的感觉的生日了，也许我的家人、所有认识我的人，他们都忘了我又长大一岁了。"

她两次提到她的生日，我感觉她是渴望有人会记得她的生日，有人会在她生日这天对她说声"生日快乐"。一声"生日快乐"并不能改变她什么，但一个没有完整的家又经历着失恋痛苦的多愁善感的女孩，她的心灵她的情感实在是太需要了，需要一声“生日快乐”传递给她的关心、重视和祝福。我体会过那种失望的心情，希望自己所爱的人、自己重视的人会记得自己的生日，会在那一天第一个送来祝福，可是当一天过去，希望落空的时候，那种感觉真不是滋味。也许我的祝福并不是她最希望得到的，也许那天给她祝福的不止我一人，但万一她最希望得到的没有得到，万一没有一个人记得她生日呢，那我的祝福，一定会是她这一天最大的安慰和最大的快乐。我于是叮嘱自己，无论多忙，一定不能忘记她的生日，一定要在她生日的那天第一个送去温馨的祝福。实际上，这段时间我真的很忙，我很怕不小心忘记了，但那一天早晨醒来，我想起的第一件事竟然就是给她发短信，对她说声“生日快乐”。做完这件事，我才放了心。

五月，我们联系少了。她也许是顾及到我的女儿要高考，不便过多地打扰我，也许是她慢慢地从失恋的伤痛中走了出来，不需要再说太多。五月底的一天，我收到她的一条短信：

“告别爱情，我想做生活的强者，自己发光照亮自己。”

收到这条短信时，我正在和女儿聊天。我打住，给她回复：

“好样的！无望的感情尽快放弃，地球少了谁都照样转。爱你的人总会出现，但记住无论什么时候都不能太依赖别人，哪怕是最爱你或你最爱的人。”

女儿见我不跟她说话了，问我给谁发短信，我说给一个学生。她就撅起嘴故作生气地说：哼，你对你学生比对我还好！

我说，妈妈天天在你身边，你多幸福啊，可是这个姐姐她远没你这么幸福，妈妈给她的也很少很少啊。

正说着，晓郁又发过来一条短信：

“我要真正地学会独立，现在真正明白爱情不重要，在这个社会女人最重要的是独立,我会坚持到底,重振家业,路艰辛,在精神上我最需要你的鼓励。”

看了她的短信,我真的觉得自己责任重大,而且没有理由推卸。

“你是个懂事的女孩,坚强的女孩,我支持你,相信你!只要你需要,我会一直陪着你。爱情总会有的,但爱情也总会结束的。顺其自然!”

两天后,也正是端午节前一天,我心里还是惦记着她,想着如果不是女儿要高考,我真应该叫她来家里,和我们一起过节,给她家的感觉。我不能做到这样,但打个电话关心一下还是可以做到的。晚上我拔了她的手机,她没接。我发了个短信给她:

“晓郁,在上晚自习吧?刚打你手机你没接。没什么事,就想问问你最近怎么样。好好复习吧!”

十点多钟,她才回信:

“我刚回来。和同学回来的路上,我们还说你女儿要高考了你一定很忙吧。我一切都好,再多生活的烦恼情感的难关都会过去的,我都会尽力处理好的。你放心吧!”

1

@ 主题:想给你写信

敬爱的傅阿姨:

新年快乐!展信 happy!

就要开学了哈,你又要开始上班的生活了,我也要开始念书了。我是 x 班的一女生。你不介意我这么叫你吧?我觉得师生关系是永远的,在生活里还是这样好吧。

我觉得听你讲课是种享受,嘿嘿……老师里能有你这样素质和性情的好少啊。

一个学生

傅老师回信

同学：

你好！

谢谢你给我写信，谢谢你那么叫我，我觉得很亲切，感觉就像是邻居家的一个女孩在叫我。还要谢谢你对我的夸奖，我很开心哦！总之呢，你的信就像今天的天气带给我阳光和春天的气息。真的很谢谢！

为什么不告诉我你的名字呢？我想你一定是个感情丰富而且重感情的女孩。其实我很喜欢和你们在一起，也许是因为我的女儿和你们差不多大吧，跟你们在一起就像是跟自己的孩子在一起。只是各种原因平时和你们接触得不够多，不然我们之间真的可能会很熟悉很亲近。如果你愿意我们可以保持联系。

祝你在新的一年里学习进步，健康快乐！

2

主题：感谢上天让我们有缘

敬爱的傅阿姨：

你好！今天宁波的天气不太好，阴阴的，好像一个人潮湿的心。本来不打算来上网的，可是我第一次来这里没地方去，就只好来上网。没想到你这么快就给我回信了，我心里好复杂地激动着，眼泪竟涌满眼眶，早上涂的睫毛膏怕已经把眼圈弄黑了，嘿嘿……我人不怎样可也喜欢臭美，女孩子嘛！

在开始考试之前就给你打好了一封信的，因为学校机器很烂搞丢了。我是x班的晓郁，是那种在路上不喜欢看人，喜欢边在心里想事情或是唱歌走路的人，所以要是以后在路上没招呼你别介意。我这人就是外表看起来有点冷漠内心热情的人。又是新的一年了，感觉自己变老了些，因为寒暑假去上海做餐馆服务员，他们好多比我小，不免慨叹光阴荏苒，时光流逝！但，人生也就是这样的吧，所以我在内心里总是劝说自己好好把握现在，不怕未来的苦难。过去的所有伤痛的记忆不仅仅是一种履历，还是种财富。我高一时爸爸走了，他和妈妈不和，我妈妈不漂亮，不爱了。他们都觉得我笨却坚持上学，为了逃避对我的责任。原因我也不想繁琐地说明，只能说父母的对错都是他们的选择，我没法埋怨，我只能学会用大海般的胸怀去包容一切，学会不再步他们的后尘，学会在荒凉的地方生存。现在的我，可以很快适应新的环境，也懂得了怎样和各种各样的人相处得好些，虽然我还有很多的不足，但我相信我会更好。

但，我总是有很多寂寞的时候，彷徨的时候，脆弱的时候。人活着是幸运的，虽然我的路走得比别人难，我的妈妈越来越需要我，早已没了家的感觉，但，我还有几个死党和好多朋友，我心里的灯永远亮着，我的心永远向着太阳来的地方微笑。所以感觉自己的内在是很可爱的。如果将来找不到个很疼自己的老公，就如那丫头说的"靠自己"。

这次去上海，看到妈妈被折磨得无比粗糙的手和苍老的容颜，心里好难过。但是，我却是很不争气的。我不喜欢学理科，却不能回头。每次新的学期让自己好好学习了一个月就坚持不下去了，我总是提不起兴趣。丫头高三时说我适合学文科，不然将来会后悔。

她说得很正确。但，我只好认命，决不后悔。我不喜欢后悔，也从不轻易后悔，生命不允许用后悔再去浪费，也只能凭添无限的伤悲。高中时很敬重班主任，没选文科，因为他教理科，结果考了二本以下的分数，又考了一次，刚好超出二本一点。没想到初中时学习很好的我在高中竟然是一落千丈，都道是：世事难料！一切都在变化中！似乎也是劝说自己以后总会好起来的，没有过不了的河。问自己以后怎么办，不喜欢的却已经是半路了，当然每个人都会说坦然接受现实，好好把握吧，我的确也是这么想的。我没法考研，自己没任何条件，只好提高自己的综合素质，把外语学好些吧。还是多看书好。总之，我尽力而为！

傅阿姨，说了这么多，心里总是好受些了。我一直梦想母亲可以成为我的知己，但和妈妈只能很好沟通，没法成为知己。所以很羡慕你女儿，她会好好珍惜你这个好妈妈的。我也感谢上天让我们有缘，让我们可以这样交流。今天不知道怎么的，一边写一边流泪。好了，我会努力快乐的，努力寻找快乐，学会少流泪，因为上帝不相信眼泪，人生也不需要眼泪。有个朋友说得很对：流泪是跟自己过不去，不必为庸俗的事情生气，哭泣。

晓郁

傅老师回信

晓郁：

你好！我觉得你的文笔很好，我喜欢你的这些文字，更喜欢你的性格。我能感觉得到你的坚强、乐观和不认输，还有对未来的希望和信心，对美的追求和渴望，而且你对自己有比较客观的认识，这些都是很好的品格，我想有了这些，无论生活有多艰难未来的路有多难走，你都会有滋有味面带笑容走过去的。不管路上有多少风雨，不管天空有多么阴暗，只要心中有阳光，你同样可以笑得很灿烂，你总会走进蓝天下阳光中的。一个人不能选择自己的出身，但自己的人生道路却是可以自己选择的，自己的生活却是可以通过自己的努力改变的。你的父亲不负责任抛弃了你们，但所幸的是你还有母亲陪着你。你很有孝心，也很懂事。你的母亲再苦再累，只要你好好的她就会觉得安慰、看到希望。

你说你对专业没有兴趣，其实兴趣是可以培养的啊。你说考研没任何的条件，条件也是可以创造的呀。从长远来看恐怕还得考研，但不一定毕业的时候考，可以先工作再考，但你现在就得有这个想法和准备，就像你说的外语一定学好一点，以后考起来才会容易一些。

写到这，我一个同学打电话叫我陪她散步，她在湖边等我呢。不好意思，有空我们继续聊啊！

当你不开心的时候有困难的时候就找你的傅阿姨吧，我会陪着你的，好吗？

3

@ 主题：难过"情"关

敬爱的傅阿姨：

您好！今天过得快乐吗？

冬天的身影渐渐远去了，春天的脚步近在身旁。我现在浙江，天气很好，阳光在对我撒娇，晒得我脸烫烫的，幸好我带了薄外衣。

昨天坐了一天的火车，累死了，上车的时候好拥挤。所以以后你千万别坐拥挤的车，最好坐有座位的，乘飞机最好了，呵呵。

记得我第一次出远门，就是一个人出来上大学，也是第一次坐32小时的火车，感觉中国的铁路挺好的，之后坐多了越来越觉得中国要发展真的要许多的改进才能赶上发达国家。譬如上海人吧，有人说他们高傲，看不起外地人，有人说他们很先进……只是我觉得他们都是移民，没啥比我们高级的，有钱和高级是没法相提并论的吧。就说他们坐地铁，那么迅速的交通工具，还如抢粥喝一样的，特没素质。相反，不如上海发达的宁波人素质就高很多了，在公交车上大多会给老人等主动让座。

这只是我的一己之见。当然，人也不能活得太自私了，偶尔想想祖国的未来也不失为做一个华夏子孙的骄傲。我在慢慢锻炼自己拥有大海的胸怀，体谅着的同时包容。但，我很明白自己很脆弱，也很难过“情”这一关。我爱的人不爱我，我不爱的人很爱我。是珍惜还是舍弃我却在迷惘。为什么男生都喜欢漂亮的女生而排斥长相一般内在美好的女孩？其实我是知道为什么的，但我很痛苦，爱与不爱不是我能控制的。他人还好，做事情还行。我知道人的认识会随时光而变，可是，我真的爱得好彻底，我想退步，想忘记，做不到。有句话说得很对：时间会让一切成为过去。但我想我是可以做到，需要经历很多的痛苦挣扎和长久的时间。我是个不爱则已爱则疯狂的人，我知道现在读书心里想着那样的事情肯定有影响，路已经走到这里了，就无所谓该与不该了。

他明明说我很好却还是拒绝了我，心里很苦涩。也许我是错了，接触了那么多的男生，他是唯一让我心动的，我现在真不知道怎样让自己好受些，我还是知道自己该做啥的，还是能控制自己的情绪的，只是内心时常流泪。妈妈也不同意我和外地的男孩子交往，因为她太需要我，我也心疼她。好矛盾！我知道时间真的会解决一切的烦恼，只是说出来好受些。我知道阿姨您也许会说：现在还念书，等毕业了再谈也不晚。可他已经工作了，我爱得疯狂，可我们却是相隔天涯，无论是心灵还是地理。

好了，不说了，这是没有结果的爱，伤了自己，在不经意间！关于学习，我过去没兴趣，现在还没，但，我已经习惯了，所以还是会努力的。我相信自己会创造美好，让一切该死的借口一边休息去吧。

也许放弃了他就是远离了爱情的地狱。孙燕姿有句歌词：“爱情是座城堡，牵着手才能找到。”是的，我不能再重蹈各种各样的悲剧性覆辙了。

好久没看书了，回去好好看看书，嘿嘿……未来的蓝天还在那呢，不看书是不行的哦。高中时曾梦想着看完大学图书馆的书，来了我竟然懒得看了，也只是看了经典的《斯佳丽》、《吕蓓卡》等少数不算很有用的书。现在想想，看书还是我最爱做的一件事哦。至于考研，还是听取你的建议，以后再考吧，我总不能白来世上一趟了哈，现在还是做好我眼前的事情吧。也许心里有个远大的梦想对我的成长更有用。

好了，为了替您的家人保护阿姨您美丽深情的双眼，我今天就写到这了，已经够多了。我就当是聊天了哈，所以写得不精简。

晓郁

傅老师回信

晓郁：

你好！今天南昌又是风又是雨的，感觉就是春雨绵绵。

明天就要开学了，你也应该返校了吧？

对上海就像对其他任何地方一样，自然是不同的人有不同的印象和感觉。记得那年带我女儿在那玩了几天，她就爱上了上海，说一定要到上海上大学。她说她喜欢上海大都市的感觉，喜欢地铁里进进出出的时尚女孩。可是后来她又想考去北京。小孩子也真是挺有趣的。我对上海倒没有什么特别的感觉，不好也不坏，不像到了广州就明显地感觉广州比较乱不太安全。

说起来挺怀念上大学时的日子。那个时候我们国家确实比现在要落后许多，不说别的吧，单就坐火车这一点就感触很深。从西安回家，那个艰难啊你们现在的小孩子真的想象不到的，路上几天，还得中途倒车。我一个人拎着行李，倒了车之后一般就没有座位，人挤人的。不过好在那个时候的人似乎更乐于助人，也更放心让别人帮助自己。而且大学生那真是天之骄子啊，走到哪儿别人都很看得起的，心里头也总有一种骄傲和优越感。社会发展到现在，坐车方便了许多，可大学生的优越感似乎却少了许多。

在你这个年龄的孩子遇到情感问题也属正常，人都是这样成熟和长大的。都说爱是缘分和感觉，的确如此，他说你人很好并不等于他对你就会有爱的感觉，就像你觉得一个男生很好，但你也未必爱他一样。既然他拒绝了，而且又天各一方，很不现实，那你就没有别的选择，唯一应该做的就是尽快回头，忘掉他。不要陷在痛苦之中，任何的痛苦都是无济于事的，而且有害无益。当然要走出来也不是那么容易的，但只要你下定决心其实也不是太难。你就告诉自己在他那你没有任何的希望，你就会死了心，就可以解脱了。相信与你相爱的人还没有出现，但一定会出现的。你正是青春年少时，不愁没有可以爱和爱你的人，这种事情顺其自然比较好。爱情虽然美好，但爱情也是很烦人的。没有爱情的时候，静静地看看书，安心学习，思考一些有趣的问题，也是很好很享受的，生活同样可以充实而快乐。我不知道你说的“爱得好彻底”“爱则疯狂”是什么意思，但你需要记住的是爱情无论在什么时候都不是一切，就是说你的生活除了爱情还有别的，你的世界除了那个你爱的男生还有别人，哪怕是当你处在热恋中时也应该清醒地意识到这一点。你不能够把所有的感情和注意力都投注在那一个人身上，好像你的眼里就只有他，你的世界就只有爱情。就算谈恋爱的时候，你也还是有很多别的事情需要做的，该做什么照样得做。如此，你就算真的失恋了，也不会觉得什么都没有了，并因此而绝望。建议你看一篇文章，《苏格拉底与失恋者的对话》，网上可以找到。

你说为什么男生都喜欢漂亮的女生而排斥长相一般而内在美好的女孩。我认为男生喜欢漂亮女生，就如女生喜欢帅气男生是一样的吧，人之常情。但并非喜欢漂亮女孩就等于排斥长相一般而内在美好的女孩。我看到的很多长相一般的女孩找的男朋友也很好，过得也很幸福。当然长相一般的女孩肯定没有漂亮女孩有优势，但这种优势也只是长相这一方面的。长相一般的女孩可以通过努力提高自己，增强内在的修养，提升气质美，完全可以在别的方面争得优势，以弥补长相的不足。而且人都会老，到一定的年纪之后，女人的魅力更多地就来自内在的美，来自自信了。很多事情都应该一分为二地去看，长相一般的女孩，如果遇到一个爱她的男孩，那多半是真心地爱她这个人，她收获的会是一份真感情。而漂亮的女孩被男生追，很可能被看中的就只是长相，如此，如果他遇到一个比她更漂亮的女孩，那很可能就移情别恋了。长相是天生的，难以改变，但气质、修养的不同是完全取决于自己后天的努力。一个长相一般但气质好有修养的女孩，可能她不起眼，但和她接触多了，一定会被她吸引并喜爱她。所以，不漂亮没有错，不漂亮也不可怕，可怕的是自暴自弃,不懂得从哪个方面如何去提升自己。

你说你喜欢看书,我很高兴。我喜欢爱读书的孩子。我女儿也喜欢读书,哪怕像现在快要高考了,她也会自己去买书,学习之余看看书放松自己。那天她在杂志上看到一篇有关读书的文章,还教我呢,叫我每天拿出20分钟来读书,一年又一年下来,就可以读很多的书。她就是这么读课外书的,睡觉前看一会儿,蹲厕所的时候看上一会儿。她看过的书真不少,但我夸她的时候,她总是说自己读得不够多,她有的同学那才叫读得多呢,知道很多她不知道的东西。养成了看书的习惯将会让你受益无穷。读书本身就是一种享受,而且书籍会带给你知识和智慧。读书也会让你更有涵养更有气质,因而形成一种内在的美,而这种美是会长久的。希望你多读些书。

先就说这些吧,我得去做饭了,不然女儿放学回来没饭吃。

4

主题:人生不能没有追求

敬爱的傅阿姨:

您好!今天天气很糟糕,但心境是晴朗的,因为境由心造。过去的我,总是心情易变,肤浅的心境,稚气的思想,但却是美好的,因为有着那么天真的梦而且总怀着美丽的憧憬,如今,认识得深刻了反而增添了很多的烦恼……总发现人心的冷漠,社会的复杂和肮脏!对于以前的很多向往和憧憬反而有着许多的顾虑,不再那么的有激情,也不再那么的天真了。一首《不想长大》,道出了很多年轻人的心声。我也想过不想长大,但,人生就是光阴的流逝和一切变动的过程。您的女儿喜欢上海就是有着我们当初的肤浅和单纯,我漂亮的女孩被男生追，很可能被看中的就只是长相，如此，如果他遇到一个比她更漂亮的女孩，那很可能就移情别恋了。

漂亮的女孩被男生追，很可能被看中的就只是长相，如此，如果他遇到一个比她更漂亮的女孩，那很可能就移情别恋了。

在她那个年纪真的心境非常的单纯，一本《母亲》就让我很激动地看完了，现在再看就没了那时的情绪。但，各个年龄有各自的可爱吧。相信您的女儿在您的呵护和循循善诱下会有个很好的人生过程。

对于现在的感情，我不会犯傻误了前程的，不管有多少的痛苦，生活还是要继续的，快乐还是要寻觅的，人生不能没有追求，尤其是我的人生，否则就是地狱。谁说"挫折是人生的财富"，没有挫折的人生固然没有，但并不是越多的挫折人生的财富越多，也许经历会丰富，但真正能拯救自己的还是自己，不是吗？我知道自己情感上很需要温暖的关爱，可谁说我没有个完整的家庭就意味着痛苦很久？阿姨，其实这些都是我看了您的信后用来鼓励我自己的。我现在清醒了，以后尽力不那么迷惘。只是把爱看得太完美，每当受伤时泪水都在泛滥，但，上天不相信眼泪，所以我不再那么的喜欢哭泣。

我 19 号凌晨回去，希望老天不要在那天下太大的雨，让风把我刮回去吧，呵呵……

今天又过去了，在学校里不看书没目标就会觉得很无聊，但是，快乐和趣味是自己寻找的吧。好了，今天就聊到这里，回去我还真怕那破机器，进个网站也要 16 分钟以上，希望学校以后改进吧。

晓郁

傅老师回信

晓郁：

你好！人的认识从简单到复杂再到简单，是一个很自然的过程，这或许就如同禅师的偈语所说的三种境界：见山是山，见水是水；见山不是山，见水不是水；见山只是山，见水只是水。又似苏轼的《观潮》所写：庐山烟雨浙江潮，未到千般恨不消；到得还来无别事，庐山烟雨浙江潮。人的认识常常总是执著于事物的外观表象，等到明白了事物的道理，心就会重归平淡和简单。我们一般人很难到达最高境界，所以总是被事物的表象所牵绊，被生活的烦恼所困扰，得失恩怨，总也放不下，想不开。一旦看明白了其中的道理，也就是佛教所说的“悟道”，人就能保持一颗平和淡然的心。能否到达“见山只是山，见水只是水”的境界，我想与人的悟性和阅历有关。你说你不再那么天真了，也许到老了，你又回归天真了。很奇怪现在的孩子早早地就失去了天真童稚，比如我女儿吧，有时候发牢骚，对社会表示不满，言语难免偏激，什么“我最讨厌当官的了，当官的没几个好的”，什么“这个社会到处是肮脏和丑恶，找不到几个好人”，什么“人都是自私的，人情冷漠”等等，好像她已看透社会。每每这个时候，我都得颇费一番心思和口舌来引导她，让她看到社会问题的同时，看到阳光的一面美好的一面，从而对社会对他人对人生树立起必要的信心。

对于说到不想长大，也许真的如你所说很多年轻人都不想长大，因为长大就意味着承担，要承担各种各样的压力各种各样的烦恼，长大还意味着失去，失去童年的快乐孩子的单纯，甚至失去家庭的温暖父母的依靠，但长大是必然的，人生的苦痛也是注定了的。每个人都是这么走过来的。昨天我和女儿在饭桌上聊天，她就说她突然不想长大，我问为什么，她说：“因为长大了，上大学了，我就得离开家离开你们，一个人出去闯荡，就不能这样天天一家三口围着一张桌子吃饭，就没有人在我身边疼爱我关心我……”她说着说着，眼泪就出来了。想到还有几个月她就要离开我们去上大学，我心里也挺难受的。但一切都会习惯的，就像你离开你妈妈，到这来上学，不是也得习惯吗。记得去年新学年开始的一天，我在校车上看见一位送儿子上大学的父亲。坐上我们的校车要离开学校，远远地看着站在路边与他挥手告别的儿子，他顿时眼睛红了，并开始抹眼泪。我很能体会这位父亲的那种感受。其实父母说起来总希望孩子快点长大，长大了远走高飞，而伴随着孩子的长大，父母的心理也会经历一个欣慰与担忧相伴的过程。不管想不想长大，人从生到死是一个过程，这个过程就包括长大变老。既然这个过程无法改变，我们就应该过好人生的每一个阶段，坦然面对，欣然接受，长大了，就做长大了的事情，承担长大了应该承担的责任，也享受长大了的滋味。

是的，人生不能没有追求，坚定的人生目标其实就像我们忠实而亲密的伴侣，无论多么艰难困苦，无论多么孤独寂寞，又无论多么失败挫折，它总是陪伴着我们，给我们动力和支撑，给我们生活下去的信心和勇气。有时候觉得，什么都可以失去，但不能失去人生的目标和追求，只要目标还在希望就还在，只要希望还在，快乐和幸福就不会太远。希望你无论什么时候都不要放弃人生的追求，丰富的知识、良好的品德、优异的学业、真诚的友情、美好的爱情……都值得期待和追求。不要因为一次恋爱的受挫，就对爱情失去信心。爱情纵然无法完美，但爱情毕竟是美好的。

就写这些吧。有空再聊！

5

主题：新学期开始了

敬爱的傅阿姨：

您好！我今天终于回到学校了，坐车是历尽了千辛万苦，没关系，回来了就好了。无论如何，我真的决定忘了他。我太痴情了。梦醒了，生活和学习都是要继续的，所以您也要为我高兴哦。我终于明白一厢情愿是多么傻的爱啊！

就给您说这个，别的就不说了，我的心不痛，但很麻木了！幸好还有您，要不生活不是更无聊！我还是幸运的。

晓郁

傅老师回信

晓郁：

你好！我今天听了一天职称外语考试辅导课。我怕考不过就报名参加了一个考前辅导班。老师是个年轻人，很一般，但跟着听一遍比自己看可能印象会深一些吧。感觉真累啊！吃过晚饭，一个很久未见的老朋友打电话说她带着女儿在附近的商场购物，想见见面，我于是又带着女儿去见她们。在商场聊了好大一会儿，回来就想睡了，但还是打开了电脑。给你回完信我就去睡，明天还上一天课。

刚站在商场聊天时发现两个女孩脸上都有青春痘。我朋友说，怎么我们小时候不长一颗痘呢？她女儿说，你们那时候营养不足。我笑说，我们多可怜啊，连痘痘都没长过，就跟没经历过青春期似的。呵呵。

你决定走出来，我很高兴。虽然可能会痛苦一段时间，但慢慢地你就会走出来的。等你走出来后，你回过头去看，你会觉得曾经多么爱的人、觉得多么离不开的一个人，其实也没有什么啊。你也会发现你在这个世界上并非少了谁就活不成的。

给你讲讲我一个朋友的故事吧，希望对你有帮助。

她是我大学时的好友，比我大几岁。她大学时就与一个高中同学谈恋爱，大学毕业后和他结了婚，生了个儿子。可是没几年，他在外面有了女人，抛弃了母子俩。后来，她经人介绍认识了一个比她大几岁的丧偶男人，可能是孤独太久渴望太久了吧，她爱上了他深深地依恋他，可是他对结婚一事避而不谈，后来干脆就疏远了她，可是她深陷其中难以自拔，她被失恋的痛苦折磨得死去活来，头发大把大把地脱落，并大病一场。之后，很长时间她还是忘不了他，还是会打电话找他，直到她的一个中学同学的出现。这个中学同学混得不错，知道她单身，对她关爱有加，时常打电话来，表达他的想法。可是她不喜欢他，对他毫无感觉，她觉得他很无聊和可笑。她于是想到自己那样找那个男人，那个男人的感觉也一定跟她面对她这个同学的感觉是一样的，当她一次又一次地找他时，他也一定觉得她无聊而可笑。人家不在乎你不爱你，你一厢情愿，得不到回应，是多么无聊而没有意义的事情。这时她才恍然大悟一般，有一种彻底解脱的轻松感。从此，她没有再找过那个男人，也没有再为他作无谓的痛苦。

新学期开学前最好给自己一个学习的计划，定下一些具体的目标，不一定要写出来，但至少你在心里要有。这样你才有努力的方向，日子才会过得紧张而充实。

好好珍惜每一天，快乐生活每一天！

6

主题：我会过得更好的

敬爱的傅阿姨：

您好！今天过得怎样啊？是不是很累啊？

今天是上第一天的课，感觉还好，看来我还是很坚强很乐观的吧，也不去想那么些烦恼又浪费时间的事情了。人生的路还那么的漫长，还要经历很多的事情，我不要为一棵烂树木放弃森林里那么多美好的事物。我会好好待自己的，尽量不要和自己过不去的。

关于这学期的安排心里已经有了谱，但，我还是会听您的，安排得周密一点。您可能就比较的辛苦了，要做好母亲，还要教学还要考试，可别累着了注意休息哦。我的信您可以不用回的。我就是想对您说说心里话，自己心里就舒服一点，你就当别人的公开日记看好了，嘿嘿……现在多休息多保养将来就少点毛病哦。我妈妈就毛病很多，我想起来心里都替她难过。您比我妈妈幸运吧，您女儿读书，您尽到做母亲的责任就可以了，别把自己心都累坏了哦。

好了，不累着您的双眼了，好好休息哦，我会乖的！

晓郁

傅老师回信

晓郁：

你好！你真的是很乖，如果你是我的女儿，我会很喜欢你很爱你的，你现在叫我阿姨，也差不多就像是我的孩子了。看着你的信，我真的很高兴。你很懂事，知道调整自己的心态，坚强而乐观地面对生活，虽然我并不能确定你长什么样，是哪一位学生，但我心目中的你是一个充满活力爱臭美的快乐而可爱的女孩。我明天下午会去学校,你若是方便就去一栋经管系找我,让我看看你到底是哪一个女孩。你不会怪我吧?见了面肯定就认识了,主要是对不上号。

我女儿不太需要我操心,主要是给她做饭吃,别的没有什么。她这点比较好,从小到大,学习上从没让我操心过。倒是我自己的事情又忙又累的。没有办法,现在的人活得都不容易,虽然钱多了点但压力真的比以前大多了,有时候真搞不清楚是现在更快乐呢还是以前更开心。也许每个时候的烦恼不同快乐也不同吧。我女儿今天没带伞,我虽然很累但我还是站在车站等她近一个小时,后来实在太累了我就回家做饭了,她回来知道我等了她,很开心,还一个劲地说:妈妈,我喜欢你!她问我她上大学去了我会不会想她,她说以后要经常在我耳边说喜欢我之类的话。孩子远离了妈妈,妈妈当然会很惦记的。所以呢,你平时要多与你妈妈联系,多关心她,多逗她开心。我知道你肯定会这么做的。

这些天阴雨绵绵的,气温还是比较低,要注意保暖,照顾好自己!

7

@ 主题:我喜欢这种心灵的交流

亲爱的傅阿姨:

您好!展信快乐!

先是对不起哈,我今天才来上网,所以就没去找您。看了您的信,我还真觉得自己是个很独特的女孩。因为今天看了篇哲理文章，里面说：虽然你经历了风风雨雨，那么多的坎坷，还是没有得到满意的收获，但，你的价值并没有贬值，你依然是个独特的你！我深信这话是对的。虽然，在这个越来越物欲横流的社会，有钱的可能非常有钱，贫穷的人生活得真的非常窘迫，但，每个人的存在都有他独特的价值。自卑也好，自暴自弃也罢，都是一种成长的过程，的确无可厚非，但，还是勇敢往前走的好。

经历了20多年的生活，虽然我依然这么平凡，没有出色的才华，没有傲人的成绩，但，生命仅有一次，傅阿姨，我不想轻易放弃。其实，我有时很自卑，不是因为出身农村，不是因为好强，而是我妈妈，真的很苦，而爸爸的抛弃不乏我的因素，而今，我一事无成，虽然懂事了，乐观了，自信点了，可，生存需要的不仅仅是这些，生活是无比现实的：我的家庭等待我去拯救，我的亲人需要我的感恩。可，我还在慢慢地成长，我需要时间，也需要亲人给予我时间……有很多的挣扎还在等待我，就算我想脆弱也得坚强着面对生活。但，我没法逃避！

至于和您见面，我现在还没有这样的打算，我们的友情是特别的，我喜欢这种心灵的交流，如果有一天我做得出色了或是我有勇气见您了，我会的。

非常开心，您那么评价我。但，我自己还是有很多不足的。因为过年时和我妈一起住，她就揪出了我不少的毛病。当然她是为我好，只是有点苛刻，不过，看到我比以前懂事了，她的心里多少觉得安慰。这让我想起朱自清的《背影》。每次看到妈妈去上班，心里就觉得那背影充满了沧桑的忧郁和生活的重担，而我虽然懂事了，却依然那么的爱莫能助。我走的那天早晨，妈妈借故去洗手间，她说不送我了，其实，她是怕送别的那份复杂的惆怅。因为她内心充满了孤苦，却把它深藏于心底，她纵有万般的舍不得，又能怎么办呢？所以母亲反对我找外地的男朋友。我将来必然要在亲情和爱情之间抉择或是做出更妥的打算。

傅阿姨，我知道您工作一定非常累，又有点忙吧。在我看来，金钱是没法代表幸福的但不能少了它，所以如果阿姨您有颗平常心最好了，都说“四十不惑”，在这样的年纪，就多给自己点空间吧！不开心的，感觉苦涩时就一笑而过吧！我是个心事重的人，但，现在好多了。

这个礼拜就要结束了，时间真的很快啊，4 月 12 号是我 22 岁生日，嘿嘿，又长一岁了哈。有一次生日我自己都忘了，过了 3 天才发现已经过了。没关系了，只要每天感觉过得还行就好，日子每天都可以是一样的也可以每天都不一样。

今天南昌天气真好，早上醒来还以为自己看错了……外面好亮哦！但愿明天一样阳光明媚，但愿我们的心境都是阳光一片！

晓郁

傅老师回信

晓郁：

你好！今天听了一天的职称外语考试辅导课，那个老师可能没怎么备课，讲得太慢，一天下来没讲多少。这些日子的确很忙很累，糟糕的是前天还不得不去医院做了个外科手术，手术虽然不大，但也挺痛的,而且影响行动。我也就好好休息了一天,今天又去上课。下周的课还没备好。好在这样的日子不会持续很长,不然我真受不了,我习惯了轻松自在的日子,太忙太累我还真难以承受。这学期的课四月底就会结束,四月中旬考完外语。到时候我就轻松了。

的确,如你所说我已在不惑之年。你叫我多留点空间给自己,要有一颗平常心。一直以来我都是这么努力的。我喜欢过一种清静自在的生活。对世俗的名利我没有太多的欲望。我不会为了挣更多的钱去劳累,把自己搞得跟机器似的。我也不会为了谋取职位昧着良心说话和做事。但对工作我有一份责任,对学生我有一份热情,而为了更好地工作,我得评职称,要评职称我就得搞课题写论文,而这都不是我喜欢做的,我尤其讨厌职称外语考试。我的外语本来学得就少,多少年没用过,早都忘得差不多了,可是还是为了评职称,我就在这个年龄用大好的时光去啃英语。我很怀念曾经的日子,学生不多,课也很少,没有人逼着你搞课题写论文,有大把大把的时间归自己支配。看看闲书,写写小文,做自己喜欢做的事情,虽然钱不多,但内心很宁静,感觉挺舒心的。后来,高校扩招,学生成倍成倍地增多,老师承担的课也是越来越多。常常一个学期下来,单是应付上课就忙得够呛,还得分出时间和精力来搞科研,就极少有属于自己的时间和空间了。而且心常常陷入矛盾和烦躁之中,这可能是压力所致吧。但不管怎么样,我基本能保持平常心,也一直没有放弃自己的梦想,一直小心地固执地守着心灵的一片自由的净土,总能找出时间来做自己喜欢做的事情。昨天女儿看我累成那样,还劝我呢。她对我说:你有时间应该找你的同学或是朋友去喝喝茶聊聊天或是逛逛街,不要把自己搞得这么累,要甘于做个小女人,不要做女强人,要懂得生活,美美容化化妆,养养花散散步,都挺好的,可做的事情很多。她总说她喜欢做个小女人。我奇怪现在的小孩子怎么会这样，是缺乏远大的志向呢还是凭着清纯的眼睛却看到了生活的本质？

你是个爱思考、懂得反省、以一种自觉的态度生活着的女孩。你对自己有一个比较客观的认识，肯定自己的优点，也承认自己的不足。有信心，也难免有自卑的时候。每个人都会有自卑的一面和自卑的时候，也许随着年龄的增长，阅历的增加，会越来越看清看淡很多的事情，对人对事都以平常心态，会达到"宠辱不惊，看庭前花开花落；去留无意，望天上云卷云舒"的境界。但一个人真要达到此境界，那肯定是要经历一个漫长的修炼过程的。**我总觉得人不怕有缺点也不怕有自卑，只要有明确的人生目标和追求目标的奋斗精神，他就会不断地提高和自信，他的人生就会充满活力和色彩。**

你说你现在不想见我，你要是喜欢这样那就这样好了。有什么想对我说的就给我写信吧，打电话也行啊。我的电话你知道吧？

春天的气息越来越近了。今天走在路上看见湖边的柳树又爆出了新芽，感觉就好像看见了春天的笑脸。想起自己年轻的时候多愁善感，月圆月缺，花开花落，一片翻飞的树叶，一朵飘舞的雪花，都会触动我，让我有一种莫名的感动。我在陕西师大上的大学，那时宿舍窗前是一棵很大的柳树。春天，柳絮纷飞；夏天，舒展的柳枝垂挂窗前，触手可及，丰盈的绿色，似一帘幕，带来清新和凉爽。遇到刮风下雨，站在窗前，看柳枝飘舞，绿色染泪，心中会有淡淡的惆怅淡淡的伤感……你呢？年轻的你会有阿姨那个时候的感觉吗？

有空再和你聊吧。我得准备休息了，明天还要听一天职称外语考试辅导课。

8

@ 主题：有些心疼您

敬爱的傅阿姨：

最近还好吧！我想您现在一定好累哦，我有些心疼，应该说挺心疼的，因为您已经成了我生活的一部分了，在精神上给了我莫大的支持。

看了您的信，我心里不好受，我想我拒绝见您一定让您感觉不太好吧！其实我就是没信心而已，您那么好，给我那么多的关心我还能有啥顾虑的呢，只是我内心也许有些封闭吧，不过您放心，我会去见您的。

其实您说的“宠辱不惊，看庭前花开花落；去留无意，望天上云卷云舒”的心境在我高中时候有过，但对于我这样的年轻人来说，有种消极的成分，会缺乏上进心，所以就很难拿捏得恰到好处。而，对于心理很成熟的人就是一种超然的境界了。但，我想我会做到的，在我老的时候。但，我会不断追求人生的更高境界的，“吾生也有涯，而知也无涯”，我希望我的生命是越来越好的。下周就开始有选修课了，我会把每天过好的，不游戏人生。

阿姨，您最近身体不太舒服，但，只要有个舒适的心境感觉会好很多吧，多注意休息，小事情就放放哈，别累着自己了哦，还有我会很心疼您哦，呵呵。

我以前的男朋友就说我很多愁善感，现在还是一样的，我很敏感，站在窗口就会想起忧伤的事，但，我也会让自己情绪稳定起来，现在比较容易控制自己了，以前看到枯萎的花都会感叹生命的短暂，美丽的瞬息，生活里还是有那么多的美好的事情，人生已经有很多悲哀了，还是努力过得更加快乐吧。阿姨，您多注意身体哦，努力快乐点，您看，我虽然有很多的痛苦和苦衷但我还是乐观地笑对人生的哈，嘿嘿，其实您已经好乐观了，我就怕偶尔您也会有心结吧！好了，我还有很多事情要做，今天就这样哈！

晓郁

傅老师回信

晓郁：

你好！谢谢你对我的"心疼"，有你的关心我很开心。其实你也走进了我的生活，给我带来了快乐和欣慰。

忙了一星期，下午去拆了线，刀口愈合得不错，基本好了，没事了。我每天都过得挺开心的。在南昌我没有中学大学同学，但有研究生同学。我是在华东师大读的硕士班，有 8 个女生，在本市各高校，都是同行，差不多的年纪。我和她们中的几个成了好朋友，我很珍惜这份同学情。我们每年都要聚几次。平时住得近的也会相约着一起散步或是逛街。她们知道我做了小手术而且又忙得很，有的非要来看我，有的说等我忙完了陪我打牌。同事中也有我的好朋友，她说要请我看场电影，庆贺我身体好了，让我放松一下。有朋友真好。尤其是现代社会，尤其是到了我这个年纪的女人，有几个好朋友真能让幸福指数提高呢。晓郁，如果你身边也有好朋友，就一定要珍惜，如果还没有好朋友，应该主动争取。

我刚在备课。这会儿一边听着《二泉映月》一边给你回信。我喜欢听《二泉映月》，从小就爱听，每年都得听上好几回。据说小泽征尔在听了《二泉映月》后，激动地说此等二胡曲只能跪下来听。我不懂音乐，但每每听着这曲子，我会有一种特别的感觉。有时候我闭上眼睛听，虽然音乐传达出伤感、悲泣、激愤……但我的心却会变得很空灵宁静。每当心有不宁的时候，我就想听音乐，一些流行歌曲，是越听越烦躁，最后还是得听《二泉映月》，才能静下心来。你喜欢听吗？

看了你的信，想起晏殊的词：《浣溪沙》

一向年光有限身，等闲离别易销魂，酒筵歌席莫辞频！
满目山河空念远，落花风雨更伤春，不如怜取眼前人。

一曲新词酒一杯，去年天气旧亭台。夕阳西下几时回。
无可奈何花落去，似曾相识燕归来。小园香径独徘徊。

我喜欢晏殊的这种心态和胸襟，有感伤但不在感伤中沉沦，有哀悼但不在哀悼中绝望。他也感叹人生的短暂世事的无常，他也有悲苦，但他并不悲观，他知道怎么走出伤感和悲哀，寻找快乐发现美好。这其中包含着哲理，在无限的宇宙之中，任何具体的事物都是有限的，世界就是一个不断的新旧更替的过程，旧的没有了，新的又来了。过去了的就不会再回来，眼前的才值得好好珍惜。“以前看到枯萎的花都会感叹生命的短暂，美丽的瞬息，生活里还是有那么多的美好的事情，人生已经有很多悲哀了，还是努力过得更加快乐吧。”你的这种感悟和心境是不是“满目山河空念远，落花风雨更伤春，不如怜取眼前人”、“无可奈何花落去，似曾相识燕归来”呢？

就写这些吧，我得备课了，然后早点睡，明天去上职称外语考试辅导班。

9

@ 主题：紫色心境

傅阿姨：

您好！今天过得怎样？累吧？多希望您不那么累，多希望您过得轻松。

今天查了考试成绩了，感觉自己很没用，挂了一门。这已经是我第二次挂课了，上次是有机化学。如果您是我妈妈一定也会责备我吧，因为挂课绝对不是光彩的事情，也说明了一个学生的问题。我很难过，是替自己难过。但，一切都已经是结果了，这月25号左右补考，我得好好准备了。

其实，上学期也是因为自己太缺乏自控力了才会挂的，管不住自己的思想和习惯。看，我总是这样，明知道自己的问题在哪就是改不好。真是悲哀！我不能对我妈妈说，因为那样更会一团糟。我希望自己改掉那些鬼毛病，好好开始明天！我只想对您说，因为您不会带感情色彩看待我，因为我相信您！和同学也不想说，很烦的，心里真的很烦！因为也在乎她们对我的看法，我给她们的印象，所以我还是会坚强地挺过的。虽然我怕失败，虽然失败是因为自己一手造成的。这学期真的很不顺心，四级没过，她们要准备六级，又挂课，课程很重还要背那么多的东西。而且又要为下学年的学费愁。

不过，都会过去的吧。心里有句话送给我现在的心境“生命不是虚空，它是如厚重的大地一般真实而具体，该在清醒的时候清醒，执著的时候执著，沉迷的时候沉迷，如果你热爱生命你该不怕去体尝。”

生命里有很多悲哀，也许是因为自己的错误，也许是因为他人的过失，但，无论如何，我还是要向前看。不必太多的嗟叹，不必太多的欷歔，只要真的努力了就好。不管以前我做的有多少错误，有多少的失败和挫折还在等待，我依然要努力快乐着辛苦。阿姨，我也好累啊，活得真累，但，我还是要成功的。努力改变现在的自己，做个自信踏实的自己。

阿姨，我很喜欢晏殊的词，比苏东坡的还喜欢，读他的词感觉是遇见了知己，但，现在，我得把伤感放一放，坚强一点过。

我很喜欢听音乐，中外的古典音乐是我很喜欢的。也希望有一天可以听场高级的音乐会，当然乐团要是一流的。我现在最喜欢听《The clour of the night》，是欧美的一首非常经典的英文歌！还有《命运》！今天看到那么美丽的雪景很开心！还打了雪仗。

好了，我得回宿舍好好准备了。上网太久了感觉不舒服。

晓郁

傅老师回信

晓郁：

你好！最近比较忙，身体又不好，不是这不舒服就是那不舒服，而这多少也影响了心情，多种原因，所以没有及时给你回信，但心里常惦记着你。你说你挂了一科,四级没有考过,能够想象你的心情,就像我去年考职称外语没有通过一样。这也没有什么大不了,又不是没有机会了,比起那些挂了好几科的你还算好的,至于四级考试,一次没过的也不止你一人。既然知道了原因出在哪儿就好办了。你是不是管不住自己爱上网?上上网本也没什么,但你得先把应该完成的事情完成了,把要做的事情做好了,这样再去玩才会真正玩得开心玩得放松,不然,你还得补,应该付出的努力你还得补上,与其如此不如及时解决了。从现在开始努力一点也不晚,争取这个学期考试全通过,多花点时间攻外语,下次把四级考过,外语学好了,以后如果要考研也就不怕了。

知道你很累。太累的时候就休息一下,身和心都是需要休息的。累了,也可以找我说说话,释放一下。我会一直和你站在一起支持你的,只要你需要。晓郁,你需要的是坚强,实际上你已经很坚强了。阿姨对你很放心。相信,所有的艰难所有的烦恼都挡不住你青春的脚步。

春天了,季节变化,多注意身体。每天在校园里走来走去,有没有看见柳树一点一点的变化?想想我们的校园确实够美的,远山近水,鸟语花香,到处是花草树木,而且每条大路都有一个特别的名字。用中药名来做路名,可能唯有我们学校吧。漫步在校园中应该是很好的感觉。

我周一下午会在3202教室上课,有事可以去找我。

10

@ 主题:非常傻气

敬爱的傅阿姨:

您好!最近好吗?身体还好吧?还是那么忙吗?

时间已经到了第7周了,感觉一学期也就这么些天,这个月12号就是我生日了,但,我又要过一个没有家的感觉的生日了,也许我的家人、所有认识我的人,他们都忘了我又长大一岁了,但总也觉得自己还是这么这么的肤浅,这么的脆弱,嘿嘿,相信自己会有足够成熟的那么一天吧。

其实生日也不那么重要了,在心里为自己过了就行了,只要家人朋友都好,生活的情趣就是处处在了。现在终于觉得爱情之轻了,感觉他是那么那么的陌生,爱与不爱都不重要了,重要的是生活得快乐、幸福、平安。学会爱身边的人,珍惜现在所拥有的,好好过日子,远远比思念着不该思念的人要幸福,活得也真的会踏实很多。爱情,在一切还不稳定的时候出现并不是好事。

也不知道自己怎么会那么疯狂的爱他,爱到可以为他不顾一切。现在想来觉得非常傻气。不过都过去了,甭去想了,现在好好过就OK了。都说有爱就有痛,女孩子爱了就会全身心地爱吧,还真的不能再那么爱了,享受孤独也是很好的。没有爱情的生活也照样会很快乐,境由心造吧!

阿姨您别太累了哈,感觉现在的老师像您这么认真负责的真的好少。多抽空休息哈。

晓郁

傅老师回信

晓郁:

你好！谢谢你的关心和问候！最近确实是又忙又累,身体也不太好。主要是被职称外语折磨得。年纪大了,记忆力不行,工作又忙,没多少时间来看英语,心里很是着急。也许是过于紧张吧,加上太累,最近脑鸣又发作,而且挺严重的,左边头响个不停,影响了睡眠和看书。这几天在煎中药吃,希望能尽快好起来。

本来以为等职称外语考完我单是讲课,会比较轻松一点了,可今天接到通知,下周一开始参加省里搞的一个高校骨干教师培训班,为期十天,五天学习,五天出去考察。这么一来,我还是不得轻松,一边得上着学校的课,没课就得去培训班学习。还得把课调好,准备出去考察学习。不过,再苦再累的日子都会过去的,也就这十多天了,之后会有一段时间比较轻松,那时我一定要好好休养一下。我越来越体会到身体健康的重要性,那些名啊利啊,身外之物是可有可无可多可少的,身体却是最重要的。我喜欢过简单的生活,我对物质上的要求不高,但不能没精神生活,不能没有梦想和追求。

你经历了一次失败的恋爱,领悟了很多的道理,成熟了一些,这也可算作是这一次恋爱的收获,这对你以后的人生会很重要。爱情无所谓轻重,爱了就爱了,结果并不太重要。爱情的美好存在于爱的过程中,相知、相恋、相思、相念、相聚相见,心跳、心喜心欢、心苦心累心痛,这样的一些感觉和滋味,就是爱情。爱情难免结束,就算结了婚两个人走到了一起,爱情也还是会转化成亲情。但不能因为爱情的结束就否定爱情,害怕爱情,不管结局如何,曾经相爱的感觉却是真实的。就如同整个人生一样,结果是死亡,明摆着的,但我们还是得追求快乐的人生美好的人生有意义的人生。总不能因为知道结果就坐以待毙或是逃避。忘掉那个不爱你也不可能接受你的爱的男人，心中怀着对美好爱情的一份向往，珍惜每一天，充实快乐每一天，这就行了。

想起很多年前听到一个故事，一个男生和一个女生相爱，女生得了病，是肝炎，男生守在病床前照顾她，不怕传染，与她同吃一碗面。这就让人觉得，男生对女生的爱有多么纯真多么热烈多么地不讲道理，也是多么地令人感动。可是，大学毕业后，那个男生却还是另有所爱了，两人还是分了手。但毕竟曾经相爱的感觉是真实的，那个男生爱的表示毕竟曾经带给过女生极大的安慰和幸福。爱情就是这样的，只有两情相悦两心相爱那才会幸福，如果一方不爱了，另一方也只有放弃，别无选择，不然对谁都没有好处。相信你会真正走出来的，不管这一段走得有多么难有多么苦，但总会结束的。新的爱情也总会出现的。

晓郁，你也要注意休息啊，好好照顾自己！

11

挺长时间没有她的信，没有她的消息，心中还是有一份惦记。我也不知道什么原因，猜想有可能是她考虑到我女儿要高考，不便打扰我，也可能是她忙着什么事情，日子过得充实，没时间烦恼也没时间写信，也有可能是什么原因她没能收到我的回信，因而产生了某种顾虑而不再给我写信。我主动给她写了这封信。

晓郁：

好久没有你的消息，最近好吗？

忘不了那天你到教室找我，你的笑容一直留在我的脑海中。你挺漂亮的，也很可爱。你真的是一个感情丰富多愁善感的女孩，你的眼睛很好看,深似海洋,满是忧郁。

我最近比较轻松一点,总有要做的事情,但可以推就往后推一点。休息得比较好,身体感觉也好了许多。目前最重要的事情就关心女儿的生活,让她轻松一点开心一点,保持一个比较好的状态,迎接高考。除此之外,有时间就看看书写点东西。我喜欢这种自由自在的生活。一年中总会有一段这样的时间,所以我始终不愿意放弃这个职业,确实有它的好处。

祝你好好学习,天天向上!

@ 主题:爱如空气

敬爱的傅阿姨:

见信快乐!这段时间我是不想打扰您,您已经够忙够累的,我再给您添麻烦真的很过意不去。您脑鸣好了吗?

好久没和您聊天了,今天看到您的信,感觉是那么的慰藉。我这样的女子,经历了古典的忧郁,现代的忙乱,物欲横流的现实,感觉人生的经历好沧桑!但,生活里,我不能再如往昔,所以我乐观了,自信了,开朗了,是好事。人生就该这么过吧?!

我并不漂亮,只是有种我所独有的气质,这样的气质应该是美丽的,您懂得欣赏,懂得欣赏的他还没出现,而我,已不再期待。现在,把爱情看淡,把人生规划得简单,就是我的快乐,我的乐观和自信。

我想过了,以后工作了,即使要考研,我也不会考这个专业的,如果一定要考这专业的,我将面对更大的失败。现在,我已经规划好了我的人生,这里面没有爱情和婚姻。爱如空气,游移不定,所以不必为此想太多再付出那么多了。就如一首歌里唱的:“幸福就像花期，开到荼靡。爱情留在秋天，独自叹息。”不是对爱情婚姻悲观，而是现在我依然需要时间去沉淀过去的那段感情，依然需要时间学会更加坚强面对生活的挫折。生活是这么的现实，人生是这么的短暂，只要简单的快乐，纯净的快乐，就是非常的美好的。

在我的生命里，只有友谊和亲情是真挚的。我在这个多风多雨的地方，能遇见您这样的老师，这样的阿姨，还有一些同学朋友，已经很知足了。从激越到平淡，除了爱，还要学会生存的技巧。

我只是想工作后，尽力挣一定的钱够用了，就可以了，不想再给自己那么多的压力，不想再奢望未来有多么的精彩。平淡的就是幸福。

虽然我还需要时间从那样的感情里走出来，但我已经比以前更理性了，所以以后再不可轻易动情，女子太专一就是这么的矛盾吧，还好已经在跨出深渊了，还需要时间修复伤口。也许阿姨您会笑我对待感情太稚气，太专一了。我不想去想该怎么来评价这样的感情，让时间去淡忘吧。

最近要忙很多考试，就不会常来上网了。放假后我要去上海，和我妈妈在一起。生活于我是辛苦的，但也是天亮前的黑暗，我喜欢在黑夜里摸索的感觉，因为人生会因此而绚烂，尽管现实的爱情或许正是因此而失去。失去的不是永远，不代表一切。

学会微笑着面对生活，一切都会真的好起来。保重身体，过得快乐！

十二

“这里我想向您请教一个问题。您觉得女性只能在家庭和事业间选择其一吗？

还有一点便是您觉得大学生应该怎样学习？是以学习为主还是社交？您能说一下您是怎样度过大学的吗？”

1

主题：女性的困惑

亲爱的老师：

您好！我是您x班的一个学生，虽然现在您不再教我们，但我一直很敬佩、喜欢您。您是我所见到的我认为最优秀的老师。

这里我想向您请教一个问题。您觉得女性只能在家庭和事业间选择其一吗？

还有一点便是您觉得大学生应该怎样学习？是以学习为主还是社交？您能说一下您是怎样度过大学的吗？

先在这里谢谢您看我的信，期待您的回信。

您的一个学生

傅老师回信

同学：

你好！先谢谢你的鼓励！

我前段时间参加省里的一个培训班，出去考察了几天，回来才看到你的信。

我觉得女人是可以兼顾家庭和事业的。这次出去考察我就结识了一位女性，她在单位是个头儿，在家里也是她说了算，她老公几乎不用管家里的事情。当然，要两头兼顾，并且都做得比较好，这需要女人付出更多，也是需要能力和把握的。人的精力和时间有限，你要在事业和家庭上多付出，在别的方面就必然少顾及。比如，你可能就没有时间和心情去打牌、美容、逛街或是在茶座清清静静地与朋友喝喝茶聊聊天。你在这方面得到了，在别的方面可能就失去了。追求什么，人和人是有不同选择的，每个人对人生的理解对生活的态度也不同。**人重要的是认识自己，一个人只有认清了自己的需要自己的能力自己的喜好之后，他才能做出选择，并无怨无悔地走着自己的人生道路，怡然自得地品尝人生百味。**

我觉得大学生当然是应该以学习为主，但不是只有学习。现在社会竞争激烈，又要求学生不只是会学习，还应该在学习之余培养和锻炼各方面的能力，包括你提到的交往能力。只有你学习搞好了，成绩上去了，你才会拥有一份自信和轻松去与人交往。也只有具备一定的交往能力，与同学关系和谐，心情愉快，也才更有利于你的学习。这就是我们哲学里边讲的主要矛盾和次要矛盾的关系吧。抓主要矛盾，但次要矛盾也不可忽视。大学生活就如同所有的生活一样，因人而异，但我想不管是什么样的大学生活，都应该尽可能地过得丰富多彩一些，过得充实快乐一些。

我的大学离我越来越远了，留在记忆中的只有一些片断。我们人重要的是认识自己，一个人只有认清了自己的需要自己的能力自己的喜好之后，他才能做出选择，并无怨无悔地走着自己的人生道路，怡然自得地品尝人生百味。

人重要的是认识自己，一个人只有认清了自己的需要自己的能力自己的喜好之后，他才能做出选择，并无怨无悔地走着自己的人生道路，怡然自得地品尝人生百味。

那个时候没有电话没有网络没有游戏可玩，但我们每个学期都会结伴或是班上组织出去玩。我是在西安上的大学，陕西可看可玩的地方很多。我们也会拍照，但大都是黑白照，现在再看那些照片，才知道自己那个时候有多年轻和清纯，有多快乐和幸福。记得那时候学校附近有一露天影院，专门放一些经典片，有时候看书看累了或是心情不好了，总会有同学陪伴着去那里看上一场电影，买上一包葵花子，一边嗑着一边聊着，坐在长条石凳上等开演。现在想起来不记得电影的内容，但那种感觉那份情趣却依然在心里。还有就是逛街，无论哪个年代的女孩都是爱美的，虽然没有什么钱买衣服，但同学一起在街上逛逛，品尝一点小吃，感觉也是很不错的。那个时候的学生似乎比现在的学生爱看书学习，我们会经常到图书馆去看书，因为去的人多，需要占位子，几乎每个学生都有一个坐垫，主要是用来占位子的。我们也会经常去图书馆借书还书。学校时不时地有一些讲座，我们会有选择性地去听。大一时，我们宿舍全体练书法。我还跟着一个男生学了两年二胡。大学时，我也谈恋爱，花在思念和写情书上的时间不少。一大摞的情书现在还留着呢。呵呵，看到这，是不是在心里笑话老师了呢？

不知道我的回信是否能让你满意。希望不会让你太失望。

2

主题：学习与爱情

亲爱的老师：

您好！您知道吗我今天很兴奋，我终于收到您的回信。我原以为您不会回信，因为我自己都觉得我的信好无聊好幼稚。我真的很感动，谢谢您在百忙之中还第一时间关心您的学生。

其实有好多话想对您说，也有好多问题想问您。

那就先说说您教我们时的事吧。记得那时挺喜欢听您的课，因为您的课很有味道，不像有的课好没劲，不顾我们懂没懂就是硬塞。一直以来我都比较喜欢马哲，特别是当我发现理论能用于实际时。记得您很爱笑，经常是笑眯眯的样子，我看着您觉得很舒服。还记得您很爱听邓丽君唱的《但愿人长久》，中秋节那天，正好讲到时空的无限性与有限性，你说人就是有限的，受着时空的限制，所以中秋月圆时，就只能"但愿人长久，千里共婵娟"了……

在您的回信中我得知您学过二胡。其实我也是一个二胡迷，在那段黑色的七月是它陪我度过的。我最爱听阿炳的曲子，在他的调子里我能很快安静下来，有一种出神入化的意境。如果以后有机会我一定会去好好学一下二胡。曾经也是因为二胡我认识了一位老者，现在我们是忘年之交，他二胡拉得很好。而且他像您一样是一位智者，虽然他没有上过多少学。

老师你大学里谈过恋爱，对吧？现在我们宿舍六个人也有四个人恋爱了,只有我和另外一个女生没有。其实我有时也想谈一次,因为很多人都说大学里没有谈恋爱会是一个很大的遗憾。刚进大学时我姐姐就对我说如果有机会就应该谈一次,因为它可以使一个人变得成熟。但是,我很害怕,我担心它会影响我的学习,我是一个把学习看得很重的人。另外我怕我会承受不起,当我们分手的时候,因为我会把感情看得很重,当我投入其中时。因此到现在我还没打算找男朋友。我是不是很傻?

老师你们原来的课程多不多?我觉得我们现在的课太多了,平时根本没有时间去好好体会一下课本,同样不能好好玩一下。打从开学的第一天我心中的那根弦就没有松过,当然我不是为了考高分而学习,我是为了学习而学习。但是最终我发现,当我试图把所有科目学好时,我会很累很累,而且很多时候我根本做不到。就是在这种情况之下,我都会觉得我的心好累。其实我一直都很喜欢所有科目,似乎在所有科目中我都能找到乐趣,因此当我不得不为了考试而背重点时,我的心很痛。我时常问我自己这样的学习有意义吗?本来学习是一件开心的事,但在这样的教育里我觉得很累,身体累心更累。还有我很不喜欢有时候同学为了自己的利益而去伤害别人,或者去和班干搞关系。我很反感这些。由于所有这些,我时常对自己说我当初就不应该走读书这条道路。要是我待在家里种田的话,我至少会过得自由自在,心不会那么疲惫。在家乡不会有太多人世间的尔虞我诈。

不过这一切都无法改变了,我也不得不回到现实中来。说到这里老师您可别为我担心,毕竟现实也有它的可爱之处。比如我们宿舍的人都好团结,有的同学也很热情。还有我仍然会按照我的兴趣去选择我的学习方式,它会带给我很多乐趣。

"五一"马上就到了,老师您有什么打算呢?虽然我家就在江西但我这次不打算回家，我想呆在学校放松一下同时好好看一下英语，准备考六级。不过这次肯定过不了，但我还是想搏一下。

好了，今天就聊到这里吧！先在此祝您“五一”节快乐！

您的学生

傅老师回信

同学：

你好！我很高兴我的课能在你的记忆中留下一些印象。

明天就是“五一”了，若不是女儿面临高考，我可能会出去玩的。女儿只有三天假，这三天她肯定也不能放松的，平时她不算用功，现在再不用功就不行了。我也只好陪着她待在家，正好我也可以静下心来读读书写点东西。我喜欢这种简单而宁静的生活，不喜欢去追求那些世俗的名利。

年轻人向往爱情是很正常的。对于大学生是否应该谈恋爱，我觉得因人而异。你不必羡慕别人谈着恋爱，谈恋爱不必着急，总会来的，顺其自然比较好。爱情也不必过于期待，有时候你越期待越不会出现，你不期待时，爱情可能突然降临。如果遇到你心仪的人而他也爱你，谈一场恋爱也没有什么不可以。但感情把握不好会给你带来许多的烦恼甚至痛苦，谈恋爱前要有足够的心理准备，你能承受恋爱带给你的一切吗？爱情绝对不只是幸福和快乐。不要为了谈恋爱而谈恋爱，也不能说为了变得成熟去谈恋爱，恋爱不是游戏。

学习应该努力勤奋，但不能太累，不能死读书。学习之余应该尽可能地让大学生活过得丰富多彩一些，这既是锻炼各方面的能力培养各种素质，又是人生的经历，将来回忆起来会少些遗憾。积极上进是没错的，但对名利不要看得太重，不然你会很累的。你不可能在哪个方面都比别人好，你不可能事事都做得那么理想。你能从学习中得到快乐，这点很好。但考试背重点也是必需的，当然，如果你真的学好了，也无需花很多时间去背。你的心态还比较好，你应该是那种比较会调整自己从而更多地获得快乐的女孩。

人是复杂的，社会是复杂的，尤其是现在社会有种种的不良现象存在，人处其中，既不能太愤世嫉俗，又不能同流合污，有时候会觉得很难。**我觉得人最主要是能够认识自己，人要有主见，知道自己要什么追求什么，自己有自己做人的原则，这样就不容易迷失自己，而且能够自得其乐。**你现在还年轻，慢慢地经历多了，你会更加成熟会更有自己的思想和主见的。

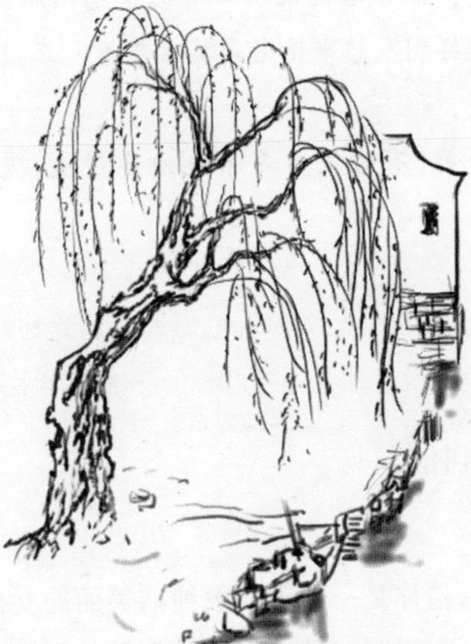

十三

"找你排忧解难来了！一直很想说，但又不知怎么说。哈哈，真是!!!!"

1

主题：一封天使的来信

亲爱的老师：

您好！我是您的"孩子"。这样称呼自己您不会介意吧？

找您排忧解难来了！一直很想说，但又不知怎么说。哈哈，真是!!!!

开门见山了！很容易扰乱人心智的情感问题！是不是人到了这个年龄都会这样啊？想事情老是莫名其妙。正因这样，有时候我都很讨厌自己了，烦死了。

不知如何是好，有时候自习书也看不进去，觉得是挺郁闷的……

您的学生

傅老师回信

亲爱的同学：

你好！呵呵，猜你是一位天使般纯洁美丽的女孩，再猜你可能是喜欢上一个人了，对吗？其实女孩的心思你别猜，猜来猜去也是猜不透的。但我知道你的那种感觉是每个女孩子都会有的，是一种莫名的闲愁莫名的惆怅，是很正常的，不要因此而讨厌自己，更不要因此而掉入烦恼之中。喜欢一个人可以把他放在心里，就那么默默地关注他想念他，也许一段时间之后就淡了。要不就说出来，试试有没有希望走到一块。总之，希望你不要因此而影响了正常的生活和学习，想归想烦归烦，但平时该干什么还是干什么，要学会控制自己的感情。

那天我女儿在饭桌上和我聊天，一直在说她初中时喜欢的一个男生，初中毕业他们都考到了师大附中，经常有机会见面。她说他是她唯一真正喜欢过的男生，她觉得他什么都好。她还开玩笑说考完大学要找他，他们之间要有个交代。然后我说，你不要总是想到他，影响学习，她说你放心啦，初中时那么喜欢他都没有影响学习，几年过去了肯定更不会有什么影响的。我对她很放心。我想你也应该会让我放心的。相信你知道怎么去处理的。

鹊踏枝

谁道闲情抛掷久，每到春来，惆怅还依旧。日日花前常病酒，不辞镜里朱颜瘦。

河畔青芜堤上柳，为问新愁，何事年年有。独立小桥风满袖，平林新月人归后。

这是冯延巳的一首词，突然想起来，与你一起赏读。

2

主题：最近比较烦

亲爱的老师：

最近好吗？怎么每次都是心情很烦的时候想起您呢？呵呵。有时候觉得自己好自私哦。

不知道自己是不是真的长大了，总会想些以前不会花时间去想的问题，是那时候克制力好呢？还是那时年龄小，还不懂？我们寝室的人总说我阅历太浅，看东西傻傻的，但有时候又太现实（关于这点可能是受家庭影响吧），但最近又想明白了一些事情，觉得想法太现实往往容易迷失真实的感受。不知道想的到底是不是对的，我们寝室人说不是那样的。呵呵，不懂！

这几天有个人教我在做较重大的决定之前要看清自己。看清自己？感觉真的好难啊！什么时候才能看清自己？有些人说这是因为你做事没原则的缘故吧，有些则是说，一个人到死了也不可能完全看清自己。到底是怎么样的呢？有时候觉得自己太执拗了，像我这么单纯的人很多事情是看不懂的，就是她们跟我说了，可能我也一时理解不了，她们说你没必要去理解，其实像这样也挺好的，她们有很多时候活得很累的！呵呵，也许吧。可是我呢是越不懂的事情呢越想知道，越想看透，结果呢是搞得自己很累，有时候为了看结果甚至把自己弄得遍体鳞伤，比如说对于感情方面的事就是如此！我不知道自己是否真的喜欢一个人，我不敢跟人家说，我怕这感觉不是真的，因为我怕以后伤害人家，但是我心里又很难受，因为我真的很想他知道我心里的感受，对他说"我好像是喜欢你的"。然后我还特别无理取闹（这是我同学这样说的），总去想些不切实际的事，明知道这件事实现的可能性很小，但是我还是跃跃欲试，这就是我的“没脑子”。

我不知道我是怎么了。

最近好累，想的事情太多了。

好累……

您的学生

傅老师回信

亲爱的同学：

你好！谢谢你总在心烦的时候想起我，呵呵，有人想起总比没人想起好，你说呢？

怎么了？为什么会那么累呢？是不是处在矛盾和犹豫之中？我觉得对待感情应该慎重，因为感情弄不好会给你带来巨大的烦恼，会很伤人的。你喜欢他，不一定非得明确地用语言告诉他，你可以表现在行动上，比如对他多一点关心，多接近他，有时候甚至也可以含蓄地试探一下他。如果他也喜欢你，那你们之间一定会有一种感觉的，有时候一个眼神的交流都会觉得很美好很默契。这样自然而然地也许就相爱了。如果你那么急切地用语言表白，弄不好会令双方都尴尬的。尤其是你还不能确定自己是不是真的喜欢他，如果你对他说了，那就更不合适。

也不能说你就不现实，只要有可能就应该试一试，如果你真的很爱很爱他，但试的方式可以有选择。而且在试之前，你应该想清楚可能的后果，可能成功也可能失败，如果失败自己能否承受？如果不能承受最好不要去试，不要去做没把握的事情。如果能够承受,试了之后即使真的失败了,你也无怨无悔,坦然面对。

我想每一个人都不可能绝对地单纯或是复杂,完全的现实或是不切实际。太复杂了会很累,单纯有单纯的美。太现实了会很俗气,幻想有幻想的魅力。一个非常复杂和很实际的人,他也一定有单纯和幻想的时候,一个单纯和不切实际的人,也一定会有面对现实复杂地思考的时候。人有各种需要,有时候是被迫的,有时候是自发的。所以,你不必担心自己单纯了不切实际了,不必急于把自己变得复杂了和现实了。反过来也一样。**人总是处在不断的变化之中,随着年龄的增长阅历的增加,你的性格你的观念你的想法你的情感都有可能变化。**性格、观念等等,很多东西都是社会环境使然。现在看不懂的以后也许就懂了,有的事情不必看得太清楚,不必想得太明白。而且人应该有主见,不是什么都得跟别人一样。别人那样看,我为什么不可以这样看呢!

希望你开心起来轻松起来。我知道当你看到我的回信时,可能已经开心了轻松了,这样最好。

强烈要求你下次来信时告诉我你的名字!好吗?

3

@ 主题:暂时不说出名字

亲爱的朋友:

您好!很谢谢您的意见哦!每次给您写信,总感觉自己很小,有偎依在您的怀抱里的感觉。很亲切啊!您呢,可以把很多舒服且又很对的话表达给我听,我看了您的回信心会很坦然,不会还是那么茫然。

老师啊，我没告诉您我的名字，不是想骗您，而是我觉得如果我告诉您我的名字了，那么您就知道我是谁了，这样的话，有些话以后我就会不敢跟您说（并不是说什么见不得人或者什么的），觉得呢好像就产生了一层隔膜。呵呵，反正我是我们学校的学生，而且您以前教过我们的，就是这样，我认识了您——和蔼可亲的老师。如果您可以说服我告诉您的话，我一定会说的哈！

您的学生

傅老师回信

亲爱的同学：

你好！我的回信能给你一些帮助并对你产生一点作用，我很高兴！

我想我恐怕很难说服你让你告诉我你的名字，不过呢我能感觉到你是谁，希望我的感觉没错。你觉得这样好那就这样好了，就像你说的反正你是我的学生，在烦恼的时候会想起我，这就行了。虽然不希望你烦恼，但为了让你想起我，又希望你会偶尔烦恼一下，呵呵。

你真是个特别的女孩！

4

@ 主题：有永恒不变的爱情存在吗

亲爱的老师：

您好！五一快乐！呵呵，很想您噢！

本想着有很多话对您说的，可一开邮箱，感觉心又好像开始沉默起来了。

想着能一直笑多好啊，可总是会不高兴，莫名的烦恼，肯定是我太多想了，所以才这样的，这就叫“明知故犯”。呵呵，所以好想身边的人能开心，他们开心了我也许就会好的，听起来有点自私哦，嘿嘿……不知道是不是说错话了，真笨，都辨别不了真假。

有时候和身边的朋友聊天，她会说我很虚伪，呵呵，我听着好像无所谓的，可能是把自己内心的东西夸大了吧，但不说出来又不喜欢，所以总结自己，觉得好多事情都是自己一个人惹出来的，想多了，没必要想的也想了，以致引起朋友的一些误会，虽然听了难听的话，但过一会儿又会无所谓的，呵呵，想起来自己真的好傻哦。

觉得自己越来越没个性了，也许是进入大学了吧，棱角被磨平了一些吧。现在都不能很清楚明白地了解自己，一个朋友对我说，年轻人啊，做出决定前一定要看清自己，看清自己想要的是什么。可我现在真的看不清自己。一旦认定了的事总想去尝试，不怕结局会是怎样，都可以忍受。也许是意志力太弱了吧，很少会矢志不渝地去做一件事，所以目标就是我唯一持续做一件事的动力，等我实现后也许我就会冷落它。我对自己没把握。我的朋友说我是“多情”的人儿，喜欢不专一。难道我真的是这样吗？我真的是这样坏的吗？也有人告诉我，那是因为我还没找到自己真正喜欢的人才会这样的。是不是我还没长大,没碰到让自己真正心动的人呢?也许就是这样的种种吧,所以不是很相信真爱,在这种社会里,会有永恒不变的爱情存在吗?但是不可否认的是,每个人都在渴求真爱,也许就是像这样的人摧毁了真爱的存在吧。不敢,在这方面又没自信。今天我问他相信永恒不变的爱情吗,他说信的。我听了后很高兴,但又害怕,想如果真的可以在一起的话,万一伤害了他怎么办?呵呵,真觉得自己是个笨蛋,两个不同年龄段的人在一起的可能性是很小的。而且他那样的性格也很难会注意到身边人的存在,如果不妥还很可能会适得其反的,但又把自己卷进去,呵呵,不知道自己在做什么愚蠢的行动,也许这就是所谓的"情不自禁"吧。

呵呵,好像说了好多哦。

祝老师身体健康!

您的学生

打开邮箱,收到她这封信,是晚上十点多钟。那天身体有些不舒服,头胀胀的,也犯困了,看了半天有点不知所云,就没有及时给她回信。第二天,第三天,接下来十多天,我都没找到合适的时间和心情给她回这封信,但我心里一直想着这件事。我给过学生承诺:只要我收到他们的任何一封信,我都会回信的。也许可以装作没收到,但我的良心不允许我这么做。我还担心她没有及时收到我的回信,会不会以为我不理她了,嫌她麻烦了,因而很伤自尊,再也不来信了呢。因为我知道学生给老师写信,本来就需要鼓起勇气的,他们会很敏感老师对他们的态度,一旦发现老师缺乏热情和真诚,他们就会把自己本来想敞开的心灵又封闭起来。还好,半个月后,她又给我来了信。这让我更喜欢她了。看来她对我真的有一份信任和亲近,还有一份惦记。

5

主题：怎么不给我写信了？

亲爱的老师：

最近您还好吗？干吗不给我写信了？出什么事了吗？急切希望您的回信。

您的学生

傅老师回信

亲爱的同学：

你好！谢谢你惦记着我！

最近一段时间，我想搞点创作，写点东西，所以有时候可能沉浸在里面，别的事情就忽略了。但我一直没有忘记你，我的孩子。请你不要伤心哦！

还有就是，我的宝贝女儿最近有谈恋爱的倾向。那天开家长会，班主任对我说的。班主任笑着冲我说："等会儿跟你说个小秘密。"我心里一惊，问："什么秘密？她谈恋爱？"班主任说："这段时间总能看见一个男生陪欧阳（我女儿姓欧阳，老师同学大都叫她欧阳）走到汽车站，看上去有点亲密。"我说："哦，那个男生我知道的，他们是好朋友，曾经一起出去看过电影喝过咖啡。他们关系是比较好，但不应该是在谈恋爱。"我这么对班主任说，是不想让她觉得他们真是在谈恋爱，但其实我也半信半疑。然后一个我认识的家长也悄悄地对我说："跟你说件事，本来不应该跟你说的，想想还是告诉你,引起你的注意,”我说:“有什么事你就直说吧。”她说:“我女儿一天问我,妈妈你说是我乖还是欧阳乖,我说当然是欧阳乖了,她说,不对,欧阳谈恋爱,我没谈。”这一下我还真有点紧张了,都这么说,那可能是真的了吧。回到家我没法完全控制自己的情绪,虽然我什么也没说,但聪明的女儿已经知道是怎么回事了。她似乎很紧张,怕我不高兴,怕我骂她。饭桌上,我以开玩笑的口吻轻描淡写地提到这事,没想到女儿很坦白,承认那个男生天天送她到车站,但她说是处于友情和爱情之间的说不清楚的感情。我不知道应该怎么办。我不想她这么小就谈恋爱。离高考也只有二十来天了,我又不能刺激她,不能影响她的情绪。唉,她一直都很乖,很少让我操心,没想到高考跟前了,却弄出这种事情来烦我……

孩子到了一定的年龄总要谈恋爱,要谈恋爱总会遇到烦恼,甚至痛苦。每个人都这么走过来的,自己经历了体会了才会明白。你也一样哦,是不是还在为恋爱烦恼呢?无论恋爱与否,我希望你都是开心的。就算谈恋爱,也不能过分依赖男孩子,永远要保持独立,明白吗?记得你上封信中说“两个不同年龄段的人在一起的可能性是很少的”,莫非他和你不是一个年龄段的人?

6

主题:以为你不理我了呢

亲爱的老师:

您好!还以为您不理我了呢,呵呵,您给我回信好开心哦。

听您说了您的烦心事,我自己也有很深的体会,毕竟是过来人。

高考几乎可以说是带给了我另一个人生考验，我没有走好，以致来了这里……原以为来学校这么久了，心也静了，最近这段时间我才模糊地发觉到：心死了将近两年。虽然每次拿奖学金，但是这不是以前的我。感觉对现在的学习是那么的冷漠，以前的热情荡然无存，我敢确信这决不是因为世界观人生观等的影响，有点像在挣扎中逃脱的感觉。高考对我的影响真的是太大了。我本已在复读班读了好几天了，可后来还是过来了。那几天在复读学校好怕，那种怕不是说因为陌生，我自己也很模糊，也许是怕自己疯掉吧。您知道吗，那几天我几乎一个人沉默的时候就想哭，天天想着打电话给我妈妈，想回家。我不知道为什么会变成那样。后来拿着入学通知书对自己说，没事的，高考没发挥好可以在大学里好好学习啊，或是考研。来大学后，告诉自己很多事情是好的，要乐观，呵呵……差不多连自己都骗了。原来我对学习的心早在两年前已经死了。说起来好像很严重哦，呵呵，但是就是这样的。常常会回想以前的学习生活，那是多么的美好，每天都是那么的开心，那么的充实。可现在呢……我不知道怎样去找回那种感觉。呵呵，书还是依然看，只是……

相信您的女儿会好好处理的，因为她有这么优秀的爸爸妈妈啊。

一个很在乎你的学生

我一直以为她是那个新疆女孩，坐第一排，高高的个儿，很喜欢臭美，和我在QQ聊天，打起字来喜欢搞一串一串的符号，活蹦乱跳的，没个规矩。但读了这封信，我才知道我猜错了。因为她说她每次都拿奖学金，而那个新疆女孩是不拿奖学金的。我就真的不知道她是谁了。她又不肯告诉我。也许这并不重要，重要的心与心的相识和相通。

傅老师回信

傻孩子：

我怎么可能不理你了呢？每次看到你的信我都很高兴。

看来高考真的是很难说的，高考时的状态非常重要，发挥超常、正常或是失常，结果可就不大同。发挥如何，这其中充满了偶然性。但孩子平时的心理素质应该是关键。我对女儿基本有信心，但越临近高考就似乎越信心不足。女儿也一样。从一开始想冲北大清华到后来想冲人大，再到后来想考中国政法，估计到现在她也没有个明确的目标了，自己把不准能考哪里，只能是考到哪儿是哪儿吧。但她知道，尽量去考好。报哪个学校等考完再说。

我现在绝对不跟她提那个男生不提谈恋爱的事情。上次开家长会，她班主任跟我说了之后，我免不了说了她几句，她很烦，影响了心情，三模没考好，回来哭一场。她很久没那样哭了。记得高二前，她一没考好回来就会哭一场，然后就没事了。后来，她没考好回来也不哭了。她说，"爸爸妈妈你们教给了我很多东西，但有一点没有让我学会，那就是坚强。我原以为，没考好就哭那就是不坚强，后来我为了表示坚强，没考好我也不哭，但我发现，这样我更难过，把什么都放在心里一个人扛着，有时候我觉得受不了。"那天哭的时候，她说了很多话。她还说，"我心里的压力很大，我知道我如果没考好，我爸爸会不开心的，他不开心就抽烟不说话很晚睡觉，我不想他不开心。在这个世界上真正疼我爱我的人就几个，而我如果不能给这几个人带来快乐，我觉得很不对。"她这么一说，我泪流满面。她真的很懂事，可我真的不想让她承受那么大的压力。我一个劲地开导她，直到她停止了哭并开心起来。我现在每天陪着她，和她说说笑逗逗乐，尽可能地让她感觉到轻松和快乐。刚才我还和她在卧室里打球呢，是那种塑料的气球。她很开心，我也开心。有时候觉得只要孩子能这个样子地生活着，开开心心轻轻松松的，上什么样的大学都无关紧要。

你属于高考发挥失常的吗？没有关系啊，调整好自己的心态，在我们学校同样可以有优异的成绩，同样可以找到学习的快乐，将来你也同样可以有出息。像你基础好，平时学起来肯定不太费劲，这样你既可以保持优异的成绩，又可以多看看课外书，多花点时间把英语学好，还可以让自己的生活丰富多彩。到时候考研，也不会太难。女儿就经常自我安慰自我放松："没有什么，高考只是人生的一关，大学只是人生的一站，上哪个大学都不能最终决定将来的人生。"你也应该这么想啊。所谓"赢在终点"，就是这个意思吧。你怎么会说学习的心死了呢？你不是每天都好好地学习着吗？你现在是大学生，当然找不回高中时学习的感觉。你现在想高中的学习是多么快乐，多么充实，多么美好，那是因为已经是过去了，其实你当时也一定是有着烦恼有着压力有着担忧的，对吧？而你现在的学习生活同样也是烦恼与快乐并存的，只不过你现在不愿意看到快乐而已。其实如果盯着快乐你就会觉得很快乐，你放大了烦恼，那你自然就忽视了快乐。老师相信你是个聪明的女孩，是个有志气的女孩，有自己的目标，而且会为了实现目标而努力学习，并在学习中感受快乐。我相信你将来肯定会大有作为的。老师期待着！

十四

"您能告诉我怎么写论文之类的东西吗?"

"您帮我分析一下,我应该怎么处理类似问题呢?"

1

主题:想和您探讨一下文学

傅老师:

您好,先自我介绍一下,我是左婷,x 班的一名学生。

说起来听到您的大名还是从校报编辑部一个老师那里,偶尔一次我在校报编辑部工作,当时他在回您的邮件(我还不认识您),他告诉我您是思政教学部的,很喜欢写文章,呵呵,当时很想见您,想知道您是怎样的一个人。结果这么巧,这个学期您就教了我们课,目睹到了您的芳容,哈哈。

我也很喜欢文学,但是仅限于散文类的,尤其描写内心感情的文字,对政治类很严肃的话题最不擅长,一碰到就头疼。您布置我们的论文我完全自己写,用一晚上时间,绞尽脑汁凑出 2000 字,写完后看一下感觉就像是中学作文,太伤脑筋了。以后到了工作岗位肯定要写那些东西啦,您能告诉我怎么写论文之类的东西吗?

学生:左婷

傅老师回信

左婷同学：

你好！很高兴收到你的信！

从你知道我的名字到看见我这个人，是不是挺失望的啊？呵呵。很少有学生知道我喜欢文学，更少有学生会找我谈文学。要是课间休息时你找我，我们就可以谈谈文学了。你为什么不找我聊天呢？

大学时喜欢写诗，多属"少年不识愁滋味，为赋新词强说愁"吧。后来写小散文，大四的时候在西安的一家报纸上发表了我的处女作。30岁以后又开始重温旧梦。那些年过得真是宁静而充实，课不多，有很多时间读书写作，发表了不少文章。那年为了考研，后来读研、写论文评职称，几乎中断了写作。前年以女儿中考为题材，写了一本类似长篇小说的东西，也出版了。**写作是我的爱好，是我永远的梦，带给我很多快乐。仅此而已。**

我也很讨厌写论文，不是迫不得已我坚决不写论文。写论文对我来说是一种痛苦。主要是因为缺乏研究，无法写。说起来不好意思，我真正学会写论文应该是写硕士论文的时候，但到目前为止，我还没有写出过一篇像样的论文。我想写论文先得选题，选题很重要，一般会选自己感兴趣的平时关注的资料比较多的题来写。题目不能选得过大，太大了容易空洞，而且很难说清楚，难以把握。选好题之后，就是查找相关的资料，并对资料作分析，看别人是怎么研究这个问题的，研究到什么程度了，从中受到启发并借鉴别人的研究成果，提出自己新的观点、看法、见解。第三步就是写提纲，也就是搭架子。最后就是具体的写作了。怎么样，你的论文是这么写出来的吗？

有什么新作可以发给我看看哦。

2

主题：患得患失

亲爱的傅老师：

很高兴能收到您的回信，真的好激动哦，这段时间一直没有上网，每天晚上党支部成员都要参加培训，就没有空闲了。真是不好意思啦。没想到老师回信速度如此之快，让我作晚辈的都惭愧万分啊。谢谢您对我的指导。

其实我见到您丝毫没有失望啊，第一节课时您说的那些话很令我感动，我深深地知道了身为一个称职的老师称职的母亲其实是很不容易的。我之所以没有跟您聊天一方面是跟您不熟，另一方面，是因为我从来不知道如何跟一个自己的任课教师沟通，尤其是聊学习以外的其他东西。不是说您不和蔼，是我自己的原因啦。但是很奇怪，跟党委宣传部的几个老师特别熟哦，挺能聊得来的，可能是经常去编辑部玩吧。也许我们渐渐熟悉了可以聊得更多些哦。

我也就是挺喜欢写些东西，于是加入了记者团，在校报上发表些文章，大一大二时有十来篇吧，后来就没有再写很多啦，因为大三了开始忙了，要为以后打算了。我要考研，所以要放弃好多的东西，比如说我心爱的散文、小说、上网、和朋友的聚会等等。

老师,我想问你个问题,如果我下定决心要考研了,但是寝室的人从来没这个想法,我肯定要花好多时间在学习上,很多时候我一个人行动去看书去图书馆,她们呢一起玩儿啊什么的,慢慢我和她们的关系会不会因此而疏远?她们会不会不喜欢和我一起玩儿呢?说实话,我有时挺在意别人的想法,我也不想过孤立的生活。大学生活都过了大半,不到一年时间我们就实习了,我们几乎都是回自己家乡实习,聚在一起的日子总是那么短暂,分开后也许就一辈子见不到啦,想起来很伤感,但是该面对的总是要面对的。我们逃避不了哦,呵呵。

学生:左婷

傅老师回信

左婷:

你好!我这几天在投入写个东西,因为好不容易有比较完整空闲的时间,想满足一下自己写作的欲望,过把瘾。

你说你决定考研了,那就付诸行动吧。早晚得考研,我想是这样的。一个普通院校的本科生,以后就业、发展会受限制,所以你的决定是对的。当然这得付出很多,但现在的付出是为了将来的得到,你现在不付出,将来还得付出,而且要付出更多。

有得就有失,你要去看书,自然就少了和同学在一起的时间。你不必担心那么多,她们会理解你支持你的,只要你自己觉得没有什么,与她们依然真诚相待友好相处,就不会有什么大的影响。不要顾虑太多,有时候想得太多,患得患失,是很难有勇气去做某件事情的。当然想清楚了也好,这样能够作好面对各种可能性的准备。

时间是过得很快，不要说大学四年，就是一生也是很快的。喜欢文学的人尤其是女人大都多愁善感，但太多愁善感了，有时候会让自己很苦很累的。聚散离合是常有的事情，天下没有不散的宴席，人的生命都终将结束，应该以平和的心态去对待这些。有时候我一觉醒来，突然想到我这么活着，其实就是在走向死亡的那一天，我终究有一天会消失在这个世界，那个时候浑身毛骨悚然，深感绝望和虚幻，但你还得投身于生活之中去，该干什么干什么，而且想尽量地使自己生活得有意义一些。

希望你快乐地学习和生活！

3

@ 主题：我不想虚伪

傅老师：

真不好意思，我最近在复习中医内科的考试，因为东西很多很复杂，自己基础不扎实心里没底，就一直在看书，所以好久没给您写信，请见谅哦。

感谢您对我的帮助。现在自己也想通了，不要在意别人的看法，一心坚持自己的目标就好了。我会努力学习的，以后成为医生之后，给您当私人保健医生哦，呵呵。

最近身体很不好，本来身体就虚，再加之最近心情很不好，总是想一个人找个安静的地方放松一下。可能确实像老师说的，喜欢文学的人心思都很敏感，我就是如此，想事情想得非常多，可是又控制不住自己的情绪。还好现在调节得差不多了。

有时候人真的很矛盾的，举一个例子吧，我在学生会，跟学办老师关系都蛮好，但是个别老师我不喜欢，有时就表现出来了。评选优秀团干投票评上了，但是他就故意卡我。我真的觉得这种人怎么可以当人民教师呢。我这个人，自己不喜欢的人都不理，可能还是自己不成熟，可是让我对那种人笑脸相迎我做不到啊。所以除非要去学办开会，我尽量不去学办了。书记每次见我都说我不去学办，都快不认识他了之类的话，我自己不知道怎么讲这事情。是不是所有人长大了都要变得虚伪呢？我不是这样的人，我做不到。可是到了社会上肯定是要吃亏的啊。您帮我分析一下，我应该怎么处理类似问题呢？

学生：左婷

傅老师回信

左婷：

你好！快到期末了，要复习考试，一定比较辛苦吧，要注意劳逸结合。你怎么身体会虚呢？体质不怎么好吗？我就是这样的，你怎么也这样啊！加强锻炼，不然将来年纪大了很麻烦的。

你一定要努力学习，记住你的话啊，将来当我的私人保健医生。就怕啊，将来出息了，把老师忘了，呵呵，顺其自然，忘了就忘了吧。

你说你不喜欢学办的个别老师，这也属正常。我觉得人跟人是要看缘分的，你不必刻意地做什么。自己不喜欢的人呢，自然是难合到一块的,但也没有必要做出样子来给人脸色看,必要的礼貌还是要的。世界复杂多样,人更是如此,人和人是不同的,我们看到的人接触到的人不可能都是我们所希望的那个样子,每个人都有自己的生存之道,我们虽然看不惯甚至是鄙视某些人的为人处世的态度,但他们那样做有他们的需要有他们的理由,我们不必也不可能强求一致。但我觉得一个人活在这个世上,应该活出点个性和骨气,还得有点正义感。这也就是所谓的"和而不同"吧。我觉得你这一点很像我。我从来不想为了给自己谋点什么利益而去讨好或是迎合某个人,在利益和尊严之间,我会选择后者。如果说为了利益,放弃尊严损害人格,也许看起来没有吃亏,但其实损失了为人的根本性的东西。世俗的名利可有可无可多可少,但一个人如果丧失了自我,没有了尊严,我不知道活着还有什么意义。我觉得像评选优秀团干这件事情,如果你觉得不公正,并因此而难过,你就应该去据理力争。你可以去问他原因,把你拉下来的原因。如果真是有失公正,你可以向书记反映。也许最终的结果没有改变,但你努力了,争取了,表达了你的意愿,你无愧于自己。

我觉得如果你跟老师之间有矛盾,不妨直接跟老师交流,这样有助于化解矛盾,有助于老师改进工作。我就是一个比较直率的人,有什么不满,并影响我的心情,而且我觉得确实是领导的不对,我就直接跟领导说。不说出来会很难受的,我不喜欢把不痛快藏在心里。

人总是在得失之间烦恼和生存着。有的东西看淡一点,而有的东西则需要看重一点。每个人的选择不同,有的人为了追名逐利,可以放弃尊严,像一条狗一样地活着;而有的人为了尊严,可以放弃名利,甚至可以牺牲生命。你看重什么呢?想清楚了吗?学会用辩证的眼光多方面多角度地去看问题,会比较容易宽容和豁达一些的。你说呢?

十五

“老师，我现在遇上麻烦了，好矛盾，您说该怎样处理学习与社团活动的关系呢？……老师，您给我出出主意吧！”

1

主题：选择

亲爱的老师：

您好！您不知道当您叫出我名字的时候，我有多高兴，谢谢您老师！不知为什么第一次上您的课，就喜欢上了您，也喜欢上了您的课。不知道您还记不记得，下了第一堂课后，我就要了您的邮箱地址。我想您年轻的时候声音一定很好听，您是为了我们，声带才变坏的，当一名老师真的很不容易，很辛苦。

老师，我现在遇上麻烦了，好矛盾，您说该怎样处理学习与社团活动的关系呢？刚不久，加入了记者团，现在发现这特别花时间，加上班里的工作，在青协还担任了一个组织部部长，还有勤工俭学，所以学习的时间特别少，每天都感觉很忙。我想退出记者团，又怕记者团的人说我很轻浮，刚加入，就要退出，而其他两个，我都已经付出心血了，不想半途而废。老师，您给我出出主意吧？

学生：丁丁

她班的课在下午。第一次课，上课前我在讲台下走了走，问他们是否都拿到了教材，结果发现她带错了书，哲学课，她带的是政治经济学课本。我多看了她两眼，并和她说了几句话。她很疲倦的样子，脸色不怎么好，缺乏青春的亮丽色彩。她长得一点都不漂亮，瘦小，就像没有完全发育好。她穿着极其简朴，带点土气。没想到就是这么一个极不起眼的女孩，却是十分的大方，说起话来一点也不怯。下了第一节课，她主动走上讲台，告诉我她叫丁丁，是学习委员，并要了我的电子邮箱地址。

每次去上课，走进教室总是看见她趴在桌上午休。而每当她抬起头来，我看见的总是一张疲惫而营养不良的脸。一次，我忍不住走到她身边，问：丁丁，很累吗？是不是学习很辛苦？她笑了，说：老师，你记得我的名字啊！

我其实是个记忆力很差的人，总是很难记住别人的名字。但不知道为什么，她的名字我很容易就记住了，也许这就是缘分吧。

傅老师回信

丁丁同学：

你好！很高兴看到你的信。从你写的信来看，你是一位做事非常认真的女孩，对吗？

你参加那么多活动，说明你很积极上进勤奋好学，但人的时间和精力是有限的，所以你必须作出选择，有所不为才能有所为，必要的时候还得放弃。我觉得你实在是没有时间和精力还是应该及早退出，毕竟作为一个学生学习功课尤其是自己的专业才是最重要的，其他事情应该是条件许可的时候再去做。找个合适的时间退出，在退出之前你可以先和你担心会说你的同学说说你的苦衷，等别人差不多接受了你再退出，别人也能理解的。再说了，你自己决定了做什么就不要过多地担心别人怎么说,你这又不是做什么坏事。你自己是个什么样的人也不是别人说一下就会变的。你说呢?有时候看你那么瘦看你那么辛苦,说真的我都心疼。我说的这些仅供参考。

谢谢你的喜欢和鼓励!我也很喜欢你!喜欢也许就是一种缘分,不需要太多的理由。有什么需要我帮助的告诉我,作为老师我会尽力的。你们就像我的孩子一样。

2

主题:背负很多的东西

亲爱的老师:

您好!感觉这个学校什么都好,就是不好找兼职,到处去找,食堂、超市,迎来的却是一次次的碰壁,而我也在一次次中变得坚强。但我那颗求职的心总是放不下,或许是生活所迫吧,总感觉自己与别人不同,别人可以去玩,而我好像背负着很多东西,总是放不下。村里人都说我很懂事,而我却觉得自己太幼稚,不但不能为家里分担一点,还给妈妈带来沉重的压力。看到母亲脸上布满的愁云,好心痛,好想安慰,却又无能为力。

特别是父亲走后的这些日子里,家里只剩母亲一人,我们都在上学,母亲一定很孤单。

致礼!

学生:丁丁

傅老师回信

丁丁同学：

你好！你真的是个很懂事的女孩，知道怎样去为母亲分担生活的压力，知道珍惜在学校的时光，仅有这样的想法就很不错了。可是你毕竟是个学生，要说现在就挣多少钱也不现实，只要你尽力了就行啊。你不是在图书馆勤工俭学吗？新校园离市区远了点，找工作比较难，就算有一份工作让你做，也很不方便。

你父亲走了？出去打工？你离家也不远，偶尔可以回去看看你母亲，陪陪她。只要你有一份孝心就行了，父母对子女的要求不会太多。我觉得你不要想太多，不然你难以承受。当然，我知道你是个坚强的女孩。

祝好！

2

主题：想起父亲

亲爱的老师：

您好！父亲因为长期与水泥打交道，得了肺癌，今年5月份的时候去世了。

开始我也是觉得有图书馆的那份勤工俭学就够了，可今年学校规定，没交清学费就不能评优评先，班上同学推选我为优秀班干，因为没交足学费，系里公示的时候，又把我的名字给删掉了。后来到处借钱，才凑足了学费，而这些我都没有告诉妈妈（不想让她担心），我想快点还钱，所以想再找一份工作。

最近，评的奖学金特别多，像雷大贞啊、国家奖学金。以前我总是抱怨这个学校没有国家奖学金，而当机会来临时，我却与之失之交臂。仅仅是因为一门功课没上72分，就不能拿国家奖学金了，学校的奖学金也只拿了单项奖学金。真后悔大一的时候没有努力学习，因为以前总是听别人说在大学里，学习不是主要的，全面发展自己的素质才是最重要的。到现在我才发现，学习才是最重要的，拿奖学金是最快捷的挣钱方式（不好意思，老师，不是我眼里只有钱，而是我太需要钱了，希望老师能够理解），所以以后我不会再去想着找兼职了，多花点时间在学习上。要找兼职也是在寒暑假的时候。大四的时候，会搬到老校区去，那时候就会很方便了。

国庆的时候，本来是想回家的，可妈妈不让我回去，说回去也帮不了什么忙，来回的车费还要那么多。每次我打电话回家，总是没说几句话，妈妈就要挂电话。其实我知道妈妈很想我们的，只是为了省钱才那么做的。觉得欠父母很多，尤其是父亲，从我住校开始，父亲就坚持每天为我们送菜。有时候，我让父亲多送点，就不用每天都来了，父亲却笑着说，要让我吃新鲜的。这一送就是6年。我、弟弟、妹妹在不同的学校，父亲每天差不多要绕县城跑一遍，可他却从未有怨言，每天都像机器一样不停地运转着。记得去年国庆回家，父亲已是肺癌晚期了，可当他得知我要回家，就一个人走到村口去等我。父亲还是像以前一样说："丁丁，爸来接你了。"不同的是以前他会骑自行车去学校接我。看到父亲站都有点站不稳的样子，我的眼泪再也控制不住了，为了不让父亲看见，我还是强忍着，不让泪水流出来。搀扶着父亲，回到家中，觉得这个家不像以前那样了，冷冷清清的，母亲也瘦了很多，头发一下子全白了，好难过，好想去改变一切！

每次想到父亲，想起以前的一幕幕，眼泪就要流出来了。不管只要有一份孝心就行了，父母对子女的要求不会太多。

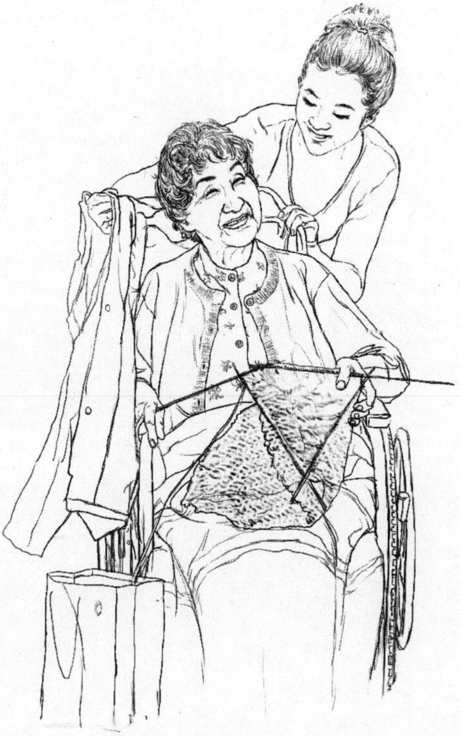

只要有一份孝心就行了，父母对子女的要求不会太多。

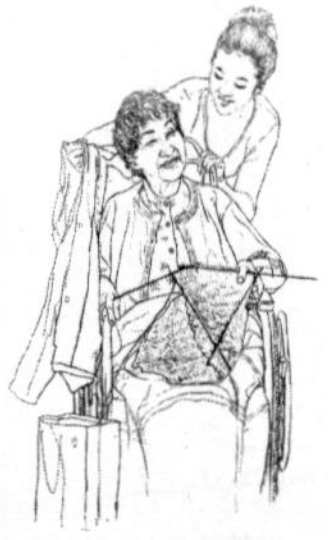

怎样，我要坚强地走下去。谢谢老师的回信！

学生：丁丁

看了她的这封信，我才确知她是个贫困生。她为父亲的逝去而深感悲痛，又为母亲的悲苦和孤单而深感忧虑。她坚强地面对现实，用自己单薄的肩膀扛起生活的重担，尽着最大的努力求着生存和发展。

看完这封信，我有一种强烈的想帮助她的冲动。

我叫女儿过来看这封信，要女儿知道，在这个世界上还有多少不幸的孩子，生活在艰难困苦之中。我对女儿说，我想帮助她。女儿表示同意，开玩笑说：就是嘛，你看你买的新鞋子不穿，你一个月少买一双鞋或是一件衣服，就可以帮她了。然后女儿又说，你要帮她也应该经过她的同意，因为人都是有自尊心的，不能勉强。

我决定帮她。

傅老师回信

丁丁同学：

你好！你真是个不幸的孩子！但想想这个世界上还有多少比你更不幸的孩子呢，毕竟你母亲还在弟妹还在，家还在，温暖还在，而且你在大学读着书受着高等教育，比起来你又是幸运的，所以你应该充满希望和信心。苦难也是人生的一笔财富，只要你有足够的坚强扛住，走过去之后必会让你受益无穷。你很坚强，而且知道自己应该做什么怎么做，所以老师对你很放心。

一次没拿到国家奖学金没关系，还有机会，依你的努力你肯定能拿上的。你的想法是对的,应该把主要精力放在学习上,但也不能死读书。

你家离南昌很近,如果你很想回家很想念你的母亲,双休日也可以回去的。下次如果你要回去告诉我,我给你车费,好吗? 老师虽然算不上富裕,但我愿意帮助你。何况你的一片孝心也足以让人感动。

把对你父亲的怀念放在心里,化作一股力量,让你坚强地面对生活的压力,坚强地走下去。相信明天会更好!

4

主题:有很多话想跟您说

亲爱的老师:

您好!我觉得自己已经比以前坚强了好多,以前总是用眼泪去面对一切,而现在的我却能用理智面对了。是啊,我很幸福,有那么多的同学、老师关心我,我应该知足了。贫困是一块肥沃的土壤,它将孕育出无限的希望。老师,有很多话想跟您说,好像只有您能理解我的心情。但是卡上快没钱了,不能长时间呆在网上,等我有钱了再跟您详聊。还请老师您见谅!

学生:丁丁

傅老师回信

丁丁:

你好!很高兴你能把我当朋友,也谢谢你对我的信任。我愿意听你说，有机会我们再聊。

你上网要卡吗？在学校机房上网吗？我的 QQ 号是：124738130。有空网上聊。

相信你会越来越坚强和成熟的！

5

主题：我只想靠自己

亲爱的老师：

您好！在图书馆一个月 150 元，刚好够我的生活费，生活还是能够继续下去的。我每个星期天白天和星期五晚上都要上班，所以双休日是不可能回家的。不过，我还是很感谢老师，您的好意我心领了。我觉得自己的运气真好，大一的时候的生活费是一个老师给我的，虽然现在她不再教我了，我想我会一辈子记着她的。不过我现在真的不想再接受别人的帮助，我只想靠自己，别人的帮助只能给我短暂的安慰，而且很容易滋生不劳而获的思想。

最近评了一个国家助学金（我们班共 4 人选上），好像是 1500 元吧。我评上了，可班上的意见本上马上就有意见了，说为什么是我，而不是别人。当时我真的好难过，平时在班上又没得罪谁，他为什么要把矛头指向我？何况这 4 人中，就我最困难了，有一个人一家 3 口人，父母健康都评上了，为什么就没有人说他？我觉得好不公平。要是父亲还在，我根本就不想要什么补助。父亲在世的时候就说求人不如求己，就是为了不向别人借钱，父亲才拼命地干活，总是深夜才下水泥回来，天还未亮就干活去了。觉得这个世界好不公平。

在学校上网每小时一块钱。这个月因为要报英语四级考试和上党课交了 60 元，剩下的 90 元就够吃饭了。下个月发了工资我就可以去买网卡了。希望老师见谅。

学生：丁丁

傅老师回信

丁丁：

你好！你除了读书，还得勤工俭学，一定很辛苦。但其实这样也没什么不好，你等于比别人多了一份人生体验，多了一种锻炼多了一份充实，而这些都是收获，都是人生财富。年轻的时候吃点苦没什么，但要注意休息，不要太劳累。你说“我现在真的不想再接受别人的帮助，我只想靠自己。别人的帮助只能给我短暂的安慰，而且很容易滋生不劳而获的思想”。我欣赏你的这种志气，这种自强自立自尊自重的精神。我想，一个女子有了这样良好的品格和精神，有什么困难不可以克服呢！任何的风风雨雨都不能打垮她。贫穷不是你的错，人穷志不穷，你是个了不起的女孩！也许这都是你父亲生前给你的影响吧。你父亲知道你这么坚强这么乐观这么有志气，他的在天之灵也可以安息了。他会觉得你是他的好女儿。

你评到了助学金，有 1500 块钱，很不错了。至于有同学说什么，你也不必太在意。每个人都有自己的想法，不管别人怎么看你说你，做人行事问心无愧就好。你又不是那种自私的女孩，不是生活所逼你也不会要助学金的，你肯定会让给比你更困难的同学的，对吧？老师相信你的品格。

这个月就让我帮你渡过难关吧，下次上课我会带点钱去。你不能吃得太省，不然身体吃不消的。请相信老师的一片诚意，并希望你能接受我的一点点心意。

她靠勤工俭学每个月150块钱的收入维持着生计。想想自己平时花钱，一二百块钱也不当个事，可这就是她一个月所有的费用。她先得付出多大的辛苦才能挣得这点钱，然后还得多节省多精打细算才能维持一个月的生活。而这个月，她只有90块钱可用于生活。我决定下次上课的时候，给她两百块钱。

我把她叫到讲台上，悄悄地把钱塞给她，没想到她不肯要。她说她省着点用，可以坚持这个月的，下个月不用交什么费，就没问题了。我说，这个月我一定要帮你，你拿着吧，就是省下来了，你也可以给你妈妈买点东西，回趟家去看看她吧。她为我的诚意所打动，最后答应收下了一百块钱。

说实话，在给她钱之前，我没有想到她会那么坚决地不肯接受，会那么有志气，真的就像她信中所写："我现在真的不想再接受别人的帮助，我只想靠自己。"这让我更欣赏并喜欢她。她虽然看上去有些卑微和弱小，但一点也不容小视。

这是我第一次给一个学生金钱上的帮助。这一次，我觉得自己很像个老师，我很开心。也许这就是"助人为乐"的感觉吧。

6

@ 主题：恩师

亲爱的老师：

您好！非常感谢您的帮助，要不是您，上个月真的很难过下去。不知道该说什么好，千言万语都不能表达我对您的感激之情。

老师，学哲学真的可以让人明智吗？

下周要考生理了，考试一个接一个，我得好好备考了。老师，您现在也比较忙吧？

学生：丁丁

傅老师回信

丁丁：

你好！你别放在心上，这也没有什么，老师能够做到的能够帮助的就应该做，我们是师生，老师关心自己的学生也是应该的。你很有志气，也很坚强，我很欣赏你，也很喜欢你。遇到特别困难的时候告诉我，一个月拿出一两百块钱来对老师来说也没有什么，而这点钱如果能帮助你渡过难关我会感到很高兴的。

很多同学认为学哲学没什么用，不需要学哲学。我觉得对哲学的需要因人而异，一般来说层次越高越需要哲学。很多人根本连哲学这个词都没听过，他们照样生活在这个世上，也未必没有快乐。一个人如果活着只是为了填饱肚子，那他并不需要哲学。哲学并不是解决人们种种物质需要的现时工具。但哲学应该说虽无小用，却有大用，虽无当下用途，却有长远意义。苏格拉底就说过，“未经省察的人生是没有价值的”。哲学是要探求事物的本质，回答一般性的根本性的问题，比如，人生的意义是什么？生活的目的是什么？一个人稀里糊涂的也可以过一生，但只有当他弄清楚了这样的一些根本性的问题，为自己确立了人生的意义和人生的目标之后，他才有了安身立命之支撑，他的人生才是自觉的，才会是有价值的。通过哲学的思考，确立了人生意义和目标之后，你的人生就有了一盏明灯，失望中不致绝望，灰心中不致颓废，苦难中能振作，挫折中能坚持。哲学能够让人想得深一点，看得远一点。

好好复习，但也要注意身体，没有了好的身体什么也没用。

我下学期准备上《自然辩证法概论》，没有讲过，所以要提前看一些相关的书做些准备。还要准备职称外语考试。有时候想到这些也感觉头痛，但没有办法，人生在世总得不断地做事情，不断地挑战自我。

7

主题：感恩节的祝福

亲爱的老师：

您好！昨天是感恩节，本来是想来送祝福的，因为学校的电脑有限，而人又那么多，所以……今天送上一份迟到的祝福：

亲爱的老师，感恩节快乐！

you have done so much for me, but now I have nothing to repay to you. I want to say "thank you very much" to you.

昨天校园里也举办一些活动，如在一张红的横幅上写下你要感谢的人的名字及祝福语，我毫不犹豫地参加了，觉得这个活动特别有意义。人活着就要学会感恩，怀着一颗感恩的心，生活可以美妙许多。

谢谢老师对我的信任与支持。记得小时候，老师要是表扬了我一句，这天晚上一定是睡不着的了，呵呵！虽然现在不会这样了，但老师您一句鼓励的话语也足以让我的自信再增一倍哟。

老师，好想对您说声“对不起”，我们班是不是经常惹您生气啊？有些人实在是不可救药，不管什么课都不来上，班长也好难当，老师得罪不起，同学也得罪不起，希望老师能够理解。如果在课堂反馈表上填上缺课的名单，我们班可能下次又不能评为优秀班集体了，希望老师能够手下留情。你可以吓吓他们，说不来上课的就把名单写上去，因为那张表只有我可以看到，其他同学都看不到的。对于逃课的问题好难说，有些人压根就不想听，强迫他来，也是来讲话，不仅害了自己，也害了别人，所以班长就采取一个寝室一个名额制，一个寝室允许最多一个人请假。也挺难为班长的。加上我们班人少教室大，一两个人没来就感觉少了好多人。其实每个班都会有那么几个人不来上课的。请老师见谅，不来并不意味着您的课讲得不好，我觉得上马哲课就像一种享受，可以学会很多为人处世的道理。我对哲学、心理学好像都很感兴趣，希望自己将来既能为病人解除肉体的痛苦，更能为他们解除心灵上的痛苦。就这样吧，下次再聊！

学生：丁丁

傅老师回信

丁丁：

你好！很高兴，你有一颗感恩的心。确实，在这个世上，无论生活是富裕还是贫穷，无论是幸与不幸，又无论是成功与失败，值得我们感恩的人和事太多。父母带给我们生命、老师带给我们知识、同学带给我们友谊、朋友带给我们关心、大自然带给我们阳光雨露……

而现在的孩子很多缺少感恩的心，把父母对他的爱、老师对他的培育、同学朋友对他的陪伴，都看成是理所当然的，他受之无愧，不懂得珍惜和回报。也许只有当这些失去了之后，他才知道珍惜，才懂得回报。

你和很多孩子相比生活是不幸的，但你却拥有一颗感恩的心，他人对你一点一滴的关怀和帮助，你都很珍惜，都很在乎，都知道怎样去回报。老师相信，你因此比很多孩子都会多一份幸福和快乐。老师因此也对你很放心，相信因为拥有一颗感恩的心，你不会轻易被生活的重担压垮，你也不会因为贫困而变得冷漠和扭曲。你的心灵是健康的、你的情感和思想是积极的。你除了物质上比较贫困，别的都不比别人差。感恩，应该是一种美德。拥有这种美德的人，他一定是善良的，坚强而乐观的，对生活对未来充满信心和希望，善待他人和自己，更容易满足更容易幸福。老师真诚地祝福你！

说到你们班，感觉在某些方面确实比别的班稍差一点，这可能与你们班干部的工作作风和管理有关。有时候逃课的人稍多了一点，别的都还好。逃课现象是难以避免的，我不喜欢靠点名来强迫学生，我更愿意从自己找原因。学生逃课，与学生本人有关，不可否认跟老师的讲课水平也有关。我觉得老师需要做的是努力提高教学效果，如果你的课讲好了，虽然不可能保证 100% 的到课率，但肯定能吸引大多数的学生。而对于少数乐于逃课的学生来说，你逼他坐在教室，也未必有任何的效果。我觉得班长也好，其他班干部也好，工作还是应该讲原则的，如果谁都不想得罪，那就等于放弃原则，到头来你工作还是做不好，会很被动的。只要你坚持原则，没有私心，大家还是会理解和支持的。老师也有老师的原则和分寸，我知道应该怎么做。你放心，我不会生气的。但是作为老师该认真的时候也得认真该讲原则的时候也得讲原则，不然会问心有愧的。我能理解你们，虽然我不赞同你们的一些做法，希望你们也能理解我。我在想如果学生都能像你这样就好了。剩下的课也不多了，相信不会有什么大的不愉快。教了这么多年哲学，其实对我也有帮助，看问题会比较多角度多方面，不容易偏激和冲动。我觉得大多数时候我能保有一颗平和的心。

下次再聊！

后来，我们联系比较少了，她忙我也忙。只是偶尔在 QQ 留言，或是聊上一会儿。

我收到的她的第一段留言，是说要给我织条围巾，问我喜欢什么颜色。这很让我惊喜。惊的是，她会想到用织围巾这种纯朴而浪漫的方式来表达她的心意，喜的是她这么懂得感恩，我的一点付出竟然会得到她如此美好的回报。这一天恰好特别的冷，看了这段留言，我心里泛起一股股暖流，心情激动，眼睛湿润。我忍不住把女儿叫到身边，叫她一起看，并趁机对她进行了一番感恩教育。女儿又把这事讲给了她的同学听，回来后告诉我他们的议论：像这样贫困的学生，得到别人的一点帮助就特别感激，他们更懂得感恩。

这段留言，让我想起一些有关围巾的故事。

那年我考取大学时，父亲托他的一个战友从北京买回来一条绿色绣花毛围巾，送给我。那条围巾陪伴了我大学四年。至今二十多年过去了，它还被我珍藏在箱子里，颜色还是那么鲜艳，看上去还是那么精致，每看见一回我就感叹一回：那个时候的东西就是好，货真价实，经久耐用，就如同父母给我的关爱，历久弥新，永不贬值，永远无论生活是富裕还是贫穷，无论是幸与不幸，又无论是成功与失败，值得我们感恩的人和事太多。

无论生活是富裕还是贫穷，无论是幸与不幸，又无论是成功与失败，值得我们感恩的人和事太多。

值得珍藏。

几年前,一个班的学生送我一条粉色围巾,作为新年礼物。我一直没有戴过。这是我收到的第二条围巾,我把它和第一条围巾放在了一块,珍藏着。有时候打开箱子,看到这两条围巾,觉得很有趣。一条是我上大学读书时,父母送给我的,一条是我在大学教书时,学生送给我的。这两条围巾代表了不同的年代,不同的人生阶段,然而相同的是,都是一份情感都有一股温暖,都值得我珍藏。

前年冬天,一位年轻的男同事戴着一条毛围巾来到办公室。我笑问:"是女朋友织的吗?"他叹了口气说:"是我自己买的。天太冷,这边风又大,所以就去买了这条围巾保暖。现在的女孩子哪里会织东西呀,我也很希望她能给我织件毛衣织条围巾或是一双手套。"我想同事想要的是一种感觉,特别浪漫特别贴心特别温暖的感觉。一条围巾,这应该是很简单的需要,可在现代社会就是很难满足。有哪个现代女孩肯静下心来一针一针地编织呢,哪怕是为自己最心爱的人。似乎一切都成商品,那么直截了当,感情少了诗意的表达和附着。而丁丁,这个说要给我织围巾的女孩,有着多么细腻的感情丰润的心灵,她艰苦的青春岁月却不乏诗意和浪漫。一个会织围巾、懂得通过编织围巾传达情感的女孩,将来谁娶了她一定是福气。

下面是我和丁丁在QQ的留言和聊天。

留言一

老师,我是学生丁丁。我刚刚学会了织围巾,我想给您织一条围巾，不知道您喜欢什么颜色。请您快速告诉我，好吗？请您一定要接受，这代表了我的一份心意。记得高中的老师说过，在大学里，能够碰上一个负责的老师不容易，能够遇上一个关心自己的老师，更是不容易，所以我觉得自己好幸运，还在大二，就遇上了两个关心我的老师。

我八点五十打开QQ，看到她上面的留言。九点过几分，我给她发信息，没想到她还在上面。于是我们就有了下面的聊天——

聊天一

丁丁，你还在上面吗？

老师好，在啊。我正给您写信呢。

你在哪儿上网啊？

学校的机房。老师您在家里吧？

是在家。在写论文，写得头痛就上来看看。丁丁，你知道吗，这是第一次有人说想给我织围巾呢，我好开心啊！感动得眼泪都要出来了。

老师您喜欢什么颜色啊？

不过呢，你的心意我领了，但不要真的织。你的时间很宝贵，多用点时间学习吧。而且你要做的事情那么多。

我是真心的。没事的，我能处理好的。

心意我领了，真的不用织了。

老师，您不说我就自己选了。

你不要把我对你的一点点关心放在心上，作为老师是应该的，而且我做得不够。你是学生可得听老师的话，真不要织，不然我会生气的。你给你妈妈织一条吧。我知道你是真心的，我也很开心很感动，有这份心意就够了，不必要真的给我织。

我觉老师对我已经够好了,可是我现在无以回报,只能做一些力所能及的事情,来表达对老师的谢意。织围巾不会很花时间的。

你现在的生活费怎么样了?有困难吗?

还好,没有困难。

老师并没有做什么,就算做了点什么也不需要你回报。你好好生活和学习就是对我最好的回报,看见你健康快乐地成长我就开心。有困难对我说,好吗?我是老师我也是一个母亲,你们都像是我的孩子一样。

这个我知道,但织一条围巾真的没什么的。老师,您就不要拒绝了,这次就依了我吧。我已经给妈妈织了,现在课很少,还是有时间的。

丁丁,就这么说定了,不许织。上次我去新疆,离开乌市时,我一个大学同学因为有事没有送我,后来硬是寄来了两条新疆的羊毛披肩,我都没用,你说多浪费呀,其实有这份心意就足够了,明白吗?

这样啊……可我还是想给您织。

别耽误了学习的时间。就这么说了啊,好好复习考试吧。你衣服够穿吗?

够了。老师您打字好快哦。

是啊,我都打多少年字了,像打字员。好多好多年前我就用电脑写作。

真的啊?

后来学会上网又在聊天室聊天。

呵呵……

笑话老师了吧?不过早都不聊了,除了偶尔上 QQ 来和熟人聊。

我也是这样,只和熟人聊。

后来我还打牌上瘾呢,在联众。

在网上打牌啊?

现在也不打了。我女儿以前总是批评我,说我管不住自己,现在看我不打牌了,她佩服我。

哦,我妈妈以前也喜欢打牌。

现在事情好多,大学老师也不好当,压力越来越大,不过我心态还好,不追求那么多的东西。你妈妈现在不打了吗?她是不是很辛苦?

是啊,很辛苦,等我毕业了就会好起来的。老师,听同学说寒假很好找兼职,是这样吗?

有可能,因为到过年了很多打工的人回家。那天科技学院一个我教过的男生给我写信,说他们出去兼职被骗了,老板找不到了,白做了。你要是找工作也得注意哦。

嗯,我会注意的。报纸上也有很多这方面的故事。我现在还没确定要不要去,不知道能不能申请到老校区的宿舍。

哦,你去争取一下看,应该可以的。到市内找事做可能会好点吧。你们班最近怎么变得好多了?班干部狠抓了一下吗?

班长发了一次脾气。

班长发脾气看来还挺管用嘛!

是啊。

甜甜是你宿舍的吗?

不是。怎么了?

没什么。平时看她不爱笑,一副忧心忡忡的样子。你多逗她开心哦!

她好像身体不太好。可能是压力太大了吧。

所以要学会自我调节。我觉得你这方面做得很好。我真的很欣赏你,也喜欢你,丁丁。

谢谢老师!我很喜欢心理学。

懂一点心理学对自己有用。再看一点励志方面的书,多领悟一些人生哲理,多给自己信心。

我觉得也是。

现在励志的东西很多。其实很多东西还是要靠自己去思考和领悟,但理论的指导也必要,还需要榜样。

是啊,看得多了,就觉得千篇一律了。

就是呀,哈哈,有同感。当看到千篇一律时,可能就需要自己有点新发现了。

很有道理,记得以前我学习好烂,自从初二的时候,遇上了一个好同桌,就彻底地改变了。

真的啊?同桌也很重要的。你要回宿舍了吧?九点半了。我们下次再聊啊。我女儿要上网查资料了,你快回去吧,我下线了。再见!

好啊,我也该下了。再见,老师!

留言二

老师,我决定寒假回家去,听说我们大三下学期的时候就可以搬到老校区去了,所以等搬过去了,假期我再留校去打工,这样会方便很多。最重要的原因是弟弟现在正读高二,我想回去好好帮他复习一下功课,希望他能够考上一个好大学。自从父亲走了之后,弟弟变了很多。懂事了很多,一个暑假跟着叔叔们去工地上干活,居然挣足了自己的学费,而且这学期学习成绩也提高了很多,真替他高兴,如果他能考出去,妈妈这一辈子就算是脱离苦海了,所以回去更有意义。

老师,本来是想这学期把钱还给您的,因为国家助学金还没发下来,而且这次回家想帮妈妈买一件衣服,从我记事以来妈妈就没买过一件新衣服,所以我想等下学期发了奖学金之后再把钱还给老师。

先在这给老师拜个年吧，家里没有电话，所以春节的时候，没办法给老师拜年了。祝老师在新的一年，身体健健康康！天天开开心心！事事顺顺利利！小妹今年是读高三吗？祝愿她考上心仪的大学！

我回的信息

丁丁，那点钱是我送给你的，不用还，真的不用。就算老师的一点心意吧。我知道你是个很有志气的女孩，但老师也有老师的心意呀，你若是不接受，我会难过的。还有啊，你过年回家没有钱，我再给你点钱带回去过年吧？周二下午考试，考完你到我办公室去找我，好吗？

聊天二

晚上快九点时，她看了我回的信息，看见我在QQ，跟我说话。

老师，不用了，你的心意我心领了，真的不用再给我钱了，我还有150元，足够了，不过还是要谢谢老师。

你不用跟我客气啊，我们是师生，而且我也挺喜欢你的。

我不会跟您客气的。

我愿意帮助你，对老师来说拿出一点钱来帮你没问题的。以后有什么困难就跟我说，我会帮助你的。如果你觉得不好，就当我借给你的，将来你工作了还我，行吗？

谢谢老师！以前大一的时候，英语老师每个月都给我钱。那个时候是因为实在没办法，可现在我每个月都有工资，而且还有国家的资助，真的已经够了。

你英语老师真好，我应该向她学习的。

她和您一样是个好人。她说她年轻的时候，是因为一位老师资助了她，然后她资助我。她说这是爱心的传递，让我一直传下去。她父亲在她10岁的时候就走了。

哦，也是挺命苦的人，所以懂得珍惜，懂得感恩。

……

丁丁，你今天复习了一天？

是啊。

晚上跑图书馆冷不冷啊？那么远的路。我们校园确实挺美的，但感觉太大了。

不冷，我穿得特厚。

我不跟你聊了，耽误你时间，等你有空我们再聊吧。我明天要监考，接下来几天都监考，然后得抓紧时间改卷。你早点回去休息啊，我也下去做点事情了。

我也该下了，我得好好复习了。

祝你考好！

老师再见

再见！

留言三

谢谢您对我的关心，但我知道无论是谁，朋友、老师还是父母，你们的关心都只是暂时的，一切还得靠自己。如果一有困难我只知道向别人求救的话，慢慢就会产生依赖性的。当然，在人生的路上如果有人指点迷津，就可以少走好多弯路了，老师您说是吗？今后有问题我还是会来麻烦老师的，您是我的良师益友。是我的榜样，我要向您学习。我们马哲课本的第四章是您编的哦，真了不起。我的一个勤工俭学的同事告诉我，他看过很多文章的作者都是您。老师您真是了不起。

我还有两门考试，今天可能是最后一天上网了。您如果有话对我说，就给我发邮件吧。短时间内我不会打开QQ。我16号回家。

新学期开学后不久，一次我在路上遇见她，站着聊了一会儿。她告诉我，这个学期她在图书馆和食堂做着两份事，这样一个月的工资就有300多，除了够自己用之外，她还要补贴她妹妹一些。她妹妹在另一所大学读书，也勤工俭学，但工资很少，只有几十块钱。她说前不久发了国家助学金，她把这笔钱存起来了，留着交学费。她说自从兼了两份职，饭量增加了不少，吃得多了。

聊天三

老师，晚上好啊，好久不见了。还好吗？现在很忙吗？

你好，丁丁。现在不是太忙。

那就好。

你怎么样？是不是很辛苦？还做着两份事吗？学习怎么样？

还好，不过……我和最好的朋友已经冷战了三天。如今我们虽然同处一室，又在一个地方兼职，但彼此却是假装没看见，感觉这种氛围很不爽。我曾试着和她沟通，却发现彼此再难用心沟通。好怀念以前的快乐生活。你说我该怎么办，继续把她当着陌生人吗？

什么原因呢？先把原因搞清楚。为什么闹成这样呢？

以前我们都是形影不离的，但有一次，她让我去找老板要工资，我说老板如果愿意发给我们的话，自己会发的，如果她不肯发，再怎么找也没用。我们不要浪费时间在这上面了。接着她说了一句话，我忘记了，然后我说不是你让我去的吗，从此她就不再叫我和她一起去做任何事情了。就感觉疏远了很多。

你和她在哪儿做事？校外吗？

以前我们在食堂兼职时。

哦，那你觉得她为什么这样呢？是你说的话伤了她？没顾及她的感受吗？

我不知道，我说那句话的时候完全是不经意的。

那有可能无意中伤了她。我觉得如果你还希望你们保持朋友关系，你可以找她好好谈一次，把什么都说清楚了就好了，不然你们总是这样也难过呀。

有点放不下面子。

你们既然是最好的朋友，互相应该是了解的，只是可能互相不想让步，拿不下面子。其实她应该也想和你重归于好，她也许等着你找她呢。好朋友之间没有什么面子不面子的，死要面子活受罪，多不好。你就主动一点，大度一点。快乐要靠自己去争取的，友情也是一样。你说呢？

我有时候甚至会觉得她对我充满了敌意，我好失望。

真的是这样吗？不过好朋友之间也许是这样，好的时候好得不得了，一旦闹起矛盾来又恨得不行。这可能跟爱情有点像，爱得越深恨得越深吧。

老师，那我去试试吧，我觉得这样很影响心情。

我大学时一个最好的朋友，后来不知道什么原因，肯定是误会，她不理我，好像特别恨我。可是大学毕业后我们又好了。去年去新疆，她对我还是那么好，把我当妹妹，说大学时不懂事……

是啊，分开后才会懂得珍惜。有时真弄不懂明明是好朋友，为什么要去彼此伤害呢？

事情往往是这样的啊，因为她在乎你，你也一样啊。这就是我们哲学里边讲的对立统一吧，如果一个和你不相关的人，就不会有矛盾，也就不会有恨。

其实很多时候，我都会想起她对我的种种好。在我最难过的时候是她在安慰我。

你试试吧，你也不要跟她计较。多想想别人的好，就能多一分宽容。你是一个懂得感恩的女孩。

嗯。

互相谅解，还是好朋友。

嗯。谢谢老师。

彼此都应该好好珍惜，失去了会遗憾的。

现在感觉事情也没那么复杂了。

再说在大学也真需要这么样的一个朋友，彼此关照。其实我跟你说的这些也是经验吧，因为我也经历过的。没有什么大不了的不可以原谅的事情。

可有时候看电视，往往出卖自己的人是自己最亲近的人，所以我有时很怕朋友会出卖我。

我觉得再好的朋友也是应该互相留有空间，有一定的距离，这样才能长久。不要过于依赖，将来谈恋爱了也一样，永远要保持独立。

我可能就是太依赖了。

老师说的话你能听得进去吗？

能啊。呵呵，现在感觉现在心情好多了。幸好碰到了老师，要不然还不知道要郁闷几天呢。

那就好。再想想，然后找个合适的时候以合适的方式，试试吧！

嗯。

你努力去挽回，如果还那样，你也就死心了不难过了。心胸要开阔一些，没什么大不了的。你这个朋友是你们班的吗？你告诉她，就说我说的，不许生气，不许轻易地放弃一份友情。

知道了。我会按老师说的去试试。

……

老师,我们系要进行大裁员,所有的班委都要改选。老师,您觉得我作为学委有什么不足吗?

就是说不需要那么多班干吗?

是啊,很多人在其位不谋其政,考试的时候白白地让他加分。我们班从 13 个减到 7 个了。

我觉得你做得不错,如果说有不足,可能应该抓你们班学风。

我还会去竞选。

应该积极参与,努力了,没争取到也就算了。

我也是这么想的。如果还能接任的话,我会把重点放在改建班上的学风上。我也觉得我们班的学风有待提高。

你们班的班长还是那个吗?

是,现在还是他。明天晚上竞选,以后就不知道了。

你也是明天晚上竞选吗?

是啊,老师为我加油!

丁丁,加油啊!老师相信你,你很棒的!

谢谢老师!

有点晚了,我要下去休息了。你也早点回宿舍吧,注意休息!再见!

再见!

留言四

老师,我和好友和好如初了。没有老师的劝告,我可能会失去这份友情。不知道该如何感谢老师。另外我的竞选也很成功,虽然我没有上去竞选,因为时间关系后来决定原班委不用上去说,直接参与投票就好了。我连任了。原班长现在变成了副的了。最近中医系搞了个评比感动中医系的 10 大人物,仿照感动中国的 10 大人物搞的。我是候选人之一。因为天气的关系把比赛推迟了。最后是看全院学生投票来决定的。不知道为什么，感觉这个活动没什么意义，主要是考察你的人际关系，自己去拉票，认识的人多自然票就多。我很不情愿去拉票，又怕票数太低好丢人，不得不去拉票，挺矛盾的。有时候会觉得有些事情很无奈。

我回的信息

我很高兴你保住了一份友情，也很高兴你连任学习委员。至于感动中医系十大人物评选，也不能说完全没意义，虽然最后还得看票数多少定，但你上了候选名单，这就说明并非全凭人缘。人际关系什么时候都很重要，拉拉票也没有什么，只要是正当手段，只要对得住自己的良心，就行了。如果没评上也不要觉得丢人，总有人评不上。平常心对待吧。

我女儿今天高考去了。我似乎比她还紧张。也不知道会考成什么样。

老师很愿意与你分享快乐分担烦恼。谢谢你对我的信任！

十六

"我现在很想得到那些能够让自己有自信的方法,让自己有信心。可是我就是找不到。老师你能帮我吗?"

1

主题:心理咨询

老师:

你知道吗?其实我是认为我自己有很大的心理问题。只是我保留在心里而没说出来。你知道吗?我现在很想找一个女朋友。但是我觉得我可能会找不到。因为我对自己太没自信了。你知道吗?我经常觉得自己不如人。我现在很想得到那些能够让自己有自信的方法,让自己有信心。可是我就是找不到。你能帮我吗?

你的学生:齐明

傅老师回信

齐明同学:

你好!我觉得每个人都会有自卑的方面,有不自信的时候,因为人无完人,谁也不可能在任何一个方面任何一个时候都比任何人强,其实看到了这一点就不必要自卑。有时候你不妨用自己的长处去和别人的短处相比,你会发现你其实也不必那么自卑的,你也是可以自信的。而你还可以通过自己的不断努力,增加修养增强实力，让自己变得越来越自信。至于找女朋友，其实很多时候是要看缘分的，我相信在这个世界上，再普通的男人也会有女人爱，再优秀的男人，也会有女人不喜欢的。对你来说，目前你当然可能找到女朋友也可能找不到，但绝对不会永远找不到的。如果暂时找不到说明缘分还没到，不必着急。大学生活应该是丰富多彩的，而谈恋爱我觉得还是顺其自然比较好。不要花太多的心思去想这些。你现在打好了基础，将来有了好的工作，还怕找不到女朋友吗？而你现在谈恋爱，影响了学习，影响了自己的将来，爱情也不会牢靠的。你说呢？新的一年又开始了，祝你新年有一个全新的积极向上的健康的精神面貌！老师相信你！

2

主题：我害怕和女孩交往

老师：

听了你的一席话，真的是胜读十年书啊！其实也是的，我应该像你说的那样做。但是，老师你知道吗，我和女孩子交往有一种害怕的感觉。我怕被别人发现。似乎被人发现了就觉得很不好意思，就是一个色狼的感觉。好像是这样的。你说这是不是一种病啊？

老师啊，我还有问题问你。我现在对自己没什么目标。你说我应该怎么办啊？

学生：齐明

傅老师回信

齐明同学：

你好！这半个月以来一直忙得很，没有及时给你回信，见谅！其实和女孩子交往是很自然也很正常的事情，你别想太多。无论同性还是异性交往，都需要把握一个分寸，做到不卑不亢，这样别人就无话可说了。其实别人未必会管你的事情，就像你不太会去管别人的事情一样，有些东西是你自己想出来的，别人未必真会那样看你。而就算偶尔有人说你什么，这也正常。因为谁活在这个世界上不被人说又不说别人呢。但只要你做事情能问心无愧就行了，你说呢？有时候不要想太多，想多了没问题也会想出问题来的。相信你会变得越来越自信！

怎么会没有目标呢？比如你可以给自己定个近期目标，每门考试都达到一个什么程度。马上要英语四级考试，你给自己定目标，一定要过。你还可以定一些别的目标，比如每个学期除了必读的书外，自己还要读多少课外书，再比如，拿奖学金的目标呀。远一点的目标就是考研之类的。但远的目标必须在近期目标实现的基础上一步步去实现。再远大的理想再崇高的目标还是得一步一步从眼前开始做起的。先制定一些小点的比较容易实现的目标，这样你就能体会目标实现时的那种成功感，就会更有自信。无论什么时候，人活着都应该有目标。没有目标，行动就会失去方向，容易走弯路。但光有目标，没有行动，等于空想。

祝假期愉快！

十七

“你是教哲学的，认识问题应该比我们深。我想和你探讨一个问题。”

主题：想和你探讨问题

傅老师：

你好！你是教哲学的，认识问题应该比我们深，我想和你探讨一个问题。

我发现现在的学生和老师之间已经形成了一种矛盾，学生抱怨老师讲课讲得不好，选择逃课；老师又责怪学生不来上课不守纪律。无形之中，老师和学生之间形成了一条不可逾越的鸿沟。这种问题现在在大学里已经很普遍了。你要问一下学生对他教过的老师哪几个印象好，可能他绞尽脑汁也想不出哪几个老师好。老师这边情况也差不多，要问一下老师能否叫得出他教过的学生的名字，恐怕也叫不出几个。（当然这不代表所有，从我们班看，我觉得你在学生中的印象还是比较好的。）

或许双方都觉得自己没错，老师觉得我的任务是教学生知识，学生不来上课是学生自己的事；学生觉得老师课讲得实在是不好，我去课堂还不如我自己在寝室自习。既然双方都没错，那错在哪里呢？我认为那只能是错在现行的教育制度上了，是现在的教育制度造就了现在的老师和学生之间的这种紧张关系。

我想听听你对这种现象的见解。

学生：赵光阳

傅老师回信

赵光阳同学：

你好！很乐意和你探讨一些有关师生关系的问题。师生本是一对矛盾，互相依存，却又互相排斥，严重的时候还可能起冲突。有了矛盾并不可怕，也不应该回避，正确的态度应该是师生互相沟通，寻找解决的途径，双方共同努力，以求得到改善。可是大部分学生对老师有意见，不会对老师说，而是选择在背后责骂老师的方式发泄不满，或是逃课以示抗议。一次下了课，在路上，就听两个男生议论老师。一个说："哎，听说上次那个老师发脾气，骂人了。"另一个说："他妈的，他骂什么人啊，他课讲成那个样子，普通话那么烂，还大学老师！他妈的，他没有资格骂我们，我们不骂他就够了！"这是我亲耳听到的，我真的很震惊。那个男生出口就是"他妈的"骂自己的老师，而老师吧，在课堂骂学生，这真是老师不像老师，学生不像学生。我极不赞成这种方式，骂来骂去，对解决问题有害无益，只可能使矛盾更加激化。**我觉得师生双方应该面对面好好沟通一下，双方都说出自己的想法，共同寻求解决问题的有效途径。**

我觉得学生逃课，师生双方都有责任。我更愿意把主要责任归于老师一方。老师如果把课讲好了，其实是不愁学生不来上课的，所以老师应该在如何提高教学质量上下工夫。没有讲不好的课，什么课都可能讲得受学生欢迎，吸引学生。但事实是，无论什么课，真正讲得好的并不多。原因是多方面的。教学是一门艺术一种能力，需要天分和悟性的，比如，语言的感染力，情感的冲击力。有的老师有这方面的天赋，而有的老师一辈子也做不好。教书是需要经验积累的，而大量年轻教师，刚刚大学毕业就上讲台讲课，肯定既缺乏经验，又缺乏足够的专业积累，就很难把课讲好。老师是教书育人的，需要奉献精神和敬业精神，而很多的老师缺乏这种精神，不愿意花更多的时间备课,不愿意花更多的心思去探求更好的教学方法,得过且过,当然就不能把课讲好。而这一点,我认为是最重要的。有了奉献精神和敬业精神,哪怕天生愚笨,哪怕新手上路,也是可以不断改进和提高的,而且老师的奉献和敬业本身就会形成一种人格力量,得到学生的认可和欢迎,弥补教学上其他方面的不足。一个老师如果真的把课讲好了,再对学生稍加严格要求,到课率肯定低不了。我很反感点名的方式。比如有的老师为了约束学生,一次课点几次名,开始点中间点结束时还要点,并吓学生,如果几次没来就怎么样怎么样。也许学生真的被吓住了,为了学分,都不得不到教室来,可是你的课讲得不好,学生来了也是毫无用处。课堂不像课堂,睡觉的、聊天的、看小说的、听音乐的,干什么的都有。你说像这样点名有何意义?但是就算老师的课讲得再好,也不能对学生太放任,必要的纪律还得强调。自我反省一下,我觉得这两方面我都做得不够,虽然不少学生喜欢我的课,但我知道我其实是可以做得更好的,而我并没有去付出更大的努力,抱着过得去就行的态度。另一方面,对学生我也要求不够严格,就像有的学生说的脾气太好吧。以后,我会注意改进的。

学生当然也应该反省自己。我想大部分逃课的学生属于不愿意学习的,并不是说他不上这门课,他利用这个时间学别的去了,多半是玩去了,白白地浪费了时间。学生自己重视学习,自我约束力强点,加上学校管理严格一些,也会减低逃课率。总之,老师和学生如果都能从自身寻找原因,而不是互相抱怨,努力充当好自己的角色,问题基本就可以解决了。

至于说到教育制度,我想也是一个原因吧。比如,这些年高校扩招,学生数量猛增,一方面师资不足,不能保证高水平的师资队伍,像我们学校有的系部,大部分是年轻教师,缺乏教学经验。另一方面,学生总体素质下降,像我们学校,一些素质很差的学生也招进来了，这就必然影响到整个学校的学风。教育制度也是处在不断的变革之中，某种制度的选择和存在，自有其积极之处，但也不可避免的有问题。一种制度当问题严重到一定程度时，自然就会变更，有新的更合适的制度来取代。

先说这些吧，有机会我们再深入探讨。

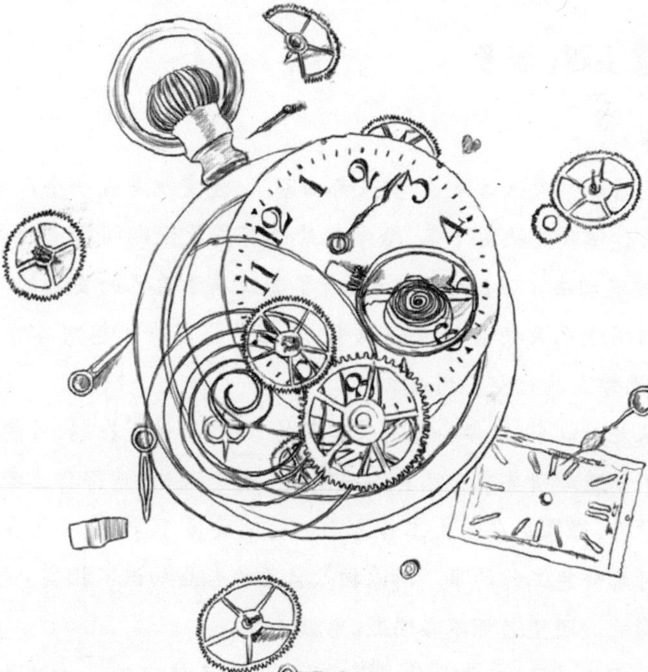

十八

“不知道考研要求自己具备些什么？……还望老师不吝赐教，感激不尽。”

主题：思考

傅老师：

见信好！考试结束了，室友都回家了，寝室就是我一个人了，蛮安静的。但我要被留下来，给学工处做有关放假期间寝室的工作。23号才能回去。不过这样也好，有了真正属于自己的安静的时间，可以利用这几天想想从大一以来，自己的得与失。想想各方面的事，任思维天马行空不用去管。

从大一以来，我都会想有关考研的事，我知道现在想，可能早了点。不知道考研要求自己具备些什么。整个大一，觉得自己都没认真去学习，好像花在学生工作方面的时间要多于学习，就是在学习时有时都会想工作的事。所以担心自己的专业知识不扎实，对考研会有影响。还望老师不吝赐教，感激不尽。

时间不早了，我要去休息了，明天还要去值班呢。也祝老师做个好梦！

黄恍

傅老师回信

黄恍同学：

你好！你有考研的打算，这很好。从发展趋势来看，没有硕士博士学位就比较难找到好的工作，除非你有特殊或是突出的才能。要考研当然得付出努力，而且肯定是要付出很大的努力。学生工作做做也好，绝对是很好的锻炼。但要学会抓主要矛盾。比如你觉得自己的工作能力锻炼得很好了，那为了集中精力学习准备考研，就可以辞掉工作，因为想做学生工作想锻炼的同学肯定很多，也算是给别人一个锻炼的机会吧。对于考研，我想你应该先选好专业和学校及导师，之后你可以与学校及导师取得联系，或是直接登录该校的网站查询，比较直接地了解考试的一些情况，比如考试科目、招生名额、往年的招生情况之类的，然后再有针对性地在某些方面多用功。不管考什么专业，现在可以做的就是学好英语，熟悉和掌握政治理论，这两门是必考的。另外你可以向刚刚考过研究生的熟人问问考研的情况。相信你能处理好工作和学习的矛盾，做到两方面都不误。

祝春节愉快！

十九

"昨天的马哲考试真是太不公平了,居然有人拿着书抄,可监考老师居然没看见。这样的考试有什么意思呢?"

主题:不公平呀!

傅老师:

昨天的马哲考试真是太不公平了,居然有人拿着书抄,可监考老师居然没看见。这样的考试有什么意思呢?平时一点都不用功的同学凭着抄可以拿高分,甚至是单科奖学金,而我们平时认认真真学习的同学却拿不到。这是多么的不公平呀!大学的考试怎么可以这样呢?真是太令我失望啦!这么一来,我们就等于白学了!

还有上次的物理也是一样,考试居然考那么容易的题目,这怎么能考出我们的真实水平呢?

大学这样的考试使得我们什么也学不到。

太不公平呀!

一个气愤的学生

傅老师回信

同学:

你好!你叫什么名字?哪个班的?如果你平时真的学习很认真,我会考虑提高你的平时成绩的。

你说有同学拿书抄,这是真的吗?开考前不是要求书和笔记本之类的东西都交上去吗？抽屉里不允许放这些东西的，同学怎么抄书呢？如果同学抄书都没有被发现，那说明监考力度不够。这也确实反映出了监考中存在的问题。有的老师监考是睁一只眼闭一只眼，不愿意惹麻烦，也可能主要是为学生着想，因为学生一旦作弊被抓，要受很严重的处分，很可能被开除。想到如此严重的后果，老师一般会手下留情，不轻易抓学生。可是学生并不因为老师的仁慈和迁就而有所收敛，反而更加放肆。老师的不负责任其实是对作弊的纵容，必然导致考风学风的败坏，而最终受害的还是学生。

我相信你是一位学习认真考风端正的学生，所以才会对考试作弊行为反应如此激烈。不公平的现象肯定有，但我觉得你也不要因此而觉得自己认真学习得来的东西是白学了。学到的知识总是自己的，怎么能说是白学了呢！也不能说有学生考试作弊，就会使得学生什么也学不到。你学习也不只是为了考试，为了拿奖学金，或是跟别人争个高下。根据我以往的经验，那些得高分的同学都是平时认真学习的，而不及格的都是平时不学习的，所以，你要对自己有信心。你想想看，那些平时不学的同学，考场上慌慌张张，一门心思就想抄，你以为他们真能抄到多少抄到高分啊！而就算他侥幸抄到一门，他能门门都抄到吗？毕竟监考老师不是个个都那么好对付的，遇到认真负责的老师，就别想抄到，而且有可能被逮住上报，那后果可就严重了。平时不学，考试作弊，这种态度，从长远来看有什么用呢？不要说他终究不可能有好成绩，长此以往，他的人品也就有问题了，而这必将影响他未来的发展。这种代价难道还不够惨重吗？

你做好你自己，认真学习，考风正派，也一定会影响你周围的学生。如果越来越多的同学都像你一样，那考风就会越来越好。而你说的情况，我也会找机会向教务处反映，希望引起学校有关部门的重视，采取措施，加大监考力度。

至于你说的物理出题太容易，也许老师有他的考虑。但对于出试题，教务处是有要求的，不能太难也不能太易，要难易适中。一个认真负责的老师他一定会比较全面考虑，慎重出题的。我觉得你可以直接向老师提建议，谈你的看法，以便老师改进。

谢谢你对我说这些！希望你一如既然往地努力学习，认真做人！

二十

"老师,我有几个问题:

1. 我们该如何充实自己,使自己壮大,有素质,有修养?

2. 大学里该不该谈恋爱?如何谈?

3. 我们的许多人为什么变得好消极?也包括我。"

1

主题:迷途与困惑

首先说一句:老师好!我是林浩。我认为您在课堂上是蛮成功的!因为作为一名老师,我认为不管您的课上得好与否,你得吸引学生的注意力,让他们知道您在讲什么。我们好多老师我认为好失败,因为他讲课就像在说一曲让人备受煎熬的催眠曲,别说听,就是能不睡觉就好了。

说好听一点,您有亲切感,很容易亲近的那种,是一种对老师加长辈的感觉!我们是需要那种感觉的,而且是很需要!我读大学一年里,我就感觉没老师教,好像只有个人在讲,讲完了就走,该考试就考,不过就补考!好没意思啊!

老师,我有几个问题:

1. 我们该如何充实自己,使自己壮大,有素质,有修养?

2. 大学里该不该谈恋爱?如何谈?

3. 我们的许多人为什么变得好消极?也包括我。

我先迷途，因为我有时会虚度光阴；我好懒，就是不想学习，其实也不是我真不想学，就是不知道学什么啊。没什么书可看，我就迷途了！

然后就困惑，因为这样，我是可以谈恋爱的（时候到了），但我是很理智的一个人。我个人认为：谈恋爱分心，分时间，还会招来莫名其妙的困惑和郁闷，真是伤脑筋啊！不应该谈！

但我也有自己心仪的姑娘啊，以我的控制力，我舍不得！这样，我就困惑了！

老师，我打字慢啊，就到这里啦，我期盼您的回音！

学生：林浩

傅老师回信

林浩同学：

你好！谢谢你用了“蛮成功”几个字来评价我的课！也谢谢你对我的亲切感亲近感！我知道自己做得很不够，有了你们的鼓励，我想以后我会努力去做得更好。

你提的三个问题，应该都是你面临的现实问题吧？

一个人要想充实自己，使自己不断壮大，我想应该是不断地做事，不断地吸收，把自己的时间安排得满满的。除了上课，完成学业，还应该有计划有意识地读一些课外书，包括文、史、哲方面的书，拓展知识，开阔视野，启发思维，增强文化修养。这对你将来的发展很有好处。读书多了，成了习惯，你就会天天想读书，读书就会成为一种乐趣和享受，这将让你过得很充实快乐，而且让你提高修养。

我觉得大学生不应该只盯着那点实用的东西,不只是学技术,从长远来看,还是应该着眼于提高自身的综合素质。读书学习之余,你还应该多参加一些活动,锻炼各方面的能力提高各方面的素质。你个头高,可以参加球队,或是篮球协会之类的,平时打打球,提高自己的身体素质,而且在打球的过程中,也能培养你的合作精神、大局观念,在比赛中还能激发你的进取心、拼搏精神和集体荣誉感,培养你坚强的意志。你还可以参加一些献爱心活动,培养自己的善心,提高道德修养。古人说:勿以恶小而为之,勿以善小而不为。一个人的道德修养也是靠一点一滴来积累提高的。只要你留心,身边处处有行善的机会,所谓日行一善,你坚持这么做,你一定会是一个快乐的人,一个有修养的人。当然一些基本的技能,你也应该努力去获得,比如计算机考级英语考级等等,如果你都能拿到高级别的证书,对你将来求职也有好处。

大学生应不应该谈恋爱?怎么谈?这是老话题,也是一个难以说清楚的问题。因为每个大学生的实际情况不同,所以这两个问题的答案也会不同。有的人可以谈,有的人却不适合谈,有的人谈得很好,有的人却很失败。我觉得一个真正热爱学习,真正想有所作为,抱着严肃认真的生活态度的学生,是不应该过早谈恋爱的。因为谈恋爱毕竟挺费时间和精力的,谈得不好,还可能给你带来极大的烦恼和痛苦,让你备受折磨和打击。这就不可避免地会影响你的学习,甚至影响你的身心健康。而且大学生谈恋爱,多半不能最终结合。过早地甚至过多地尝试恋爱以及恋爱的失败,爱情很可能在你心里失去神圣感。你将来很可能抱着游戏的态度谈恋爱,不敢投入或是不愿意投入真情,甚至根本就没有了真情。这是很可悲的事情。一个人早早地连爱情都不信了,那活着还有多大的意思呢?实际上现在大学谈恋爱相当普遍,也带有很大的随意性。如果你想谈恋爱，你一定先要做好心理准备，除了能享受爱情带给你的幸福和快乐，你能承受爱情带给你的烦恼和痛苦吗？如果不能，最好别谈。因为爱情绝对不只是幸福和快乐，绝对会有烦恼和痛苦。有的人没有做好心理准备，缺乏足够的理智和承受力，不能以理化情，经受不住失恋的打击，一蹶不振，痛不欲生。如果你准备好了，又真正遇到了与自己相爱的女孩，谈恋爱也是自然而正常的事情。我觉得大学生在谈恋爱的过程中，应该把握好分寸，什么应该做什么还不能做，要能控制。双方还应该保持一定的独立性，尤其是女生，不要一谈恋爱就忘了自己是谁，太过黏糊，没有自我，这样很容易导致恋爱的失败。大学生谈恋爱，最好是互帮互学，相互激励，相互支撑，这样就能够比翼双飞，爱情长久。要记住，爱情不是一切，你是学生，你还是父母的孩子，你得读书学习，你不能愧对父母。

你真的很消极吗？我想如果说这是真的，也只是一时一事的消极，不应该是整体的消极，对吗？消极总有原因的，你自己应该更清楚自己消极的原因。每个人消极的原因肯定不同，比如贫困、失恋、考试受挫、糟糕的人际关系、残疾或不健康的身体、恶劣的环境等等，都有可能成为消极的原因。你因为什么而消极呢？你身为班长，身体健康，长相也不错，家庭并不贫困，考试也没有挂科……你应该感到很幸运的呀，你不应该消极的。看看你身边的同学，有的失去了完整的家，家境贫寒，有的身体残疾行动不便，有的失恋……可他们还在苦苦地支撑着，坚强地生活着，对未来对人生不失去信心不言放弃。对比之下，你为什么要消极呢？你真的不应该消极的，看到并珍惜自己拥有的，知足常乐，乐观自信，确立人生目标，不断追求，你的人生就一定会是充实而快乐的，精彩而有意义的。如果你此时真的消极，希望你尽快振作起来，扬起生命的风帆，迎接风浪的挑战，在搏击中体味生命的价值。

说了这么多，不知道你对我的回答是否满意。每个人都有自己的看法，老师的看法也只是给你一个参考。人生的道路还是要靠自己去走。相信你会很快振作起来，相信你能走好自己的人生之路！

2

主题：关于考试作弊

敬爱的傅老师：

那几天都忙着考试了，就忘了给您回信，我向您道歉了。我们的课程很松，所以我考得还可以，没什么难度，我觉得不会不及格，毕竟我这个学期没偷懒。但在考场里就没有那么好了，大部分的同学都是靠地下手段，我也作弊了。是考物理化学的时候，我的同学在外面给我对答案(用手机)。老师就是睁一只眼闭一只眼。我害怕了，我还可以分得清楚，那是对我们自己的不负责。我就很担心，假如我们就这样混了4年，以后还不喝西北风啊，毕业之后，我们脑袋里根本没什么东西，很难立足于社会。

不说这个了，老师，我现在在武昌，去同学那里转转，顺便送人。

老师不多说了，祝愿您假期愉快，过个开开心心的年，我在这里给您拜个早年了！

学生：小林

傅老师回信

林浩同学：

你好！你说到考试作弊，看来问题确实比较严重。像你这样的班长都作弊，而且把手机带进考场用，而监考老师竟然会没发现，或是发现了装着没看见。如此下去，怎么得了?！我不知道你作弊的理由是什么，是平时没学好，不作弊就过不了？还是虽然可以过，但想通过作弊拿高分？你对考试作弊其实是讨厌的，但看见别人作弊自己不作弊心理不平衡，所以你也作弊？如果谁都这么想，那还了得。我相信有很大一部分同学是坚守信念，坚持不作弊的。而从老师方来说，确实也有问题，监考缺乏力度，发现作弊也不抓，或是抓了也不按要求上报到考试中心，最主要的理由是替学生着想，抓了并报上去怕学生受处分，被开除。还有一个理由是替自己着想，毕竟抓作弊是件挺麻烦的事情，上报到教务处，得写报告，签名。老师们不想惹麻烦，所以就多一事不如少一事。无论是从学生还是从自己考虑，我觉得老师看见学生作弊不抓，那就是不负责任，是纵容。老师们这样做以为对谁都好，实际上，从长远从整体来看，对谁都不好。就像你信中写的，“我害怕了，我还可以分得清楚，那是对我们的不负责，我就很担心，假如我们就这样混了 4 年，以后还不喝西北风啊，毕业之后，我们脑袋里根本没什么东西，很难立足于社会”。你的担心，就是考风不正的危害，而造成考风不正的很大的一个原因，就是老师监考力度不够。所以，身为老师，其实我也是需要好好反省的。而你身为班长，同样也需要检讨自己。要端正考风，首先你们这些班干部应该带头遵守考场纪律，作个榜样，这样才无愧于同学对你们的信任。再说了，你是班长，一旦你作弊被抓后果将会如何？你想过没有？毕竟老师里边也是有很认真负责的，见一个逮一个，保不准你就遇上了。

你能对我说你考试作弊，说明你对我有一份信任，而我对你说的这些，也是真心话。作为老师，我真的希望全校师生能够齐心协力，从自己做起，学生自我约束，老师认真负责，使我们学校的考风、学风能够不断地好转。我相信学校领导也知道这些问题，说不定已经在想办法准备下决心整治考风呢。如果真能这样，我想考风用不了多久就会变好的。我们期待着，并为此作出自己的一份努力。

祝假期愉快！

二十一

“我觉得我的这种保守懦弱的心理没有一个老师能够去认真体会……我要怎么样才能充满自信地上台发言呢？我需要老师的引导。”

主题：我需要老师的引导

尊敬的傅老师：

您好！我是您刚刚教过的一个学生，和您相处了这一个学期，我觉得您真是好，理解人。您不知道，我属于还没上台发过言的同学，其实我是想上去的，但我只是在心里编造情节，老会犹豫，左想想，右想想，时间已过了一大半，能说的又都被别人说过，又只能低头保持沉默了。我觉得我的这种保守懦弱心理没有一个老师能够去认真体会，而我也不会有机会去讲给任何一个老师听的。现在我可以通过这种方式说给您听，我觉得很好，算是说出了做学生以来最久最不为人知的一个秘密或是烦恼。我想这些您是可以理解的，因为您有一个女儿，课堂上，您会讲些关于您和您女儿生活中遇到的事情，我们都听得津津有味，很希望自己就是那个孩子。

您是一个自信的女人，这会让我很羡慕，您知道您的那种自信是由内而外地散发出来的。我非常希望自己能像您一样自信。我要怎么样才能充满自信地上台发言呢？我需要老师的引导。

一个不善言谈的胆小女孩

傅老师回信

同学：

你好！你说的那种心理我能理解和体会。其实很多发言积极大胆上台的同学，一开始也经历了像你这样的心理过程的，只是他们锻炼得多，慢慢地就胆大了会说了。你要是多锻炼也能那样的。你必须先走出第一步。对老师布置的讨论题，做好充分的准备，如果你怕上台后因为紧张而忘了，就把写好的发言稿带上，万一真的忘记了哪怕是照着念出来也是好的。开始讨论后，你最好争取在第一时间上台，这样你就不会左想想右想想，只是停留在心里虚构情节了。想要自信，你先要站起来走上讲台，这是第一步。站在台上后，你可以先扫视一下下面的同学，作个深呼吸，稳定情绪，然后开始发言。说话慢一点，一边说一边想。也许你第一次上台会浑身发抖，会声音发颤，会头脑一片空白，会说着说着说不下去了，这都没有关系，一次不行，两次、三次，经历多了，你自然就有经验有胆量了。一定会是这样的。记得有一次在一个班搞讨论，一个像你一样胆小的女孩，终于鼓起勇气上了台。她确实很紧张，紧张得有些语无伦次，而且说了几句就说不下去了。她说："相信将来会更加……"，她反复地说着"会更加……"，就是接不下去，说不出会更加什么。最后我都替她着急了，我说"会更加美好吧"。她就跑下去了。没想到两个同学发言后，她又跑上讲台，说："不好意思，刚才因为太紧张，把准备好了的内容给忘记了，我下去想了想，还是决定上来把内容说完。"我为她的精神感动，她说完，我提议：大家为这位同学的勇气和真诚鼓掌！全班同学给了她最热烈的掌声。再后来的几次讨论，她都积极主动地上台，一次比一次好。她都能做到这样，相信你能做得更好。

我像你这么大的时候也很胆小，甚至现在也不善于在正式场合想要自信，你先要站起来走上讲台，这是第一步。

想要自信，你先要站起来走上讲台，这是第一步。

说话,但我觉得我同样可以很自信。因为每个人都应该有值得自信的方面,而每个人也都会有自己的不足,你也一样,所以你也应该可以充满自信的。自信来自实力,来自对自己的认同,而实力是需要积蓄和培养得来。你不必着急,慢慢地锻炼,慢慢地修养,只要一直在努力,就一定会收获不断,成功不断,你也就会越来越自信的。祝愿你成为一个自信的能说会道的女孩!

二十二

"我这几天总是觉得有什么东西在敲打我的手和脚，弄得我心绪不宁，我很害怕……老师，你说我应该怎么办？"

主题：老师，我该怎么办？

傅老师：

你好！我最近遇到个心理上的问题。我这几天总是觉得有什么东西在敲打我的手和脚，弄得我心绪不宁，我很害怕。这种感觉好难受，影响了我的睡眠和上课的注意力，已经好几天了。我记得我很久以前的时候有过这种状况，但是立刻就调整好了，可是现在却总是调整不过来。现在除了睡觉之外，几乎每时每刻这种感觉都会占据整个意识，我现在很难过，不知道怎么调节才好。我也问了不少老师，他们都说我太紧张了，压力太大了，要放松一下，可是我发现我就是运动放松以后这种感觉还是没办法消失啊。我现在很烦恼，就是不敢停下来，一安静下来这种感觉就来了，不管我想不想，它就是会来，哪怕我在吃饭，看电视的时候也会这样，就是分散注意力也不行。我这两天先在家里呆一下，看看能不能忘记。我现在都不敢睡觉了，只要躺在床上那种害怕的感觉就来了，害得我睡也不是，起来也不是，总之很难受，想要卷起身体保护自己，又不停地去摸一下自己的手脚，但是不痛，可就是那种感觉让手脚的部位会有种感应。我真的很想早点解决这个问题，否则，我根本没法学习、生活。我真是想不通我为什么会这样，我一直以来都是以很快乐的心态在学习、生活，虽然说比其他同学稍微累点，但也不至于会这样啊。现在我的日常状态比较烦闷，情绪比较低落，我很怕，怕自己真的出了什么问题。老师，你说我应该怎么办？

老师，我知道你很忙，给你添麻烦很不好意思。可是想来想去，我也不知道该对谁说，傅老师你人好，对我们也很关心，所以我就想对你说。你也不用太为我担心，我会努力摆脱的。谢谢老师！

学生：邵平

傅老师回信

邵平：

你好！你好好的怎么会这样呢？我真的很吃惊也很担心。不过，我相信会好起来的。你不用害怕。我觉得你是太紧张了，可能长期处于一种焦虑之中，因为你几次跟我说，你总觉得时间不够用，总觉得有太多的东西要学，总想学好，想将来成为一名名医。而且几次在路上碰到你，你都是一个人，一副沉闷的样子。我觉得学习是急不得的，做任何事情都一样，欲速则不达。你必须调整好自己的心态。你要知道无论多么聪明多么勤奋的人，他学到的东西都是非常有限的，但只要你坚持，只要你心中有目标，一天一点一滴去积累，就会越来越接近你的目标，越来越接近成功。你不能对自己要求过高，要求太高，你又总是达不到，你就会焦虑，就会觉得很累很累。如果你长期处在焦虑之中，不良情绪积累到一定的时候，你的心理和身体就有可能出问题。你要学会为自己减压。每天拿出一定的时间打打球，和朋友或同学聊聊天谈谈心，看看小说之类的闲书，不要觉得这是在浪费时间，这些都应该是人的一种需要，也是很好的放松和调节的方法。你保证了身心健康，精力充沛，这样学习起来才更有效果，也才有可能从学习中体会到快乐。

为了放心起见，我建议你还是去做个心理咨询。我认识几个心理咨询室的老师，我帮你联系一下，然后我带你去，或是你自己直接去，好吗？你不要害怕，没什么大不了的。多少心理问题比较严重的人，最后都走出来了。你这应该是比较轻微的，或许因为你最近身体状况不太好，精神上又过于紧张才造成这样，等调整一段时间后就会好起来的。**其实很多人都有心理问题，只是程度不同而已，可能是一时一事引起来的，过后就又好了。**有想不开、特别郁闷的时候，可以去找心理老师寻求开导，并不一定非要有严重的精神疾病才找心理医生。

哪天有空和同学到我家里来玩吧，我做好吃的给你们吃，然后带你们出去逛逛书店或到湖边走走，好好放松一下。

祝你开心！

二十三

“现在的我，简直就像行尸走肉一样，颓废到极点，就像即将被冲垮的大坝，离崩溃就一步之遥……老师，你说我该怎么办呀？哎……好难过！”

主题：离崩溃就一步之遥

傅老师：

早上好！中午好！晚上好！（因为不知道老师到底什么时候才能看到这封信，这样子应该很保险吧，呵呵）^_^很喜欢你这样的老师。很喜欢和你聊天。无论是在生活还是学习上，觉得你都是学生很好的倾诉对象，不会有老师高高在上的感觉，很平易近人，就像是我们的老朋友一样，哈哈。不知道老师喜不喜欢这样的感觉？

说实话，来到这个学校，我几乎没有一天是开开心心过的。最开始是睡觉的问题。别人都睡了，还有人在看电视，那你声音小点也罢了，他能达到旁若无人的境界。我痛苦啊，每天失眠，睡眠不足。宿舍是我们大家生活的住所，是我们的家，你吐痰就不能多走几步到厕所吗？就这样一口一口地吐在宿舍的地上，还天天叫嚷着自己有多好的家教。我一般都早早离开宿舍。我一向不喜欢用别人的东西，当然也不喜欢别人用我的。但如果你借了我也没多大意见，但偏偏有人偷偷摸摸地用，伸出那“第三只手”。本以为宿舍接了网线是件开心的事，但就有人天天占了网络下载。我提出分时段下载的建议，他嘴上满口答应，背地里照下。我都懒得说了，慢得连网站都打不开，和不接网线没有区别。平时在生活上少不了被他们攻击讽刺，原因很简单，我是上海的，所以从一开始就被他们排斥打击。我一开始就觉得好委屈，但时间长了都麻木了……他们却更肆无忌惮……我好难过。我想回家。虽然有时觉得男孩应该坚强，但还从没像现在这样被人欺负过。也许这就是社会吧，真的好残酷。我觉得这个世界充满了邪恶，虚伪，奸险……“好人不吃亏”其实是句坏人得了便宜还卖乖的话，好人永远都在吃亏，只不过好人的度量比坏人大多了，但最终受伤的还是好人。我压力好大。我想回上海，找个安静的地方，让我哭个痛快，让我释放心中的痛楚，让我调整好心态，再回到学校。我相信回来会是一个崭新的我，坚强的我，自信的我。现在的我，简直就像行尸走肉一样，颓废到极点，就像即将被冲垮的大坝，离崩溃就一步之遥……

老师，你说我该怎么办呀？哎……好难过！

学生：安选

傅老师回信

安选同学：

你好！前几天出差了，今天才打开邮箱看到你的信。或许当你看到老师的回信时，心情已经完全好了。希望如此！

你现在都大三了，对于处理宿舍的人际关系应该会有一些经验呀。你说的那些现象也不奇怪，我想每个宿舍都会有矛盾，表现不同，但大致一样。集体生活毕竟不同于家庭生活，你必须让自己去适应。当你无法改变别人的时候，你只好试着改变自己。比如睡觉，你想宿舍那么多个人，他们为什么就睡得着，你为什么就会那么在乎呢？你可以试着和那些睡得着的人一样不去注意别人的动静。

再比如别人用你的东西，你要是真的那么不想别人用你的东西，你可以避免呀，可以把东西放在他们拿不到的地方。我觉得一些事情你应该从自己找原因，想想自己是不是太自我了，太在乎自己了。有的事情有时候你换个角度去想，就会是另一种心情。你想，人和人都是不同的，既然大家生活在同一个屋里，就必须互相包容。

你说他们欺负你，就因为你是上海人。我觉得他们欺负你的理由有点奇怪。按常理他们是不会因为你是上海人就欺负你的，除非你处处表现出作为上海人的某种优越感或别的什么，显得你与众不同。如果你能不太在意你是哪里人，与他们打成一片，把自己融入集体之中，我想他们不至于排斥你打击你。你是从大城市来的，可能见识更多眼界更高修养更好，而他们有从落后的农村出来的，他们的一些生活习惯你看不顺眼，比如随地吐痰，比如随便用别的人的东西，但我觉得如果你做得好，有影响力，他们是会受你影响而改变的。你影响不了他们，他们反而跟你对着干，你想想是不是跟你也有关系呢？

你说好人永远都在吃亏，这种说法是片面的。比如说你如果是个好人，在和某个人有矛盾时，你可以适当地让着一点对方。这样看起来你好像吃亏了，其实你作出那点让步，对你并无大碍，可这样却避免了矛盾，也就避免了烦恼，对谁都好，而且你还可能因此而获得对方的尊敬，甚至获得人们的广泛称赞。而这些是用钱都买不来的，是很宝贵的。再比如如果你是个好人，当有人身陷困境中你会伸出援助之时，你会花时间、精力或是金钱去帮助他。这看起来好像你吃亏了，但其实如果你想到挽救一个人是件多么有意义的事情，帮助别人是一件多么快乐的事情，而且你可能会让那个人永远记着你怀念你，并怀着一颗感恩的心去帮助别人时，你还会觉得你吃亏了吗？实际上一个真正的好人，是不太会在乎吃亏不吃亏的。所以，我觉得做个好人还是比较好。我们应该坚持做个好人！

人际关系处不好也确实够烦人的。如果宿舍别的人之间关系都不错,就只你一个人跟他们处不好,他们只是排斥你,我想问题多半是出在你自己。你就应该好好从自己身上找找原因。当然你也不要把问题看得太过严重,大家都是同学,又没有什么深仇大恨的,没有解不开的疙瘩,没有化解不了的矛盾。你可能需要更平常的心态去对待同学对待事情,把自己看得平常一点,可能就更容易处好关系,而关系处好了,大家可能就更愿意也更容易互关照和彼此谅解。

说了这么多,最终还需要你自己想明白。你再好好想想吧!其实大学毕业后,你再回过头来想,现在看来多么讨厌的事情多么不能接受的事情,都没有什么的。你会记得宿舍同学的好,会想念他们,因为人生在世茫茫人海,能够与那么几个人朝夕相处几年,实在是很大的缘分,实在应该有很深厚的情谊,留下很美好的记忆。老师希望你过得开心,相信你也一定会开心!

只要你心中有目标，一天一点一滴去积累，就会越来越接近你的目标，越来越接近成功。

只要你心中有目标，一天一点一滴去积累，就会越来越接近你的目标，越来越接近成功。

下　篇

那年年底，我选择了一个班，在课程结束的那天，即最后一堂课，叫他们每个人给我写封信，写下他们想对我说的话，可以是任何方面的，包括对我的感觉，对我及我的课的评价，对我的意见和期望等等，想说什么就说什么。我郑重声明，拒绝拍马屁，拒绝恭维，拒绝吹捧。我要求他们实话实说，如果有顾虑可以不署名。结果有不少学生真的没署名，有的学生还特意声明自己说的话绝对是真心话，不是拍马屁。我让他们写信，要求他们实话实说，不是想听到学生对我的赞美，而是想听到他们对我的意见和建议，因为这有助于我改进教学。同时我也是想给他们一个抒发感情练习写作的机会，我知道现在的学生很多从不给老师和父母写信，不少学生文字表达能力很差。这对他们来说也算是一次小小的锻炼机会吧。

我从 90 多封信中挑出了 30 封，署了名的，我也把名字给隐去了，但文字和内容绝对是原汁原味的。从学生写给我的话中，我得到一些启示，有一些感想，写了“我的感悟”附在后面。学生喜欢什么样的老师？希望什么样的师生关系？期待老师做些什么？这些都能从学生写给我的信中得到答案。

90多封信，我的女儿在高考前的一天都一一读了一遍，一边读还一边作简短的评论。她说，其中还是有拍马屁想考试得高分的，但也有很真实诚恳的。她帮着我挑选，她说不能只挑说好话的，批评的也要。而实际上，并非哪一封信是纯粹的夸奖或纯粹的批评，而是二者兼而有之。

一

1

“说句心里话，一开学的时候我已做好了一个逃课计划，马哲课本只想上第一天和最后一天的。可是自从上了您的第一节课后，我对马哲课有了全新的认识。”

尊敬的傅老师：

我是一个不怎么喜欢上类似于“马哲”这种枯燥无味的课的一个同学。自小学的思想品德课开始，除了应付考试，稍微背了点以外，我还真不知学了点什么东西。傅老师，说句心里话，一开学的时候我已做好了一个逃课计划，马哲课本只想上第一天和最后一天的。可是自从上了您的第一节课后，我对马哲课有了全新的认识。“哲学是使人聪明、启发智慧的学问。”确实，我从第一节上到现在，从来没有旷过课。这也是我读大学以来没有旷课的课程之一，因为我能在课堂上学到好多实在的东西，不仅局限于课本，而且老师您能让我们了解到社会上的一些现象，以及教我们如何做人，等等。但是，人非圣贤，孰能无过，老师，我觉得你有一个缺点就是当我坐在后面的时候，有时听得不是很清楚。好了，就这些了。

此致敬礼！

我的感悟：第一堂课必须精彩

女儿问我：“妈妈，你是怎么给学生讲第一堂课的？怎么就能吸引学生,让学生迅速改变看法呢?”

我说:“我第一堂课给学生讲哲学一词的来源,从古希腊哲学讲到中国古代哲学,从苏格拉底讲到孔子,一套一套的,完全不用看讲稿。学生听得津津津有味,目光中流露出欢喜和钦佩。嘿嘿,也许就是这第一堂课让学生觉得我知识渊博挺有学问吧。他们不知道我为了准备第一堂课,看了多少书查了多少资料,费了多少心血呢。”

女儿说:“那你是不是光第一堂课讲得好,后面的课就随便对付了?”

我说:“那当然不是了,只是第一堂课准备得更充分一些。没办法啊,因为我必须在第一堂课抓住他们,必须让他们在第一堂课就服我,对我充满信心。我们这种课不比专业课,学生对专业课自然会重视,无论老师讲得怎么样。公共课就不一样,尤其是思想政治理论课,学生在开始上课前就排斥了,所以很多学生在第一次课就做好了逃课或是干别的事情的准备。”

女儿说:“但是你以你精彩的第一课打破了他们的计划。妈妈,你真了不起呀!”

我说:“没有什么了不起的哦,这不都是被逼的吗!我总不能让他们看扁了吧。再说了,如果我站在台上讲课,台下的学生各干各的事情,没有人听,那多受罪啊。”

女儿说:“妈妈你真可怜啊,教什么思想政治理论课,都怪我外公当时让你学了政治教育专业。我就不会像你,我学什么专业我自己做主。”

我赶紧问:“那你想学什么专业?”

女儿说:“什么挣钱多就学什么,我就想开公司挣大钱。”

我瞪大眼睛看着她,说:“不会吧?一个女孩子不要整天就想着挣大钱,好不好?”

女儿说:“唉,不跟你说这个,没共同语言,还是说你的事情吧。我经常想,你要是教专业课,那学生肯定更喜欢你。你看你多可惜呀!”

我淡然一笑,说:“其实也没有什么啊,什么课都得有人教吧,就是因为思想政治理论课难教,才更富有挑战性呀。”

女儿说:“那倒是。妈妈,那你看了学生的信有什么感想?”

我说:“我充分地感到,第一堂课必须精彩,因为好的开始是成功的一半。还有一个感受就是,没有教不好的课,既然第一堂课能够讲得精彩,既然思想政治理论课也能够受学生欢迎,那只要付出足够多的努力,所有的课都可以讲得精彩,都可以让学生欢迎。关键在老师。”

女儿说:“妈妈继续努力哦,希望你每一堂课都像第一堂课一样讲得精彩。”

我说:“谢谢女儿,我会努力的!”

第一堂课必须精彩,我想这应该是所有的老师的一个共识吧。据我了解,很多老师为了讲好第一堂课可是使出了浑身解数,从内容到形式,都经过了精心设计和打造。有的老师会在开场白中介绍自己,挑最精彩的介绍,不同寻常的经历、对某个问题的独到见解、读过的书、取得的成就等等,希望以此吸引学生,让学生对自己产生敬慕、信任。而有的老师会在第一堂课准备最有吸引力最能调动学生学习热情的内容,而且旁征博引,让学生对课程产生兴趣,对老师充满信心。第一堂课如果成功了,就能够把作好计划上课看杂志或是准备逃课的学生留住,而让那些没有逃课计划的学生更加坚定学习的信心。

二

2

“让我感受最深的，也是我印象最深刻的是您的感情的丰富和细腻……我会随着您的感动而感动，随着您的欣喜而欢笑。”

亲爱的老师：

您好！经过一个学期的接触，我们不说建立了浓厚的感情吧，但也让我们更深入地了解了您。您讲的马哲课挺生动，在每个理论阐发的同时，您也会举一些我们比较感兴趣的例子。人们说，讲哲学的人是聪明睿智的，您确实有丰富的想象力和较强的逻辑思维能力。让我感受最深的，也是我印象最深刻的是您的感情的丰富和细腻，加之您的联想，会把一件事说得那么有色彩和生动，然后牵动我们的感情。也许感情上的相似点吧，我会随着您的感动而感动，您的欣喜而欢笑。我特别喜欢您给我们大家讲的故事，每段故事都那么的形象，又那么地具有说服力，让我们这群表面上远离约束，精神上有时会空虚的大学生顿时有了目标，有了自己的梦，并且具有很大的勇气和力量去为自己的美好未来奋斗，对我的人生观、价值观都有很大的导向作用，十分地感谢老师！而且从那些故事中我也领悟了很多的哲学道理。

您很平易近人，没有那么多的严肃，但课堂纪律还一贯较好。

给您提几条建议吧：1. 课堂气氛再活跃一点也许更好，像上几次您给我们组织的课堂讨论就效果比较好。2. 我们喜欢听更多的例子。

感谢老师这学期对我们的辛勤培养！

我的感悟：教学中需要情感投入

女儿读了这封信，说起她的语文老师。

她说她喜欢高一的语文老师，不喜欢现在的语文老师，因为高一的语文老师讲起课来很有激情，朗读课文声情并茂，抑扬顿挫，极具感染力，学生很自然地就会被吸引了，会跟着他的情感起伏而发生心理变化。现在的语文老师讲课太平淡了，一个语调，一种表情，没有起伏变化，很难吸引学生的注意力，听他的课只想打瞌睡。女儿说，如果不是为了高考，她真的没法听他的课。她说她很怀念高一的语文老师，怀念他教学的那股激情。

女儿很赞成我上课投入情感。不过她怀疑思想政治理论课也能讲得那么有感情色彩。

可能是文学的熏陶吧，加上一定的语言天赋，我能把一个故事讲得绘声绘色，充满感情，从而触动学生的心弦，牵引学生的思绪。这从学生听课时的表情变化可以看出。感动的时候，有的学生会热泪盈眶，欣喜的时候，有的学生会笑容满面。虽然是思想政治理论课，也是可以讲出感情、讲出艺术、讲出感染力的。

我的感觉是，思想政治理论课教学中，更需要情感的投入。理论的东西本来就抽象枯燥，如果老师讲起来一个语调一种表情，干巴巴的，那就很难吸引学生。情感的投入体现在老师的语言、表情和动作等方面。因为有了情感的投入，冰冷、生硬、抽象的理论，就变得如同沐浴着阳光和春风的花草树木那样，生动而形象，美丽而动人，不知不觉中就被学生摄入心中了。

我多次做教师讲课比赛的评委，也多次深入课堂听别的老师讲课。我总是能够被那些讲课投入情感、充满激情的老师所感染和打动，而那些声音小、语调平淡、有气无力的课堂讲授，总是让我难以忍受。诚然，不同的老师因为天赋的不同、性格的不同和责任心的不同，教学风格也不会相同。教学风格可以不同，但一个教师在教学中不投入任何情感，却是不可以的。教学中投入情感，其实是一种付出。一个教师，只有乐于奉献、爱岗敬业，他才可能在教学中投入情感，而且是积极的情感。

三

3

"您的旁征博引，谈天说地，您渊博的知识，是让我如此积极地来上您的课的最大动力。我想大家也大部分是冲着这一点。"

傅老师：

您好！这个学期能成为您的学生，深感荣幸！

接受您的课之前，我以为马哲是一门极其乏味的课，就如以前的政治课。但自从上了您的第一堂课后，完全改变了以前的想法，真是个误会。很是佩服您，能把大家公认枯燥的马哲课上得如此生动，以至于可以说出现了奇迹——逃课人数在个位上摆动。与以前相比，老师真的上得很成功！不是我夸您，到课率是最好的见证！

您的旁征博引，谈天说地，您渊博的知识，是让我如此积极地来上您的课的最大动力。我想大家也大部分是冲着这一点。所以，我希望老师要继续发扬您的这一闪亮的优点！老师讲课思想内容很是充实，学生很是钦佩！

祝身体健康！万事如意！

我的感悟:做个知识渊博的老师

“您的旁征博引,谈天说地,您渊博的知识……”

当女儿读到这句时,停了停,瞅着我,笑说:“假象,你学生看到的是假象。”

我说:“你的意思是妈妈并非知识渊博?”

女儿说:“当然,离渊博还差一大截呢!我爸爸都算不上知识渊博,你想你比他差多少啊,你能算知识渊博吗?”

我说:“你总是打击我,就因为我是你妈?我确实算不上知识渊博,但总还不错吧?”

女儿说:“那要看跟谁比,要是跟你的学生比应该算知识比较丰富,要是跟我爸爸比,你就比较差。”

我有点不服气,说:“那也未必,我知道的很多东西你爸也不知道,比如我昨天问他知道霍金吗,他就不知道,他连这个名字都没听过,更不要说知道霍金的科学成就了。”

女儿看我来真的了,就一个劲地冲我笑,说:“妈妈,你别生气嘛,其实你已经很不错了,知识也确实挺丰富的,只是因为你是我妈妈嘛,我就不觉得有什么了不起的,但你不是你学生的妈妈,所以你学生会挺崇拜你的。这就是距离产生美嘛!不过呢,你还需要不断地充实哦!”

女儿这么一说,我的感觉也好了一些。我说:“谢谢女儿的鼓励,也谢谢你的批评!”

她要接着往下读,我打断她,问:“是不是学生都希望老师知识渊博?”

女儿说:“那当然啰,老师要向学生传授知识,如果老师自己知识贫乏,半桶子水,怎么教学生?尤其是你们教政治理论课的老师,更需要各方面的知识来丰富内容，不然干巴巴的条条道道，谁听啊？！”

我说：“这样啊，可是要知识渊博真的好难啊！我要是能像你爸爸那样读那么多书就好了。”

女儿说：“也不难啊，你每天坚持看书，日积月累，就丰富了。你少上点网少打点牌，读书的时间不就有了吗？你看我吧，虽然马上要高考了，但我还每天坚持看点课外书呢，蹲厕所的时候和睡觉前，养成习惯了，看书就不成问题了。”

我说：“妈妈真的很佩服你呢，读了那么多的书。妈妈看书太少了，我要向你学习多读点书。”

她见我夸她有点不好意思，说：“没有啦，我读的书也很少，跟我有的同学相比差远了。妈妈，从今天开始好好读书哦，为了你的学生，为了渊博的知识！”

我挥了挥拳头，一脸坚定地说：“好，从今天开始，加油！”

其实我真的是如女儿所说知识算不上渊博，但我很羡慕知识丰富的老师，我也很想做个知识渊博的老师。每当与人聊天，听到别人说的知识我不懂，我就会惭愧。虽说人不可能什么都知道，但越知道得多就会越觉得自己无知，就越发觉得学习的重要性。我会有意识地充实自己，通过读书，通过旅游考察，通过与人交往、交流，通过培训，通过网络，等等，只要有学习的机会我都不放弃。扎实的功底固然重要，但还要不断地学习新知识。老师要教学生学习，首先他自己应该是懂得学习，有学习能力，并且热爱学习的。知识丰富了，心中有料了，才能充满自信，才能应对自如，也才能吸引学生，让学生信服。

四

4

“至少您不是只为了拿工资而教书的。”

傅老师：

您好！您知道吗，我从小就喜欢有一个老师妈妈，在她的监督和熏陶下，我会饱览群书，会成为一个书虫，但不是呆笨的那种。同学们都夸您好有学问，我也是赞同的。我很喜欢您。想象过您的孩子是多么幸福，有您这么一位博学多才的母亲。不过每个人的命运各异，生活中我慢慢懂得自己的妈妈虽然知识不是很多，但她为我付出太多了，爱我太多，也让我亏欠很多，因此我是世界上最幸福的人。能有母亲的爱是多么美好，即使她有很多不足。现在我也不力求完美了，拥有就已经满足了。我很爱她，也会让她因我而幸福的。我也想过要当老师。我觉得中国的老师太过关心自己，在教学方面也没什么创意，只顾上完课就了事。学生也是乏味非常。您算是在大学中最关心学生的老师了，也比较用心。我喜欢您。这可不是拍马屁哦！至少您不是只为了拿工资而教书的。如果可能，我会去当老师的，竭尽所能，让我的学生在书的海洋中寻找乐趣。中国的教育让学生太累了，也很无聊，简直是浪费学生的时间和精力。

你上次叫我讲十分钟的课，由于我是第一次上台讲课，有点紧张，有很多讲课时需要注意的事情我都没有把握好，比如上课过程中要和学生进行交流，注意学生的反应，并且要调动学生的积极性。还有很多我没有想到的方面，以至于我在讲台上显得很被动，只是把自己准备的材料和课本上的要点匆匆读完。讲完时，同学们都还没有反应过来，这时我就知道我讲得不怎么样。当我从讲台下来后，自己也不记得刚刚讲了什么。后来我才知道自己讲课时出现了很多问题，虽然我当时做得不太好，但我从中学到了很多。也是从那时起，我体会到了要做一个差老师很简单，要做一个好老师很难！哦，当然还得感谢老师给了我这次锻炼的机会。只是我没有好好把握，我很内疚！如果再有这样的机会，我一定会好好把握。

祝老师身体健康，万事如意！

我的感悟：用心教书

曾听有的老师赤裸裸地说："我教书就是混，就是为了钱，不为别的。"我欣赏这种坦诚，但不欣赏这种教书的态度。

学生说我"至少您不只是为了拿工资而教书的"，我很为这个学生对我的理解而感动。

平时我不敢跟人说我教书不只是为了钱，而是把它当作一份事业用心来做。在这个物欲横流的社会，似乎人人都在追求物质利益，我要是那么说会显得比较另类，显得故作清高。别人可能会讥笑我：什么事业？教书不就是一个饭碗吗？何况你还是教政治的。但我内心真的没把钱太当回事，我更在乎学生的感受和教书带给我的感受，更关心我能给学生什么。我对物质没有过高的需求，知足常乐，容易满足，但我不能忍受没有一点精神追求没有灵魂的生活。平时我不会这么标榜自己，但我的这种人生态度，学生在听我的课的过程中应该能够感觉得到。

用心教书，用的是爱心、慧心、责任心和事业心。老师有了爱心，用爱心教书，就会对学生多一分关心，关心学生的心理健康，关心学生的生活状态，关心学生的成长经历。老师有一颗慧心，用慧心教书,就会让教学过程充满智慧,让学生体会到什么是妙不可言妙趣横生。老师用责任心和事业心教书,就会认真对待每一节课和每一个学生,懂得总结成功的经验和失败的教训,不断进取,精益求精。用心教书,就会在教书的同时育人。老师用心教书,学生才更愿意用心学习,因为这是一种心与心的交流。

一个眼睛只盯着钱的老师很难用心教书,而一个不用心教书的老师很难把书教好并体味到教书的快乐。用心教书,才会用心感受和感悟,才会有精神上的收获和心灵上的快乐,而这不是可以用金钱来衡量的。

其实做任何事情都需要用心做,这是一种态度。当我在美容院做脸部护理时,美容师在给我做脸部按摩时,虽然我闭着眼睛,不必看她的动作和表情,但我很容易能够感觉得她是否在用心做。如果她不用心,尽管可能她的技术不错,但也会让你不舒服。而如果她很用心,哪怕她是个新手,指法不到位,但你也不会觉得太难受。我想教书也是一样的,老师站在讲台上,虽然与学生有一定的距离,但你是否用心作了准备,是否用心在讲课,是否用心在与他们交流,他们也是很容易感觉到的。一个用心教书的老师,哪怕他暂时教学经验不足,教学水平一般,但学生会谅解他。而且只要用心教书,一般来说就没有教不好的。

五

5

"您在传授知识的同时,也教我们了一些做人的道理,这一点我非常喜欢。"

傅老师：

您好！其实应该叫您“尊敬的傅老师”，因为您是一位值得我们尊敬的老师。您知道吗，在大学期间的师生关系和以前是不一样的，老师和学生的交流很少，可以说学生对老师的印象仅仅是上课授课时的样子，特别是一些内向的学生更是和老师接触少，但我觉得对您有一种亲切的感觉。您不像有的什么教授、讲师，一点笑容都没有，看着就很讨厌。

您知道吗，在我上第一堂马哲课之前，我就准备好了几本杂志，准备在上课时打发时间。因为我认为马哲课一定是枯燥至极的，所以就抱着上课看杂志的态度来的。可是在第一堂课里我并没有看杂志，因为您讲课实在是太吸引人了，您会把一些有趣的故事穿插其中，让我们不知不觉就进入状态。上您的课我感到很轻松，同时也改变了对马哲课的“原始”态度。我认为这些都是您的功劳。我想能成为您的学生实在很幸运。在这个学期以来，我没有逃过马哲课，我不想错过您的每一堂课。通过学马哲，说实话我觉得自己还学到了一点东西，而不仅仅是像有的课一样只是为了学分。您在传授知识的同时，也教我们了一些做人的道理，这一点我非常喜欢。所以我觉得您这种授课方式很好，以后的学妹学弟也一定会喜欢的。

最后，我想对您说一声：“您辛苦啦！”您是一位好老师，如果以后我出息了，一定不会忘记您的。人生的路途还很漫长，我相信自己会成就一番事业的。到时候如果有机会再来南昌的话一定去看您，不过您也许会不认识我，因为我是一个内向的学生。

我的感悟：教给学生做人的道理

从教二十多年，我有一个坚持，那就是不仅教书，更重育人。教

书育人是教师的职责,但我更注重育人。我认为无论教什么课的老师都应该教学生做人,但思想政治理论课教师更应该有意识地教给学生做人的道理,并把自己的一些人生体验和积极的人生理念传播给学生,引导学生树立正确的人生观价值观。

著名学者梁启超先生曾经问过他的学生:"到学校来的目的是什么?"学生都答:"求学问。"梁先生又问:"你为什么求学问呢? 你想学些什么呢?"学生答案不一,有的竟一时答不上来。看到这种情景,梁启超先生说:"我替你们总答一句,为的是学做人! 你们所学的数、理、化等不过是做人所需的一种手段,即使你把这些学得样样精通,能否成个人还是个问题!"

教育家陶行知指出:"先生不应该专教书,他的责任是教人做人。学生不应当专读书,他的责任是学习人生之道",教师的职务是"千教万教,教人求真";学生的职务是"千学万学,学做真人"。

梁启超、陶行知都把"学做人"看成是学生上学的主要目的,把"教人做人"作为教师培养人的根本任务。但实际上,很多教师是没有这种意识的。很多教师,讲义多少年不变,从头到尾只是灌输知识,根本不了解学生的特点,不关心学生的需要,从不与学生探讨人生的智慧。尤其是现在,科研的压力,功利的诱惑,使得很多老师更是不能专心教书育人,有的老师甚至只是把教书看成是一种负担一种任务,得过且过,敷衍了事。由此,学生可能学到了很多知识,但他们心里的困惑人生的迷茫等真正需要解决的问题却得不到老师的帮助。一个负责任的好教师是应该懂得在教书的同时,引导学生积极思考人生、探寻人生意义并确立人生目标的。

从我的经验看,学生其实很需要老师对他们进行人生指导。很多学生都可能有困惑和迷茫,都想搞清楚一些人生问题,都想活得更自觉更清醒更明白更积极一些。如果老师在教书的过程中,或是教书之余与学生探讨人生问题,把自己的一些人生体验人生感悟适

时地讲给学生听，引导学生思考、探寻，给学生以触动和启示，这对学生来说是非常有意义的。学生渴望并喜欢从老师这里得到一些人生智慧。有时候我讲到某个人生哲理故事，或是讲到我自己的人生体验人生感悟时，学生都很喜欢听，而且从他们的表情、神态变化能够看出他们很自然地会有所触动和思考，会受到积极的影响。教学生做人，不能只是讲大道理，要微风细雨，潜移默化，我会很巧妙地把人生方面的内容穿插到讲课内容中，让学生在不知不觉中受到启发。当然，教学生做人是多方面，如果有针对性效果会更好，针对学生存在的问题，针对学生的心理需求，如此就能够说到学生心里去，从而让学生受到触动，并产生积极影响。

六

6

“您的课，我都是发自内心地想上，而且总是很有兴趣地听完三节课。”

傅老师：

您好！首先，请老师谅解，您让我写得有点文采，这确实有点难为我。我没有什么美丽的辞藻，不懂什么特色的修饰，我只把这当做是给老师的一封信，一封普普通通的信。

接下来步入正题。您的课上得风趣生动，至少我能一节课不落地听完，这是我以前上这类课所没有做到的。以前，有时候就算我到教室，我也坚持不了三节课，基本上是第一节课“构思请假条”，第二节课就“挥一挥衣袖不带走一片云彩”，不过偶尔也有坚持过三节

一个负责任的好教师，是应该懂得在教书的同时，引导学生积极思考人生、探寻人生意义并确立人生目标的。

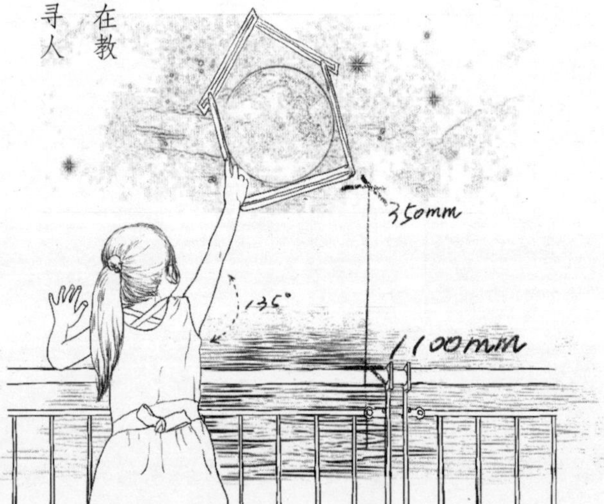

一个负责任的好教师，是应该懂得在教书的同时，引导学生积极思考人生、探寻人生意义并确立人生目标的。

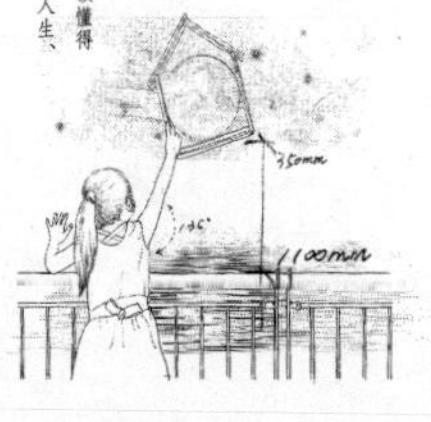

课,但那是迫于老师的压力,要逮人了。我从来没有发自内心想上过。而您的课,我都是发自内心地想上,而且总是很有兴趣地听完三节课。尽管您上课极少点名,但到课率还是挺高,不像有的老师靠点名强迫学生去上课。虽然课上我没有上台发过言,但课后回到寝室我们就着那个话题也会展开激烈的讨论,有时候用语言解决不了时,我们甚至还用"武力"解决。

说了那么多,我自己都觉得有点拍马屁的嫌疑了。说说缺点吧,就是上完这个学期的课我还是抓不住课本内容,倒是那几个讨论题在我脑海中还是记忆犹新,或许这文科的东西令原本学理的我们难以接受了点,或者说,只是我难以接受。你也无须改进,因为就算特级厨师也做不出所有人都喜爱吃的菜。

我的感悟:抓住学生的心

我知道学生大都讨厌老师点名,而一个好老师是不愿意也不需要上课点名的。

有一个老师总是强调她的课到课率高,达到了99%。实际上是怎么一回事呢?据学生反映,她保证到课率的手段就是点名,一次三节课,每节课点一次名,一次点名没到就扣多少分。她这么一弄,确实保证了到课率。但学生到课仅是为了学分,为了不补考。靠点名确实抓住了学生的身,但无法抓住学生的心。学生在课堂上干什么呢?学生自己总结的:第一节课看小说,第二节课睡觉,第三节课说话。因为这个老师的讲课水平本来就不高,加上她总是点名,更让学生反感异常。学生逃课,她可以通过点名逼他们来,学生来了不听课,她就没办法了。

有学生在私底下说这个老师"变态"。我认为这个老师其实是舍本逐末,靠点名是不能根本解决问题的。与其挖空心思地想一些外在的方法来保证到课率,不如多下点工夫把教学水平提高了。一个老师只有靠学识靠人品靠教学水平才可能真正抓住学生的心。

我的感觉是,一个老师如果要靠点名来保证到课率,其实他已经是山穷水尽了,心虚了。点名其实就是老师心虚和无可奈何的表现。上个学期教大三的《自然辩证法概论》,一次见学生到课率比较低,我心里有些不快,就说,等一下我要点名。我就感觉我说出这句话时是多么的无奈,又是多么的软弱无力。因为我心虚,我觉得学生逃课肯定有老师的原因,如果我的课讲得很好,大部分学生应该会到的,就算有一部分学生不到,我也不会说出"等一下我要点名"这样唬人其实是底气不足的话来。

老师,尤其是思想政治理论课老师要想抓住学生的心,让学生心甘情愿地、发自内心地想听课,必须有一定的资本,要么是人品好,以人格的魅力征服学生的心;要么水平高,丰富的知识、深厚的理论修养、独特的见解,或是好的(特别的、新颖的)教学方法,最好是几者兼而有之。如果一样都没有,那就只有靠点名来逼迫学生坐在教室,至于学生"身在曹营心在汉",那他就管不着了。

七

7

"好像听你讲课就是我的一种享受。"

亲爱的傅老师:

展信颜开!

我真的好喜欢你,喜欢你这个人,喜欢上你的课,好像听你讲课就是我的一种享受,是我一周紧张忙碌学习的最放松的时候。当然,你提问的时候我还是挺紧张的,虽然提提问题,答不出来也就算了,但我很怕你点到我。老师,这是不是每个人都有的心理反应?不能说绝对,但可以说大部分吧!尽管如此,我还是觉得提问是一种好方式,可以让我们对上节课学到的重点东西有所巩固。

说了这么多,我还有一句很重要的话要对你说,就是我那么地喜欢你,却怕没有机会跟你说,怕你永远都不知道有我这样一个人在默默地喜爱着你,现在终于如愿以偿。

我也经常向我的同学、好朋友提起你,多么好的一个老师,多么好的一位母亲,能做你的学生是我们的福气,但像你女儿有你这样的妈妈肯定幸福得不得了。是不是只有教哲学教政治课的老师才有像你这样的心境——感觉你对什么事情都能淡然处之,每天都好开心,开心度过每一天。

真心地祝福老师:身体健康,天天开心,家庭永远美满幸福!

8

"同学们都这样说,上马哲课简直是人生一大享受。"

敬爱的傅老师:

您好!想想今天是最后一次听您的课,心里还怪难受的。真的!老师,不是我吹的,同学们都这样说"上马哲课简直是人生一大享受",不只是我们有这种反应,我想,老师以前带过的学生肯定也这么觉得。

我自己现在还不敢肯定说完全掌握了老师所有教过的内容,不过,我每节课都听得很认真。在您的课堂上,我可以知道和学到以前不懂的知识。您上课举的一些事例,我现在还记忆犹新,更重要的是老师的教学方法——理论与实际的结合。每次上完课,我就在想，学的这些辩证法、认识论、唯物论究竟对自己有何作用，往往就在这时，老师会给我完整的答复，这就是马哲的魅力所在，更是老师您的吸引力。

上大学一年了，很少再找到很敬业的老师了。老师您是我见过最负责的老师。您的嗓子不好，还坚持把三节课上得栩栩如生，同学们都很感动。老师，我们会永远记得您的好！永远怀念您的课！更期待能有机会再听您的课！很多的话想说，只是不知从何说起！真心地希望老师身体健健康康，生活快快乐乐，全家幸福，工作顺利！

我的感悟：享受上课

曾经听女儿感叹："我们英语老师真是漂亮，听她上课真是享受啊！一个美女在你面前晃，多养眼啊！"

我想我的学生说的"享受"显然不属于这一类，因为我既不年轻又算不上漂亮。那他们说的"享受"是指什么呢？我想应该是一种轻松的气氛愉快的心情，一种心意相通的交流与默契，一点情感的轻微触动和人生的顿然了悟，还有知识的充实和智慧的闪现。这些也是我在讲课的过程感受到的，如果说学生听课觉得是享受，那带给学生享受感觉的老师，讲课的时候也一定会觉得是一种享受，会有一种成就感和愉悦感。

学生没有说为什么是一种享受，是一种什么样的享受。

我总结了一下，思想政治理论课能够讲得让学生听起来像是一种享受，在我这，有以下几个方面：

1. 微笑教学，让学生如坐春风，享受到阳光般的温暖和舒适。

2. 讲课时，普通话标准，声情并茂，声音抑扬顿挫，让学生在听觉上享受到节奏韵律的美。如果把一堂课比作是一首歌或是一段音乐,那肯定得有节奏的变化旋律的曲折。

3. 语言风趣幽默,让学生在笑声中享受到轻松和愉快。不是每个老师都能幽默得起来的,但幽默的能力是可以培养和锻炼的。在我看来,如果一堂课没有一两次幽默引起的笑声,那就算不上是精彩的。我有时候会和学生一起开怀大笑,沉浸在教书的快乐中。

4. 丰富的知识,充实的内容,让学生享受到求知的喜悦。这个要靠老师平时的积累。课堂上给学生大量的新知识,会让学生感受到一种收获的喜悦。

5. 偶尔结合所讲的理论,来一个小故事,可以是情感的,也可以智慧的,让学生在心灵的触动和思维的启发中得到精神上的享受。

我能做到的,或者说我努力在做着的,大致就是这些。

当我看到学生说听我的课是一种享受时,我便觉得很享受了。如果要说回报,我想这就是学生对我的回报。

八

9

"我想您以后可以把书本上的知识多讲一些,适时地加些扩展,但要适度。"

"希望您以后该严厉的时候要严厉一些。"

傅老师:

您好!我是一个非常支持您的学生,每次上课都会到,从不会旷课,也不会迟到早退。我觉得上您的课非常有意思,通过上您的课我学到了很多东西,不仅是书本上的东西还有一些做人的道理。

我觉得您在上课的时候能够讲很多东西，很能把同学们的注意力吸引到您的身上，每次打瞌睡的时候，都会听到您讲的一些有趣的令人感兴趣的话题，顿时睡意全无，就会精神十足地听您的课。这是您的优点。也许很多人都会觉得马哲这门课是一门非常枯燥的课，所以有很多人不是很喜欢上，但是您却能把它上得绘声绘色，能充分地把课堂气氛活跃起来，真的是很了不起。我不是吹捧您，我真的是这样觉得。

不过我觉得有的时候您把话题扯得有点远了，我想您以后可以把书本上的知识多讲一些，适时地加些扩展，但要适度。这是我的一点小意见，可能说得不是很对，所以请您也不要介意。

还有，我觉得您是一个很可亲的老师，没什么大架子，不像有的老师总是觉得自己高高在上，总摆出一种盛气凌人的姿态，您不会压制学生，所以我觉得您很可亲，但人在应该发怒的时候还是要发怒的，对于一些学生或一些不好的事，您该管的还是要管的，不能太放纵，有的时候宽容太过了就是一种放纵，而过于放纵就会使人肆无忌惮，所以希望您以后该严厉的时候要严厉一些！呵呵，这只是我的想法和一些做人的原则，可能非常的不对，但请老师您能看一下。如果您觉得我的人生观有错误的话，还要请您多多地关心我哦！呵呵。

我的感悟：适可而止

女儿说："学生批评你了吧，说你扯得太远了，说你不够严格，哈哈，说得好，我就喜欢这样直率的学生，不喜欢只会说好话的。"

我说："看妈妈受批评了你就高兴啊?!"

女儿说："你们教政治的老师是不是都有这个毛病？讲课的时候喜欢乱扯，扯得天远地远的，收不回来。"

我说:“不是的,我一般不扯,就是扯也不会扯太远的,只是偶尔扯到兴头上了刹不住车,就被学生逮住了。”

女儿说:“我们政治老师就这样,几句原理,她硬是要扯一大堆的东西,就像是没话找话说。她老是说她的大学同学,说她小时候,还说她怎么买菜做饭怎么逛街购物,好无聊啊。有时候听得好烦。”

我说:“我不会这样,我就算是扯也不是扯些无聊的事情,我会讲文化讲历史讲启发人生智慧的故事。”

女儿说:“那也不能讲得太远太多,你举例子是为了讲课吧,如果你一节课大部分时间在讲例子在闲扯,那就不是讲课了。你们哲学上不是讲适度原则吗,凡事都得适可而止呀。就像你脾气好,对学生好,但你也不能好到不讲原则吧,学生捣蛋你也不管,这就不算好。我们语文老师就是这样的,他对我们文科班不重视,他看重理科尖子班,他在我们班上课就从来不管纪律,只管讲他的课,所以有的同学说话,吵得我们想听的也没法听。我就不喜欢他这样。你学生肯定也不喜欢你这样。这是对学生的不负责任。”

我说:“接受学生的批评,接受女儿的批评。以后我会注意的,不应该扯的就不扯,应该管的就要管。严格遵守适度原则,适可而止,行了吧?”

女儿笑,说:“好好好,这才像个好老师嘛!可惜我又不是你的学生。”

我开玩笑说:“那你考我们学校做我的学生吧?”

女儿说:“啊?!不要吧,不是说你们学校不够档次,只是因为离家太近,我想走出去啊,免得你看见我烦呢,呵呵。”

我说:“你走吧走吧,看你能走多远,记住适可而止,不要走得太远哦!”

其实学生和女儿批评得很对,但自己在讲课的时候往往意识不到。有一次我去听一个老师的课,他的内容可谓丰富,也很新,而且思维跳跃,忽东忽西忽左忽右的,说得不好听就是东拉西扯。学生也基本能够听下去,但一节课下来,他讲了那么多内容,让人感觉他扯的那些东西与课程内容没有什么关系,对需要讲授的理论他反而一带而过。有的老师可能是因为理论的东西不好讲,他不想讲,或是他没有备好课,所以有意东拉西扯来消磨时间并吸引学生;而有的老师可能本意上是想通过举一些例子来增加课堂的教学效果,让学生更好地理解并消化课程内容,可是讲着讲着就忘记主题,漫无边际,有违初衷了。

九

10

“看着你笑眯眯的样子感到很温暖。”

尊敬的傅老师:

俺是山东人,跑出来这么远,难免想家,虽然在这儿过了一年多,但总有陌生感,但是看见却挺有亲切感,看着你笑眯眯的样子感到很温暖。我也不知道你是哪里人,但老觉得你是俺那边的。

作为一名大学老师,像你这么认真负责的确不容易,俺可不是拍你马屁。虽然有时候觉得你这么做也不会多拿奖金,觉得挺固执的,但心中还是十分敬佩你的。你做的是正确的。

估计现在喜欢学哲学的人是凤毛麟角,我不是“凤毛”也不是“麟角”,所以我也是能应付就应付。不过,我挺喜欢听你上的课,喜欢听你讲的那些事,听你上课很放松。

时间太短,俺一时也想不出那么多话来,先写到这里吧,希望老师别嫌短。

11

“老师态度和蔼，对人极好，不管什么问题都能及时回答，总是笑呵呵的，让人觉得很亲切很贴心。”

敬爱的老师：

恰逢圣诞节即将来临，首先在这里祝老师圣诞快乐！

马克思主义哲学课程已经结束了，我们也将和老师分别，但这将近半年的时间里，我们的学习非常愉快。老师为我们的付出，在这里想衷心对老师道一声谢谢。

说句心里话，老师是我进入大学以来，见到的最好的老师之一，教学方式很好，可以让老师和学生产生互动，更有学习效率，同时课堂上不时插入些幽默的小故事，活跃了课堂气氛，提高了听课的效果，增加了我们的学习兴趣。老师态度和蔼，对人极好，不管什么问题都能及时回答，总是笑呵呵的，让人觉得很亲切很贴心。其实我讲的可是真心话，绝对不是恭维。虽然我有几次逃课，但确实有事，在这里向老师道歉。

最后向老师道一声：您辛苦了！祝老师永远年轻漂亮，工作顺利！

我的感悟：微笑是最美的表情

一次，参加全省高校骨干教师培训班，结识了一位女老师，熟悉之后，她开玩笑说：我一见你就笑。我笑问为什么，她说因为你总是面带笑容，而笑是会感染的。之后不久的一次，系党委书记也半开玩笑半认真地对我说：我一看见你就很高兴，因为你喜欢笑。

我说不清楚自己是天生爱笑呢还是当了老师之后变得爱笑了。当老师的时间越长，说喜欢我笑眯眯的样子的学生就越多。看来是教师这个职业是学生让我笑容越来越多了。微笑，也许是我留给学生最深最好的印象。讲台上的我，多半是面带微笑的。有时候讲到精彩处，我更是会忍不住地笑出声来。和学生在一起我不由地不笑，我喜欢我的学生，和他们在一起我常常觉得开心。学生年轻的面容、清纯的目光、青春的活力、求知的热情，甚至一个调皮的动作、一个奇异的发式，无不让我喜爱。而学生听课时专注的神情、亲近的目光和会心的微笑，无不令我欢欣。我很难对学生发脾气，极少给学生脸色看，哪怕对调皮捣蛋的学生，我也会面带笑容用不那么尖刻的语言来几句幽默，巧妙地化解矛盾解决问题。

如果说微笑是阳光，那我微笑着播撒在学生心田的知识的种子，栽种到学生心田的智慧的幼苗，因为有了阳光的照耀，一定会更好地生长，更深地扎根。如果说微笑是阳光，我愿意把更多的阳光洒向学生，温暖他们渴望的心灵，点亮他们求知的路途，燃烧他们学习的热情。

微笑是阳光，只有心中有阳光的人才会发自内心地微笑，才能播撒阳光。而心中的阳光是由爱心、善良、真诚、热情、责任感……汇聚而成。这些美好的东西越多，阳光就越充足，笑容就越美丽动人。一个老师面对学生不是想笑就能笑得出来笑得美丽的，而一个心中充满阳光的老师，微笑会是他很自然的一种表情。

十

12

“还有一点为什么我喜欢上您的课,是因为您的知识渊博,很有文学素养,几乎每句话都含有文学成分。”

傅老师:

您好!本人字写得不好,希望不会影响老师的阅读。

本来想用平常写作的方法,先来一大通的赞美之词,用九百九十九顶高帽子把老师“哄”得晕头转向,再一两句本人心得就搞定了,哪知老师一句“不要废话,拒绝恭维”,把我的计划打乱,只好另起炉灶重新开工。

刚开始我非常不喜欢马哲,现在我也不怎么喜欢,但是我喜欢上您的课,虽然我不喜欢看书,但我觉得您用自己的语言讲出的您对人生的认识,对我来说非常有意义,在一定程度上影响了我对人生的认识,当然了这种认识是积极向上的。还有一点为什么我喜欢上您的课,是因为您的知识渊博,很有文学素养,几乎每句话都含有文学成分(马哲课本上的原句除外)。最重要的一点是您不是像有的老师一样过于严厉地对待我们,有时我觉得您像我的亲人。

关于马哲的知识点,我略知一二,对于考试现在也不清楚会考成怎样,但是我认为能听您的课是一件愉快的事情。希望您在给以后的学生讲课时多讲自己的心得、认识。

我的感悟:魅力来自个性

可能是因为喜欢文学,平时接触文学的东西比较多一些,就有了一定的文学素养,看过的一些文学作品,创作中的一些感受,在讲课的过程中很自然地就被用上了,加上讲课的语言比较感性、生动、形象,使得我的课带上了一点文学色彩,具有一点艺术性,以至于有的学生误认为我是学中文出身的。我想对于一个政治理论课教师来说,这应该算是属于我个人比较独特的东西,别的老师很难做到这样。与众不同的这一点,无疑是具有一定魅力的,这也是我的课能够吸引一部分学生的因素之一吧。如果少了这一点文学色彩,那就不是我的课了。

任何一个有魅力的老师,他的课之所以能够吸引学生受到学生的欢迎,应该少不了他的个性,少不了某种绝活。

有一个女老师很受一部分学生的欢迎,就是因为她很有个性。她敢想敢说敢做,她要是觉得学校的会没什么开的,她就逃会,也不操心请假不请假;她要是觉得学校的某些条例对老师不公平,她就炮轰,也不管有用没用;她要是觉得某个人不对,哪怕这个人是领导,她就直说,也不顾及别人面子上受得了受不了。这种个性体现在讲课中,那就是喜欢评论时事、社会热点,敢于批评敢于发表自己的看法,真可谓针砭时弊不遗余力。使得一部分学生被她的敏锐、洞察、勇气所折服,为她喝彩。

有一个男老师,经常被学生亲切地称作我们的刘老师,学生对他的喜爱之情溢于言表,原因也在于他的个性和他上课的特色。生活中的他是个极具幽默细胞的人,平时只要有他的地方就有欢声笑语,他很会搞笑很懂得制造气氛,只要有他在,绝对不会冷场。他讲课也充分体现了他的个性,他总是看起来很随意地从台上走到台下，在学生中间穿梭，时不时地来几句幽默，逗得学生开怀大笑，把抽象的理论化作风趣的语言，通过丰富的表情和肢体动作，展示给学生，学生就在笑声中轻松地了解了所讲的内容。他让学生们惊叹：原来政治课也可以这么上！原来大学课堂也可以这么轻松！

不是每个老师都有绝活也不是每个老师的课都有鲜明的个性，这跟个人的修养有关。所谓的绝活不是说有就能有说学就能够学得到的，所谓的特色也不是想做就能够做出来的，这正好印证了那句“功夫在诗外”。

十一

13

“您的年龄经常成为全班人讨论的话题，您能透露一下吗？……我们一直想问问老师，您是北方人还是南方人？”

敬爱的傅老师：

您好！首先想说的是：您是一位称职的好老师，学识渊博，为人大度，和蔼可亲，能成为您的学生，是我们全班人的幸运。

今天是最后一堂课了，虽然老师不认识我，但我们会深深地记得您的，您曾说过，有什么问题有什么事情都可以找您。我觉得现在的大学生一般都感觉不到那种学习的氛围，学校像您这样的老师也是寥寥无几，教我们的老师没几个有丰富的经验，也不怎么负责。学校这个地理位置让我们与外界隔离，就算找份工作什么的也是难上加难，还有我们学校的卫生所，真正的医生都没有，病了都不敢往卫生所去。

本来是给您写信的，却说了这么一大堆的废话，您别介意。最后想对老师说的是：老师，您挺漂亮的，您的年龄经常成为我们讨论的话题，您能透露一下吗？还有，你的普通话挺标准的，我们一直想问问老师，您是北方人还是南方人？

我的感悟：给学生留点神秘感

女儿读完这封信，我问她："你们中学生会不会在背后议论老师的年龄？"

女儿说："会啊，就像我们政治老师，我们就总是猜不透她的年龄，有的同学说她还年轻，因为看她的穿着打扮那么时尚大胆，有的同学又说她人到中年了，因为她脸上的皮肤一点也不嫩，笑起来一脸的皱纹呢，好像比你还老。"

我问："你们政治老师不告诉你们年龄吗？"

女儿说："人家怎么会说自己的年龄呢！你也不跟你学生说你多少岁了，对吧？这就是神秘感，老师应该给学生留点神秘感，不要什么都告诉学生。你想想，就像一处风景，要朦朦胧胧隐隐约约才有味道，要是一览无余就乏味了。"

我说："学生喜欢老师的神秘感？"

女儿说："有点神秘感比较好，学生就会更加关注你，因为他们想知道答案呀，希望从你的言行中寻找到答案，就像你的学生在背后讨论你的年龄呢。"

我说："让学生在背后议论自己这样好吗？"

女儿说："有人议论总比被人遗忘好吧，你又不坏，他们再议论你也不怕。"

我说："那要怎么给学生神秘感呢？"

女儿说："比如，你上课说到你的小孩时，就不要说那么具体，学生就会想老师的小孩是男孩还是女孩，多大年龄呀。再比如说到你上大学，你不要告诉学生你是哪所大学毕业的，你就说‘我在北方上大学时……’学生就会想老师在北方哪个城市哪所大学念书呢，尤其是北方来的学生更可能会想，说不定老师就是在我们那里上的大学呢，学生还会想，老师在北方读的大学怎么跑南方来教书了呢，老师到底是北方人还是南方人？看看，你的一句话，让学生可猜想的问题多着呢。这就是神秘感。”

我说：“你说得有道理，这就是距离的作用吧。其实人与人之间的交往都是这样的，保持一定的距离，留有一定的神秘感，才更具吸引力。”

女儿调皮地说：“母女之间也一样哦，所以不要总想知道我的秘密，留点神秘感吧！呵呵。”

十二

14

“我觉得你那件红色的大衣好漂亮，就是那件胸前有个大纽扣的，我那天下午边听课边看你的衣服。”

傅老师：

我很喜欢听你讲课，因为你把原本应该很枯燥的课程讲得津津有味，上你的课，不仅可以很好地听懂课本知识，也学到了许多课外知识，你讲述的小故事，经常让我觉得很感动。有些你讲的小故事曾经在杂志上看过，但你讲出来的又和书本上有不同的感觉，而且我有时心里会想，你的口才好，可以把故事生动形象地讲出来，如果换成我在讲同一个故事，一定会拖拖拉拉讲个半天，别人还是听不出一个头绪来，所以很敬佩你哦。

经常听你说起你的女儿，我们宿舍的都说："马哲老师的女儿好幸福哦！有那么好的妈妈。"呵呵，我们宿舍还有一个人超级喜欢你，她说她特别喜欢听你说话，觉得听起来好舒服哦！我也有同感。

还有，我觉得你有一件红色的大衣好漂亮，就是那件胸前有个大纽扣的，我那天下午边听课边看你的衣服，回到宿舍还在想：那件衣服真漂亮呐，如果我妈的体形和马哲老师的一样，我一定要去问问马哲老师那件衣服是在哪买的，然后买一件送给我妈妈作为新年礼物，她一定开心得很喜欢得很。

最后，祝傅老师越来越年轻，和你家人的感情越来越好，学生越来越多。

我的感悟：老师也需要漂亮的打扮

女儿读了这封信，笑着说："我说了吧，学生会关注和议论老师的穿着打扮的。"

我说："那是你们中学生，大学生应该不会太注意这个的。"

女儿说："大学生肯定也一样，爱美之心人皆有之嘛。记得你那年在上海读研究生，回来还说起你的一位老师呢，说他年纪挺大的，但穿着一条牛仔裤，显得很时尚又休闲。还说你的一位女老师，年纪不大，却不懂打扮，穿得跟个老太婆似的。哼，你都是一大把年纪的研究生呢，不也一样在意老师的穿着打扮吗。"

我说："那你觉得妈妈平时的穿着打扮怎么样？学生不会反感吧？"

女儿想了想说："唔……你的衣服不够时尚，不够多。你的鞋子更是少，就那么几双款式差不多的换来换去，跟没换似的。还有，你没有什么饰物，比如胸针、发卡等等，你都就只有一两个。你应该多买一点，各式各样的，经常换着戴，才有新鲜感。你看吧，你学生为什么会注意到你的那件红色的胸前有一颗大纽扣的衣服，因为这件衣服跟你别的衣服风格很不同，这就是新鲜感。学生需要这种新鲜感，懂吗？我们政治老师，你别看她教政治，年纪也挺大的了，但她真会打扮，她有太多的鞋子和胸针，经常换，总是给我们耳目一新的感觉，让我们眼睛为之一亮。"

我说："我可学不来你们政治老师那样，那样多麻烦啊，换来换去的。按你这么说，那像很多男老师，总是那么两件衣服穿着，岂不是会让学生厌烦吗？"

女儿说："那当然了，男老师一般来说在形象上没有什么吸引力，不过因为是男的嘛，学生对他不会要求太高。如果一个男老师太爱打扮了，反而会让我们觉得讨厌呢！这叫男女有别嘛！"

我说："我才不管学生怎么看我呢，我继续保持我的风格，简单淡雅，朴素自然。"

女儿说："你可以保持你的风格，但也应该适当的变化。你们哲学不是讲一切都是变化的吗，你可以试着穿一些色彩鲜艳的衣服，可以试着戴各种各样的胸针点缀，可以试着化化淡妆，把自己打扮得更美一点，你的学生肯定会更喜欢你的。呵呵。"

我笑说："等高考完了，你陪妈妈上街去买吧。"

女儿说："等高考完了，我首先要送你一支口红。我要好好地打扮你，让我的妈妈成为一个美女教授，哈哈，那你的学生可就真的赏心悦目了。"

我大笑："你别把我打扮成一个妖怪，让我自己都不认识自己了，还把学生吓一跳呢，那可是挺可怕的事情哦。"

女儿也大笑，说："你放心吧，就凭我的审美观，不是美女也要打扮成美女的。”

跟女儿这么说说笑笑的，我心想，如果她真送我一支口红，我一定要试着抹一抹，嘿，说不定还真的像女儿所说，抹出一个美女教授来呢！就算成不了美女，能让学生赏心悦目一点，那也不错啊！

十三

15

“您很了解大学生的内心世界，所以听您的课，我们总会同您产生共鸣。”

敬爱的傅老师：

时间并未因我们的留恋而放慢它前行的步伐，它就这样如往昔一样流逝了。还清楚地记得第一次见到您的感觉：亲切、慈爱，俨然一位和蔼可亲的母亲。您丰富生动的教学方式使原本枯燥的课堂充溢着捧腹的笑声。一开始，我就深深地喜欢上了您，您的热心、贴心、常挂在嘴边的笑容会让我永远记住您——朋友式的长辈、师长。

您很了解大学生的内心世界，所以听您的课，我们总会同您产生共鸣。您的理解、宽容又加深了我对您的尊敬。我想您的女儿应该是这个世界上最幸福的女孩，有您这样一位好妈妈。

很想了解您的大学生活是如何度过的，我想应该是丰富多彩而充实的吧！您一定结交了很多让您受益终生的朋友吧！我是一个内心充满激情而热心的女孩，但由于自己，我也不知道到底是什么原因，始终未找到几个志趣相投真正投缘的朋友，或许是由于我的被动和外表清高冷漠，我一直对自己交友的现状很不满，很希望结交一些优秀而积极上进的朋友,却始终找不到机会。为什么?

您能帮我吗?谢谢傅老师!我的QQ——

我的感悟:你了解学生吗?

我想现在的大学老师很少有敢说自己了解学生的,了解个别的少数的有可能,要说了解大部分那几乎是不可能的。因为对学生要达到一个比较全面的了解那可不是一件容易的事情,作为老师你得跟学生有比较多的接触和交往,而且你得赢得学生的信任,学生愿意对你说他内心的想法,说他的烦恼他的困惑,你才可能真正了解学生的内心世界。而现在的大学老师基本就一个模式,上课来下课走,此外就几乎不在学生面前露脸了。而愿意牺牲自己的业余时间,利用QQ、邮箱、电话等手段,真诚而耐心地与学生交流的老师那也是少之又少。这么一来,老师不可能有足够的时间来了解学生,也不可能赢得学生的信任,让学生说心里话。

如果要问学生:老师了解你们吗?大部分学生的答案会是否定的。不要说走马观花似的任课老师,就是班主任,很多学生也会认为不了解他们。

一次一个女生因为对我的信任,发短信跟我说她的家庭状况,说她很想勤工俭学,但不知道具体怎么操作,希望得到我的帮助。说真的,我当时对这方面的情况还真不了解,但我不能对学生说我不了解。我打电话给一个做学生工作的老师,向他了解这方面的情况,然后再告诉学生。我跟学生说,你也可以把你的情况跟班主任说说。可是学生说,她找不到班主任,她很难见到班主任。我听了就很吃惊,班主任不是经常跟着班吗,怎么会见不着呢?既然是很难见到一次面,自然就谈不上有什么交流和了解了。

“您很了解大学生的内心世界,所以听您的课,我们总会同您产生共鸣。”“您的热心、贴心、常挂在嘴边的笑容……”我很高兴这个女生给我写下了这样的句子，我很欣慰我给了学生这样的感觉。也许正是我的“热心”和“常挂在嘴边的笑容”才赢得了学生的信任，加上我的真诚和耐心，我才有更多与学生交流的机会，倾听学生的心声。又也许正因为与学生有了比较多的心与心的交流，对学生有了比较多的了解，在育人的过程中我才会有针对性，一些话才会说到学生的心窝里去，让学生觉得“贴心”吧。

人是复杂，育人自然不是一件简单的事情。老师必须了解学生，才能真正承担起教书育人的责任。而要了解学生，老师就得付出更多的时间更多的爱心更多的真诚。而现实世界有太多的诱惑，现在的人又太实际。很多老师有时间宁愿盯着股市行情、或是出去兼职上课挣课时费、或是想方设法弄个课题做搞篇论文发（课题和论文可关系到老师的切身利益，评职称、年终考核都少不了），再不然，搓搓麻将打打牌也要比坐在电脑前给学生回信陪学生聊天来得痛快和轻松呀。老师，你愿意对学生献出爱心和诚心吗？舍得把时间留给学生吗？我这么问自己时，回答是肯定的。但要付诸行动，还需继续努力！

十四

16

“平时也问一问我们的生活小事，虽然只是问问这样的行动，但对于我们这些在异地求学的孩子们却是暖在心田。”

傅老师：

时间真的过得很快，转眼我们便相处了一个学期，在这个学期当中，我们很顺利地将我们的课程结束了。此时此刻，我脑海中浮现的全是您给我们上课的画面。还记得，您第一节课时对我们说的话语，您每次总是微笑着对我们讲课，平时也问一问我们的生活小事，虽然只是问问这样的行动，但对于我们这些在异地求学的孩子们却是暖在心田。

您总是喜欢在上课时跟我们讲一些哲人的人生小故事，关于这一点我很喜欢。在这个学期里，总让我们生活在哲人的故事里，苏格拉底、黑格尔、马克思、恩格斯、庄子、荀子等等，这样使我对哲学产生更加浓厚的兴趣。

虽然，您是我们的老师，但您却关注着我们关注的问题，比如说网络，尤其是网恋对我们的利弊，您总想帮助我们树立一个正确的人生观、世界观，我真的好喜欢哦！您就像我们的大朋友乃至家人一样关心着我们，让我们好感动。（我说的都是真的！）

我的感悟：关心总是很重要

女儿高考前的一天，饭桌上，说着说着就哭了起来，她说学校没有人情味，没有一点人情味，老师只关心你的成绩你的排名，不会关心你过得是否快乐，你的内心世界是否有阳光。“老师在乎我们承受的压力吗？知道我们需要什么吗？”

正好那天晚上她班主任打电话来，我就悄悄地跟她汇报了一下情况，并小声对她说：“你找机会对她表示一下关心吧。”第二天女儿回来很高兴，说班主任跟她聊天了，喊她丫头，让她听起来很舒服，和她聊了很多事情，说了不少鼓励她的话。

我趁机说：“你看老师多关心你，多喜欢你呀，还说学校没有人情味，这人情味不是挺浓的吗？”

女儿笑了。老师的关心让女儿保持了挺长时间的好心情和好状态。由此我想，像女儿这样生活在父母身边，享受着父母太多关心的孩子，都渴望老师的关心，更何况是远离父母在外求学的我的那些学生呢。

“平时也问一问我们的生活小事，虽然只是问问这样的行动，但对于我们这些在异地求学的孩子们却是暖在心田。”

这句话让我觉得学生是多么需要老师的关心，多么缺少老师的关心。当然，我对学生的关心绝不完全仅停留在“问一问”。

一次一个女生遇到人际关系方面的烦恼，打电话找我诉说，问我应该怎么做。女儿听我跟这个学生说话轻声细语的，就说：“你对你学生比对我更耐心温柔，我吃醋了，我干脆不做你的女儿做你的学生算了。”又有一次，两个学生来家里借书，然后我请他们吃饭，并带他们去逛书店。送走了学生我回到家，女儿又发话了：“哪有老师请学生吃饭的，只有学生请老师吃饭。”我赶紧用她自己的例子反驳她：“你不记得你初中的张老师请你们吃肯德基吗？”她说：“那也只是一个张老师。”我说：“他们是爱看书的小孩，所以来借书，我喜欢爱读书的小孩，所以请他们吃餐饭很自然呀，他们都像我的孩子一样。”她说：“你对你学生这么好，就不知道你女儿我上大学了会不会遇到像你这样的老师，会不会有老师像你关心学生这样来关心我呢！”我笑着说：“会的，一定会遇到比妈妈更好的老师。”她说：“未必！我看现在的老师都实际得很，纯粹付出没有报酬的事情谁愿意做啊！”我说：“你这话偏激了吧，什么叫助人为乐，你懂吗？给学生关心让学生开心，看着学生健康快乐地成长，我就很快乐，这就是回报呀。更何况学生也会记得老师的好，你没见那个姐姐三八妇女节还送了妈妈一束花吗，让妈妈感觉到多大的幸福和快乐呀！”女儿说：“好吧好吧，你继续关心你的学生吧！但愿我上大学了能幸运地遇到懂得关心学生的老师!”

十五

17

“总觉得老师上课待我们就像朋友一样,确切地说是亦师亦友吧,所以我们班同学都挺喜欢你的。”

傅老师:

你好!说实话,我上课不算是很认真的那种,有时会看一下专业书,但是也看不进。每次带书来都开始翻一下,到后来就听老师上课了。你的课和以前老师不一样,会讲很多有趣的事,说话也好亲切,所以一般认真一听就听三节课了,总觉得老师上课待我们就像朋友一样,确切地说是亦师亦友吧,所以我们班同学都挺喜欢你的。听老师哑着嗓子笑眯眯地给我们讲课,我们都不忍心逃课。

健康是工作的本钱,嗓子是上课的本钱,所以老师一定要好好保护嗓子啊,多吃点草珊瑚含片啊(不是做广告哦)。说实话,本人现在还没有开始复习马哲呢,一直在复习一个星期后要考试的生化,但老师放心,我突击能力还强,再加上平时上课的积累,应该会有一个好成绩回馈哦。

还有哦,谢谢老师这个学期为我们上课,看你们挤校车,我们学生也替你们觉得累,只好自我安慰这是个偏远的世外桃源啦。

好像记得你女儿今年高考,我这个姐姐就预祝她有个好成绩吧!

18

“我还是看得出来您的与众不同，您爱护同学，能深刻体察我们，这是许多老师无法企及的。同学们由此而把您当做朋友，无所不谈的知心朋友。”

敬爱的傅老师：

今天是您最后一次给我们上课，以后，同学们就很难见到您了，为您这个学期辛勤的教学，我代表全班同学向您表示由衷的感谢，谢谢您，辛苦了，老师！

一直以来，我都认为大学老师总是单纯讲课，讲完了就走人，但是，您让我意识到我的认识是多么片面，您不单是在传授我们课本知识，而且把课外的知识、社会事件、人生见解等诸多方面讲给我们听，让我们增长了知识，开阔了视野。您上课时讲的小故事、大事件是最吸引我的，让我受益匪浅，了解了以前不曾了解的许多事情。我由此也知道您知识的广博，您肯定读了好多的书吧。虽然，您跟我们每星期相处一次，但是，我还是看得出来您的与众不同，您爱护同学，能深刻体察我们，这是许多老师无法企及的。同学们由此而把您当做朋友，无所不谈的知心朋友。我们很幸运认识了您，很庆幸能成为您的学生。人生有一知己足矣，虽然我们是师生，但我多么希望我们能超越师生关系，您既是恩师，又是知己，这是我们的心愿。最后，祝老师身体健康、生活快乐、永远年轻！永远幸福！

19

“傅老师给我的第一印象是特别慈祥，特别有亲和力，不像有的老师，高高在上，对学生不屑一顾，特别拽的样子，说实话，我最讨厌这样的老师。”

傅老师：

一个学期的马哲课上下来，让我自己都感到吃惊的是：没逃过一次课。在我上过的所有课程当中，可谓开了一次先河。虽然说学生的出勤率取决于老师和学生双方面的因素，但我个人觉得，老师的个人魅力起着决定性作用。吸引我每次按时来上课的正是傅老师的个人魅力！

傅老师给我的第一印象是特别慈祥，特别有亲和力，不像有的老师，高高在上，对学生不屑一顾，特别拽的样子，说实话，我最讨厌这样的老师。因为碰到这样的老师，即使你在学习上有什么问题，都不怎么乐意主动地去问。特别是老师你上次拿来自己的数码相机给我们拍照，更让我觉得老师你特别爱学生，把学生当成自己的孩子看。您对我们的感情让我觉得很欣慰，也让我改变了一个错误观点，我一直认为大学里的老师对学生是没有多少感情的，只不过是教与被教的关系。

有一件很好玩的事情，一次跟学生会的一同学聊天，碰巧他们的马哲课也是你教的，然后那天他盯着我看了半天，突然冒出一句话："哎，我觉得你长得特别像马哲老师也！真的！"我说："是吗？"然后他说："特慈祥。"我差点昏过去。

还有就是老师你的沙哑的嗓音给我留下了深刻的印象。每次你哑着嗓子，下课了吃那润喉片，然后依旧那么认真地给我们上课时，我都特别感动。傅老师，你是我进大学到现在见到的对上课最认真负责的老师！

最后说一下老师上的课吧，所有枯燥的哲学原理，在老师的旁征博引与生动的现实生活例子的联系下，都显得不那么空，不那么泛泛而谈。让我觉得，哲学其实还是挺有意思的，学点哲学还是非常必要的。

最后，由衷地说一句：傅老师，您辛苦了！我会永远记得您！

20

“进入大学，说实话，我们对老师是有点不满意，因为他们都有一个模式：上课就来，下课就走。我们跟老师有距离，交流很少啊，可您就是不一样的，您是我们渴望的老师，是我们喜欢的老师。”

傅老师：

早在高中时，就听见别人说大学的老师怎么样怎么样，其中听得最多的就是不负责了，说什么上完课就什么都不管，就像完成任务一样。搞得我们大家都人心惶惶，说大学只能靠自学。

大一这年，我的确体验到了大学老师的教学方法，有的老师的确是这样，很少与学生交流，上完课就走，有时上课就是照书念，没一点意思，还不如自己自习，真是郁闷死了。我以前就很讨厌那些我认为是很无聊的课程，比如政经、毛概、思修、马哲之类的。这些课很难提起我的兴趣。可是大一上学期上的思修课终于让我体味到了什么是大学的课程，老师和同学之间无拘无束，死水一般的课被老师上得生动活泼。老师经常和同学们讨论问题，开辩论会，这让我们这些初上大学的学生很是兴奋。可是自从胡老师之后，就基本上没有什么老师能这样做了，这让我们很是失望。可是上天毕竟没有抛弃我们这些可怜的学生，终于让我们等到了傅老师。老师上课最大的特点就是亲切，我无法忘怀老师和蔼的笑容，还有老师那带点东北口音的普通话。可以这么说，傅老师是我上大学以来见过的最和蔼的老师，这绝对不是拍马屁，我说的全是真心话。进入大学，说实话，我们对老师是有点不满意，因为他们都有一个模式：上课就来，下课就走。我们跟老师有距离啊，交流很少啊，可您就是不一样的，您是我们渴望的老师，我们喜欢的老师。

我的感悟:让学生把你当朋友

大多数我教过的学生都会感觉我有亲和力,随和、亲切、平等,他们大都愿意亲近我。我常想,一个人是否具有亲和力,应该也有天生的成分,因为我觉得自己并没有刻意去做什么表现什么,如果说有亲和力,那也是一种自然的形成。性格和修养,决定一个人是否有亲和力,而这两者都不是刻意做出来的。

身为老师,如果性格孤僻内向,不爱说笑,他站在讲台上你很难见到他的笑容,下了讲台他也尊口难开,他就不会具有亲和力。如果性格暴躁,动不动就冲学生发火,那他也不会有亲和力。如果生性冷漠,不会为苦难悲悯,不为会真情感动,学生的笑容和泪水都不会在他心里漾起丝毫的波纹,那他也不会有亲和力。如果心态不好,老觉着学生对不住他,觉得自己站讲台很不值,觉得自己教书那是大材小用,觉得上课挣钱真是辛苦,来得太慢,总想着到外面去闯,他总是一副玩世不恭愤世嫉俗的态度,一种心猿意马心不在焉的状态,那他也不会有亲和力。如果只是把上课当成挣钱的途径,把自己当成挣钱的工具,他是用力气讲课而不是用心讲课,他眼中看到的是钱而不是学生,那他也不会有亲和力。

每每面对新一批学生,第一堂课的开场白,我都会说:我愿意做你们的朋友,也希望我们能够成为朋友!我知道,如果我没有亲和力,学生是不会把我当朋友的。

我爱说爱笑爱开玩笑,我喜欢对学生表达我对他们的喜爱和欣赏,我会抓住每一个学生的优点表扬他,鼓励他。我不会对学生发脾气,从不骂学生,甚至都不忍心批评学生。我会站在学生的角度去充分地理解他们。我喜欢以平等的姿态风趣的语言与他们交谈。可能是因为我是一个母亲吧,我会把他们看成是自己的孩子,从心里去为他们着想,去关心他们,并乐意帮助他们。我不讨厌教师这个职业,总觉得对我来说没有比大学老师这个职业更适合我的了,所以我安心、专心、用心，我能够感受到为师的快乐，并把这份快乐传递给学生。

有时候觉得学生很容易满足。也许我只跟他聊过短短的一次；也许只对他说过一句夸奖或表示欣赏的话，还是漫不经心地；也许我只是给他解答过一个小小的问题，给过他一个小小的帮助；也许我什么也没对他做，只是因为我挂在脸上的微笑，我讲课平实的话语诚恳的态度，他就说我好，说喜欢我，亲近我，把我当朋友。其实我做得很不够，我可以付出更多做得更好的，我还会有一批又一批的新学生，我还会有一次又一次继续努力的机会。

从学生对我的夸奖中，我其实看到的是一种不满和渴望。我只做了一点点，却得到学生那样充分的肯定，是因为他们对现实中的师生关系有太多的不满，因为走近他们愿意把他们当作朋友的老师太少，他们渴望与老师亲密接触，渴望老师走近他们，把他们当朋友，以一种平等平和的态度与他们交往，渴望与老师有一种心与心的交流思想与思想的碰撞。师生之间不只是知识的传授与接收那么简单、直接和生硬。

十六

21

"希望老师以后能多与同学接触。"

尊敬的傅老师：

你好！说实话吧，像马哲这种类型的课，能够百分百对它感兴趣的应该没多少人，所以感觉教你们这些课的老师应该要很厉害才能会有我们这些听众。应该说你很好啦，从我们的上课气氛和人数上应该就是个证明，也许你也感觉到了。

我觉得你在我们班能受欢迎应该有两方面吧，一是你上课互动做得很好，能让很多同学都会去为问题而准备，去发言；二是觉得你的性格还可以，很温和，让人觉得可亲近，同学不会因你而去厌学。大学生对待课堂态度除了兴趣肯定还有老师的关系，这是不用争议的，所以觉得你这方面也很可以。

反正和你没什么接触吧，所以和你也说不了多少心里话，觉得大学老师都这样，除了名字，基本上我们不会记得什么，也许不久这点还会忘记，所以希望老师以后能多与同学接触，想必能让学生以后都记住，尊重你，你们老师应该不会拒绝吧，再者，希望你以后上这门课时，提出的问题都是同学感兴趣的，或者是贴近生活的，至少不要让同学们在完成任务似的准备着。

22

“希望您下课时能与大家多谈谈心。”

尊敬的傅老师：

这学期学了您教我们的《马克思主义哲学原理》课，使我对马克思主义哲学有了一定的认识，使我由一个马克思主义的门外汉跨进了马克思主义哲学殿堂的门槛，通过这门课的学习，我更加清楚了什么是马克思主义哲学，知道了它是科学的世界观和方法论，也了解了它不同于其他一些哲学的基本特征和精髓，也使我对一些客观存在的社会现实的理解能用马克思主义哲学来进行思考。

至于您上课时的教学方法的确与其他政治老师有不同之处，您的讲课并不完全拘于书本，也不夸夸其谈，最大的不同还是让同学们上台谈自己的看法，这种种的不同，使我对以前的政治课听不听无所谓的态度发生了根本性转变，使我更加认真而放松地能够听、听得进。您的讲课使得原来一向的死气沉沉变得更加活跃而不燥乱，尤其是让大家发言讨论的教学方法更加充分调动了同学们的积极性。

对您的教学意见倒是没有，但对您课间时的建议倒是有一个，希望您下课时能与大家多谈谈心。

我的感悟：可以走得更近

我觉得自己跟学生算是走得比较近的，很多学生也这么认为。但其实我做得很不够，所以才会有学生说"希望您下课时能与大家多谈谈心"，"希望老师以后能多与同学接触"。

大学老师大都是上课来下课走，与学生接触的机会极少。很多学生，一门课学下来，很可能没有跟任课老师说过一句话，更不用说谈心了。这似乎不能怪老师，老师有太多的理由了。比如，教的班那么多，一个班的学生那么多，我怎么可能每一个都顾及到呢？学校离家那么远，下了校车就差不多到上课时间了，下了课就得去赶校车回家，哪有时间和学生接触聊天？一讲就是几节课，嗓子疲劳，课间十分钟还想喝喝水闭闭嘴休息休息嗓子呢，哪里还想跟学生说话？就是想说，也是心有余而力不足呀。

这些确实不能说不是理由。这些年因为扩招，老师的教学任务大都加重了，又因为新校园建在远郊，老师不得不在路上奔波。再也不能向曾经那样，教一两个班的学生，每个班也就几十号人，一个星期几节课，学校离家又很近，老师完全有条件和学生多接触，老师和学生的关系就比较密切，一轮课教下来，班上每个学生的名字几乎都能叫出来。对于现在的师生关系，学生很不满意，老师也很是无奈。

但不管怎么样，其实老师是可以和学生走得更近的，只是这需要老师的奉献精神。

为了弥补我与学生面对面交流的不足，我会把我的QQ号、手机号、邮箱地址，毫无保留地告诉学生，通过这些工具，与学生有更多的交流。事实上，也确实有一些学生会在QQ跟我聊烦恼，会发邮件跟我诉说苦闷和遇到的麻烦，寻求帮助，也会打电话给我，跟我说一些事情。而所有的这些都需要我付出一定的时间和精力的，说真的，做这些事情，我有时候也觉得累，也会有不及时给学生回信的时候，但我总不敢忘记自己的承诺：只要我收到学生的信我就一定会回的。而且在我做着这些事情的时候，我是愿意的，开心的。

我想今后，我会尽最大的可能与学生走得更近，走近更多的学生。

十七

23

"我很感谢老师给我的那次机会。"

傅老师：

和您一起度过的学期马上就要过去了，回想起那些上课的情景，犹如昨天发生的一样。记得开学前，我一看到"马克思主义哲学原理"这门课，主观意识就觉得是一门可听可不听的课，然而，您的到来让我改变了这一看法，我开始对这门课产生了兴趣。我发觉从这本书中我了解了很多，比如说，哲学、唯物主义、唯心主义，等等，原来只觉得这些字眼很熟，我是知其然不知其所以然。除此之外，我也变得更加有勇气站在讲台前跟同学们谈论问题，正因为您给了我们很多这样的机会，让我们去自信地说，或许我说得不好，一次、两次、三次甚至更多，我不断地进步，我能顺利地表达自己的观点。在此，我要感谢您那次点了我的名字到前面去讲。因为平时发言我只是在心里编造情节，是您给了我力量，让我越过心理上的障碍踏上讲台，跨出这重大的一步。虽然站在讲台上，我一直身体发抖，但还是发表了自己的一点看法，最后还是由于紧张不能完全说出自己的看法。不过，这已经有很大的进步了，真的，我很感谢老师给我的那次机会，当然更感谢老师您！

我的感悟：把机会留给最需要的学生

女儿读到这封信时发出感慨，说："机会谁都需要，多给他们上台锻炼的机会。"我说："你们现在的孩子不是胆子都很大吗，上去发个言不是很简单的事情吗？"她说："那可不一定，我们是大城市一流重点中学的学生，你的学生很多是从乡下考来的，他们中学时有的只知道死读书，缺乏锻炼，不敢上台，就算上了台也不敢说话，我觉得你特别需要关注这一部分学生。"

女儿说了个例子。他们班一个男生，开始历史老师叫他站起来回答问题时，他结结巴巴地说不清楚，因为太紧张。后来，历史老师有意识地多给他站起来回答问题的机会，而且每次都说他有进步回答得不错，结果这个男生不仅敢主动站起来回答问题了，而且历史也学得特别好。他现在回答问题一点也不结巴，清清楚楚头头是道的。女儿感叹，机会对人真的很重要，如果历史老师不一次又一次地给他锻炼的机会，他到现在可能还是那样结结巴巴说不清话呢。妈妈，你要是也能像我们历史老师这样帮助一些学生走出心理障碍，让他们变得自信起来，那你作为一个老师就真的了不起了。

其实老师是可以和学生走得更近的，只是这需要老师的奉献精神。

其实老师是可以和学生走得更近的，只是这需要老师的奉献精神。

我其实很注重锻炼学生的能力。我会经常拿出一定的时间来让学生运用所学的理论分析一些问题,并把自己的想法讲出来。这既可以锻炼学生的思维能力,以可以锻炼学生的表达能力。每次讨论,总会有特别活跃特别能说的学生,但我也注意到,有的学生其实很想上台发言,但不敢。这样的学生,他也有所准备,甚至都写好了发言稿,但总是犹犹豫豫,在犹豫中眼睁睁地看着别的同学上台发言把时间占据了,而自己则错失机会。讨论,自然需要那些积极主动的同学来活跃气氛,来做榜样起引导作用,但也不能忽视了那些胆怯的学生。对于那些想上台但又犹豫着不敢上台的同学,我会点他的名叫他上台,这等于是扶他一把,让他勇敢地跨出第一步。当他站在讲台上时,我能看出他的紧张,我会面带微笑用鼓励的目光看着他,让他感觉到亲切而放松。有的同学就是那样一直看着我讲完的。有的同学因为过于紧张讲着讲着讲不下去了,这个时候我就会笑着温和地对他说:你讲得不错,请继续!或是提示他接下去应该怎么说,或是用一两句风趣的话来化解他的尴尬,让他放松并接着往下讲。一次讨论后,一女生兴奋地对我说:老师,希望这样的讨论能多一点,我们需要锻炼的机会。这个女生就是被我点名上去发言的,说实在的,站在讲台上的她很紧张,讲得并不好,但也许这是她第一次登台表现,她在我的帮助下终于迈出了第一步,她为自己的进步而兴奋快乐,并渴望下一次的机会和更大的进步。

那些班干部,那些活跃分子,锻炼的机会很多,我喜欢并欣赏他们的积极主动和能说会道,但我更愿意把更多的机会给那些很少有机会锻炼自己的同学,因为机会谁都需要,锻炼谁都需要。

十八

24

“可是当您走下讲台，跟我聊了之后，说了几句夸我的话之后，您知道吗？我好感动。”

傅老师：

你好！刚开始拿到《马克思主义哲学原理》这本书，我只是处于一种被动的状态，为了学分，为了遵守校规校纪，我不得不学，也不得不上这门课。然而，随着对哲学的了解，随着老师上课津津乐道地谈哲学，我一点一点地被它征服了。它让我更加理性地面对现实，它让我有了更多认识问题的方法，也让我在关键时刻能抓主要矛盾……

我喜欢上哲学也有老师的原因，老师，您知道吗，有一次，上课时我心情很不好，下课时，我好想跑回寝室，躲在被子里哭一场，可是当您走下讲台，跟我聊了之后，说了几句夸我的话之后，您知道吗？我好感动，或许这只是您举手之劳的事，也许这只是您不经意之事，但我好感动。那一刻一直珍藏在我美好的记忆之中，我想，我永远不会忘记的，并且因为这件事，我上课一直坐在前排。我好喜欢听到您的声音。后来的学习生活中，当我碰到困难时，我就会想，下次一定要向您要电话号码，和您聊聊天，可我怕我太唐突了，您不会给我。真希望在以后的学习中还能听到您的声音。最后，我想说，这些都是我一直以来想对您说的真心话。祝您开心每一天，事业顺利！

我的感悟:谁都不会拒绝夸奖

记得一次课间休息时,我走下讲台走到学生中间去。平时上课我注意到一个女孩非常认真听讲记笔记,我在这个女孩身边停下,和她聊了起来,并随手拿起她的笔记本。她的笔记记得相当整洁,我笑着对她说:“你的笔记做得真好！你学习很认真哦!”后来这个女孩给我写信专门提起这事,她说:“中学时经常得到老师的表扬,可是到了大学没有老师表扬过我,甚至跟老师说话的机会都很少。你那天的一句‘你学习很认真’,让我心花怒放,感动异常。从那以后,我更认真地听讲做笔记,甚至为了对得起你的这一句夸奖,我有意地找哲学书来看,希望对哲学有更多的了解,希望在你教的马哲课上我能有更好的表现。”女孩的话让我觉得对她来说,夸奖就像是甘泉,流过她的干旱的心田时,因为润泽,她是多么地欢欣!

去年教了几个班的马哲课,其中一个班明显地表现欠佳,有点破罐子破摔的味道。通过了解我才知道,这个班在班主任和几乎所有的任课老师眼里都是问题班。但我总是鼓励他们,课堂上注意找机会表扬他们。一有机会,或者在没有机会的时候我也会创造出机会来,对他们说:我觉得我们班同学真不错！我觉得我们班的同学很可爱！我觉得我们班的班干部挺认真负责的！我觉得我们班同学很聪明……而且我从来不说他们班比别的班差。我很快就发现,受了表扬的他们,表现越来越好,对我也是越来越支持。到后来,偶尔有哪个学生在课堂上捣蛋了,就会有班干部或是普通学生站出来制止。后来这个班的班长在给我的信中写道:“老师,你知道吗,你是第一个表扬我们班的老师。你的表扬给了我们很大的信心和力量,让我们觉得快乐,觉得有劲。平常我们听到的是太多的批评和指责,我们太需要表扬太需要鼓励了。好像只有老师你才真正地了解我们的内心。谢谢你,老师!”班长的话,让我觉得因了太多的批评，他们班学生的心空已是阴云密布，而不断地夸奖使得阴云散去，阳光重现。

夸奖，谁都需要，谁都不会拒绝，就像我这样一个教了20年书的老师，也总是希望听到学生夸奖我的话，更何况是成长中的求知的学子呢！夸奖的力量有时候是巨大的，大到能让灰暗变得光亮，自卑变得自信，软弱变得坚强，涓涓细流变成奔腾的江河，甚至能够让心灵起死回生。在批评和夸奖之间，我更愿意选择夸奖，我更喜欢寻找学生的闪光点和可爱处，并通过夸奖，使闪光点更闪光可爱处更可爱。

女儿读了这封信，深有感触，又提起她初中时的两位班主任。

两位班主任都是英语老师。第一位班主任总是抓住他们的优点给予表扬鼓励。一年后，这位班主任调到别的城市去了。第二位班主任截然不同，动不动就揪住他们的缺点并加以夸大，把他们狠狠地批一通。他们因此对第二位班主任十分反感和抵触。他们班学生以及部分家长强烈要求换掉第二位班主任。一年后，学校只好又给他们换了个班主任。

女儿说：“我们小孩子都需要鼓励，鼓励会给我们信心，信心对我们太重要了。就像我这样的好学生吧，应该说算比较有自信的，但还是需要老师经常的夸奖来给我打气。所以，妈妈，你应该多夸奖你的学生，多给他们鼓励和信心。”

十九

25

“希望老师好好保护自己的嗓子。”

傅老师：

您好！这是我从小到大第一次给老师写信，乐意之至，因为老师人很好，不仅课上得好，也很和蔼，和我们打成一片(有妈妈的感觉)。您和妈妈都不会让我觉得有代沟。

马哲有很多理论，本来应该是一门枯燥的课，但是您上课很生动，让我们听得进。寝室的人常说，马哲老师的课不能逃，因为听了可以懂很多东西，不仅是课业上的。

把您夸了那么多，但是真的想不出您有什么缺点，您平易近人，愿意与我们分享，很少老师能做到这点。现在我们处于叛逆期，说实话，对于大人的教训总有那么点抵触，喜欢对着干。但您的话，不知道为什么，会觉得您是在为我们着想，我们听得进。

最后，希望老师好好保护自己的嗓子。记得第一次听您说话，感觉您的声音很像田震的声音，心想您唱田震的歌一定好听，后来才知道您的嗓子是讲多了课变成这样的。有时候听您哑着嗓子讲课真让人心疼。老师，保重身体！还祝老师圣诞、新年、元宵一起都快快乐乐，女儿也能考上好大学，全家幸福。

我的感悟:保护好你的嗓子

不记得自己年轻时候的声音是什么样的,但可以肯定不难听。而现在的声音是越来越难听了,而且说话发声也越来越困难了。多年未联系的同学,一听电话里我的声音,大为吃惊,不是问:你还没睡醒啊?就是问:感冒了?我说没有啊,对方就说那你的声音听起来怎么不对啊?我说当老师当的呗。对方说,真是可怜,原来多好听的声音竟然就变成这样了,趁早改行吧!

这些年学校扩招,学生增多,课也急剧增多,老师承担的教学任务很重,讲多了课嗓子自然就更坏。上个学期刚开学我突然失声,医生建议停课一学期,不然嗓子很难恢复。可几个班的学生等着我去上课,我只能请一个月假。扎了半个月的针灸,吃了很多药,治了一个月还是没有完全恢复。一个月后我不得不哑着嗓子给学生上课。这一上就再没有恢复过来,状况越来越差。

平时去新校区上课,得坐一个小时的车。校车上我一般不说话,实际上我不是一个喜欢沉默的人,我不说话是想让嗓子保持一种比较好的状态,把最好听的声音留给学生。但无论我怎么注意,学生一听就知道我嗓子不好。学生给了我很多的关心,比如主动帮我倒开水,送含片给我,遇见我总不忘说一句:老师,注意保护你的嗓子。我很感动,一感动,讲起课来就更卖劲,更投入,更不惜嗓子放开声音讲,一直讲到声音嘶哑。

自从那次失声后还真想改行。尽管学生说老师你的声音虽然有点哑,但挺好听的,但我还是觉得以那样的声音讲课怪对不住学生的,哪个学生不想听到老师清脆悦耳的声音呢。有时候自以为是地想,我要是真离开讲台了,那学生可就失去了一位好老师。实际上讲台上少了谁都没什么大不了的,少了我自然也没什么,最多是自己会有一段时间的失落,站了20多年的讲台,已有一份很深的感情，不是说离开就可以完全离开的。真要改行去做什么呢？想到最多的是去学校图书馆，整天与书打交道，利用工作之便多读些书。我虽然谈不上嗜好读书，但还算得上喜欢读书，而且读书常常让我觉得很享受，享受一份宁静安闲和充实。

我的嗓子已经坏了，我想对嗓子没坏的老师们说一声：好好保护你的嗓子，为了你的学生，为了教师这个职业。

二十

26

“正如古话所说的，爱屋及乌，尽管大家对马哲这门课不怎么感兴趣，但大家还是喜欢您上的课。”

尊敬的傅老师：

您好！

谢谢您陪伴我度过了一段学习马哲的日子，说实在话，我原先对哲学之类的东西一点都不感兴趣，特别是中学时代的那些思想政治课更是枯燥无味，但我却发现您讲的课还有意思，不是照本宣科，而是在其间插点小故事呀，说说笑话，讲您的感悟，我觉得这就有点好玩。虽然有时上课在发呆、睡觉，因为哲学之类的东西实在我有些反感，但在您讲故事的时候至少我还是听了，而且也从故事中领悟了一点哲理。我觉得我们现在读书是为了什么，就是为了以后能在生活工作中利用到它，那么我想我能够从您的一个个故事中得到点哲理，这就很好。我们现在面临期末考试，所以我还是会去背课本里面的东西，况且呢，我还觉得您这个人不仅有点风趣，更重要的是您这个人非常和善，您上课的时候总是面带微笑，这就给人以亲切感，正如古话所说的，爱屋及乌，尽管大家对马哲这门课不怎么感兴趣，但大家还是喜欢您上的课，因为您给人以轻松，给人以幽默。您说提点意见，但是我真的想不出有什么意见可以提的，对不起了啊，最后呢，我就祝您在以后的工作中能够工作顺利，生活幸福，身体健康！

27

“本来对马哲课我抱着一种只是为了应付考试的态度，但是因为您的原因，我变得非常想上马哲课。”

傅老师：

您好！老师当我第一次听到您的声音我觉得您的声音很像田震，但在讲课的过程中我更觉得你是一个很好的哲学老师，因为您总是用生活中最朴实的例子阐述马哲中那些深奥又难理解的概念，这也是我最喜欢上马哲的原因，因为从您举例的过程中我感受到了您至少是一个非常好学，懂得去吸取信息的重要性的人，又从课下和您交往中感觉到您很亲切也很可爱。本来对马哲课我抱着一种只是为了应付考试的态度，但是因为您的原因，我变得非常想上马哲课，因为马哲课不但让我学到了书本知识，而且让我了解了很多新鲜的信息，因为我喜欢新鲜的感觉；您让我感觉到您很渊博，这也是我喜欢您的原因之一。不过，老师我总觉得您的咽喉像有点毛病，是不是讲课太多的原因，总让我担心，怕您会讲不出来话。

28

“我来上马哲课完全是因为觉得你好。”

亲爱的老师：

真的好喜欢你，这不是随便写在纸上的，而是发自内心的，甚至当我写出这几个字的时候，我都有一种想哭的冲动，因为，这是我们这学期的最后一次也是最后一节马哲课，一想到即将跟您分别，感性的我真的从内心涌动一股难抑的心潮的澎湃。

谢谢您，能给我们全班同学抒发感情的宝贵机会，不写不知道，当我一开始写的时候，真的感觉有好多话要对您讲。

说真的，我并不喜欢学马哲，虽然我相信将来一定用得着。我来上马哲课完全是因为觉得你好，上你的课的时候，我觉得很轻松。我觉得你很亲切，和我们这一代根本没有什么代沟，你会把你生活中的事告诉我们，和我们一起开玩笑，你会尊重我们以及我们的观点、想法，让我觉得很舒心。我觉得我妈妈都没有你亲，她跟我在家基本上不说话的。我其实不喜欢上马哲课，可我却每次都很高兴地来上马哲课，参加学校的辩论赛期间，我甚至逃过个别专业课，但唯独马哲课我从来不逃，我视马哲课为我"成长"的机会，您课上讲的有关哲学方面的故事也很有趣，是您拉近了我与哲学的距离。

从您的声音可以听出，您的咽喉不太好，但您每节课都是那样地认真负责，有时，听着您那么费力地发声，我们大家都好不忍心，有时候，甚至非常想走上讲台，贴在您的耳边，对您说："老师您辛苦了"，但又总觉得不合适，于是便在内心告诉自己，认真听讲，学好马哲，将来有一个好的发展，这也许是我所能做到的对老师最好的回报了。

在这里，我要对老师深深地表示谢意！

就要下课了，就此止笔。

望可再联系，与您沟通思想！

老师，"好"就一个字，我想对您说N次。

我的感悟:爱屋及乌

我教的“马克思主义哲学原理”,是一门政治理论课,属公共课。要想学生因为喜欢这门课而连带喜欢我,这几乎不可能。在一些学生看来,我们教政治理论课就是先天不足,因为几乎没有哪一个学生会主动地喜欢上政治理论课。在绝大多数学生看来,政治理论课枯燥乏味,既难听懂又没有什么用处。他们先入为主,在没有听你的课之前,就已经在心理上排斥这门课了,甚至顺带着把教这门课的老师也一起排斥了。这从你第一次走进教室,他们望着你的眼神中就能看出来。

作为思想政治理论课老师,我必须面对现实。先天不足,但可以靠后天努力来弥补,让学生爱屋及乌。

一次女儿跟我说到她的一个老师,有点愤愤不平,我劝她别那样对老师。女儿说:“作为一个老师,她总得有什么让学生服她,我想了想,她水平不咋的,有时候讲个难点的题,我们都会做,她却讲不下去;敬业也谈不上,我看她心里总惦记着她的家她的老公她的女儿,不像人家有的老师那样把班当作家把学生当作孩子那样操心和用心;人品也就那样,俗气,我看她教书就是为了挣钱,还争名争利的,上次学校让学生给老师打分,评优,没评上她,她就不高兴,说我们没良心,说她的付出得不到回报;性格也不好,不会幽默,不会开玩笑,不懂得与学生交流,死板得很。你说,她有什么让我服她,让我喜欢她?”

我听了很是担心,担心她“恨屋及乌”,因为不喜欢老师而不喜欢她教的课。我试探着问:“那你喜欢她讲的课吗?”果然不出我所料,她说:“她讲课我基本不听,我靠自学。”

我反省,作为一个老师,我以什么来让学生服我、喜欢我呢?

爱心、亲和力？责任心、敬业精神？学识、丰富的知识、独特的人生感悟和独到的见解？淡泊的心境平常的心态？这些我都有吗？或者至少有一两点？我想应该是有的，不然学生凭什么给我一份喜爱之情？凭什么因为我而喜欢我的课？我有这份自信，而这份自信其实是来自学生的。

有时候我想，如果教这一类课，先天不足，后天又无法弥补，那就完了。

前不久，读大三的侄子跟我讲他们学校的事情，讲到他的一个思政课老师，水平极差，学生根本不知道他在讲什么，既没理论水平，又不会联系实际发挥，上课除了一次又一次地点名威胁他们，就是胡扯一些不着边际的事情，还经常说自己好别人不好，并警告学生不要乱告状，他是告不倒的。还跟学生讲学校的坏话，讲你们将来能不当老师就不要当老师，当老师最没劲了，能当官就一定当官，当官油水大得很……侄子说，真没想到还会遇到这种老师，真不知道说他什么好。一个学期下来，除了知道这门课的名称外（因为被老师频繁的点名逼得不得不抱着课本坐在教室，时常盯着课本封面上的那几个字发呆，所以记住了课程的名称），什么也不知道。侄子说，所幸的是他不是专业课老师，不然一门专业课就完在他手里，反正是政治理论课，本来就没打算好好学，也根本没指望学什么，只是被他折磨得够呛，简直是一种身心的全面摧残。而我想的是，思想政治理论课上成这样，其实对学生的影响更坏。

我想，身为一个教师，尤其是政治理论课教师需要时常给自己敲警钟给自己鼓劲，就算做不到让学生爱屋及乌，那也至少不能让学生恨屋及乌吧。

二十一

30

“可以说，您不失为一位平易近人的老师，但是我在刚开学的时候确实不大喜欢您的教学方式……我比较喜欢那种女强人式的老师授课。”

傅老师：

如您所言，客套话就不多说了。

作为您的学生，您也是我从初中到大学唯一的一位女性哲学教师。可以说，您不失为一位平易近人的老师，但是我在刚开学的时候确实不大喜欢您的教学方式。当然，我对您的人格是尊重的。我相信您在生活中会是一位好母亲。

我比较喜欢那种女强人式的老师授课，因为她们给我新的思维与创造的欲望，但经过半年的磨合，我还是认可您的教学的，尽管没有我期待的那样的老师的激情与豪言，但您的和蔼与善解人意也是别具一番风味。可以这么说，因为作为学生当你不能选择的时候，那就只能面对现实，我选择了面对您，也深感您是一位好老师，只是我未能如愿罢了。

尽管刚开学的时候我是那样排斥您的课，但还是选择了认真听讲，似乎同学们都挺喜欢您的，我就试图去接受你——这一现实。今天，我凭个人直觉——您是可以成为我的倾诉型具母爱的一位女性好老师。如果可以，我愿更多地与您交流，我感觉我喜欢和那些长辈待在一起聊聊天，而您就是我的大朋友。当然，生活中的您也许更具魅力，我对此深信不疑，最后祝：

身体健康，工作顺利，合家幸福！

31

“你讲课很平实，通俗易懂，但却不是我所喜欢的那种类型。”

傅老师：

你好！在这里首先向你说声对不起，我上课并不是很认真。随着课的结束，我回想了一下，我在课堂上没有学到什么，这绝不是你的原因，我感觉你讲课很好，在我看来可以排在这学期所教我的老师中的第二名。和第一个老师相比，你缺少了一点深度。在我看来哲学家是那种专注于知识而傻傻的，呆呆的，不修边幅的，但语言和气质却透露出天才的光芒，让人不可小觑。你讲课很平实，通俗易懂，但却不是我所喜欢的那种类型。

总之，在教学方面，你讲得平实，主次分明，实例与理论结合，特别是鼓励同学上台去讲，很多同学都非常喜欢这种方式，真的很感激你，你对我们很好，和蔼，是位和蔼但不失威严的老师。

我的感悟：想要每个学生都喜欢真的很难

这两个学生的信所表达的意思是：老师你的课讲得还算不错（也许是安慰我吧），但不是我喜欢的类型。为什么？一个说，因为老师你不是女强人，缺少激情和豪言，不能给我新的思维和创造的欲望。另一个说，因为老师你的课虽然通俗易懂，但缺乏一点深度，你虽然教哲学，但少了一点哲学家的气质，尤其是你的身上没有天才光芒的闪现。

这两个学生可谓真诚，说出了他们的真实感受和想法。的确，每一个学生在开始学一门新课之前，对任课老师和老师的讲课方式都会怀有一份期待，构想一种理想的模式。每个学生的期待和心中的理想模式自然有所不同，所以，一门课上下来，自然会有同学满意也会有同学失望。一个再好的老师，他也很难、甚至可以说不可能赢得每一个学生的喜欢。也许我可以因此而安慰自己，以保存那份良好的自我感觉，以维持自信。我可以对自己说：你又不是大师，能做到你现在这样已经很不错了，你没有必要去改变自己的风格，没有必要因为不合那么几个或者说一些学生的口味而自责。话虽然可以这么说，但学生如此真诚的话不可能不引起我的重视。我也许很难或者说真的不必改变自己的教学风格，但我应该不断地改进，而这两个学生的信其实就给了我很好的建议。比如增加一定的深度，比如启发学生的思维，激发学生的创造欲望。

虽说再好的老师也很难赢得每个学生的喜欢，但一个成功的优秀教师，他的课一定会赢得大部分学生的喜欢，而一个真正的好老师，就算他的教学风格不符合个别学生的口味，但他还是能以他的人格魅力赢得这个别学生的尊重的。我想，一个老师，可以不求每一个学生都喜欢，但首先应该求每一个学生都不讨厌才好。不喜欢并不等于讨厌，不喜欢某个老师的教学风格也并不等于不喜欢他这个人。